寂寞空庭春欲晚

匪我思存 著

九州出版社

目录

- 第一章　天为谁春　001
- 第二章　若只初见　023
- 第三章　心期天崖　043
- 第四章　萧瑟兰成　065
- 第五章　六龙天上　081
- 第六章　心字成灰　103
- 第七章　药成碧海　121
- 第八章　兰襟亲结　139
- 第九章　鉴取深盟　163

章节	页码
第十章　白璧青蝇	185
第十一章　玉壶红泪	203
第十二章　体说生生	219
第十三章　花冷回心	247
第十四章　当时只道	267
第十五章　脉脉斜阳	287
第十六章　此身良苦	307
尾声　强说欢期	333
番外　十年	343
番外　和妃	354

第一章 天为谁春

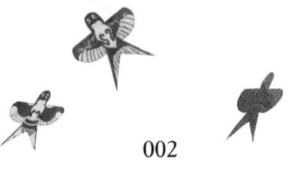

一生一代一双人，争教两处销魂。相思相望不相亲，天为谁春？浆向蓝桥易乞，药成碧海难奔。若容相访饮牛津，相对忘贫。

——纳兰容若《画堂春》

己未年的正月十六，天色晦暗，铅云低垂。到了未正时分，终于下起了雪珠子，打在琉璃瓦上沙沙轻响。那雪下得又密又急，不一会儿工夫，只见远处屋宇已经覆上薄薄一层轻白。近处院子里青砖地上，露出花白的青色，像是泼了面粉口袋，撒得满地不均。风刮着那雪霰子起来，打在脸上生疼生疼。

玉箸连忙转身放下帘子，屋子中央一盆炭火哔剥有声，她走过去拿火钳拨火，不想火钳碰到炭灰堆里，却是沉沉的触不动，不由笑着说："这必又是谁打下的埋伏，成日只知道嘴馋。"

话犹未落，却听门外有人问："玉姑姑这又是在骂谁呢？"跟着帘子一挑，进来个人，穿一身青袍子，进了屋子先摘了帽子，一面掸着缨子上的雪珠，一面笑着说："大正月里，您老人家就甭教训她们了。"

玉箸见是四执库的小太监冯渭，便问："小猴儿崽子，这时辰你怎么有闲逛到我们这里来？"

冯渭一转脸看到火盆里埋着的芋头，拿火钳挟起来，笑嘻嘻地问："这是哪位姐姐焐的好东西，我可先偏了啊。"说着便伸手去剥皮。

炕上坐着拾掇袍服的画珠回头见了，恨声道："只有你们眼尖嘴馋，埋在炭灰里的也逃不过。"那芋头刚从炭火里夹出来，烫得冯渭直甩手叫哎哟。画珠不禁哧地一笑，说："活该！"

冯渭捧着那烫手山芋，咬了一口，烫得在舌尖上打个滚就胡乱吞下去，对玉箸说道："玉姑姑，画珠姐姐是出落得越发进宜了，赶明儿得了高枝，也好提携咱们过两天体面日子。"

画珠便啐他一口："呸！狗嘴里吐不出象牙来！我没有那好命。"

冯渭往手上呼呼吹着气："你别说，这宫里头的事，还真说不准。就拿那端主子来说，还没有画珠姐姐你模样生得好，谁想得到她有今天？"

玉箸便伸指在他额上一戳："又忘了教训不是？别拿主子来跟咱们奴才混比，没规矩，看我回头不告诉你谙达去。"

冯渭吐了吐舌头，啃着那芋头说："差点忘了正经差事，谙达叫我来看，那件鸦青起花团福羽缎熨妥了没有？眼见下着雪，怕回头要用。"

玉箸向里面一扬脸，说："琳琅在里屋熨着呢。"

冯渭便掀起里屋的帘子，伸头往里面瞧。

只见琳琅低着头执着熨斗，弯腰正熨着衣服。一抬头瞧见他，说："瞧你那手上漆黑，回头看弄脏了衣服。"

冯渭三口两口吞下去，拍了拍手说："别忙着和我计较这个，主

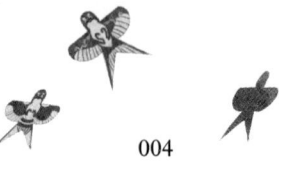

子的衣裳要紧。"

画珠正走进来，说："少拿主子压咱们，这满屋子挂的、熨的都是主子的衣裳。"

冯渭见画珠搭腔，不敢再装腔拿架子，只扯别的说："琳琅，你这身新衣裳可真不错。"

画珠说："没上没下，琳琅也是你叫的，连声姐姐也不会称呼了？"

冯渭只是笑嘻嘻的："她和我是同年，咱们不分大小。"

琳琅不愿和他胡扯，只问："可是要那件鸦青羽缎？"

冯渭说："原来你听见我在外头说的话了？"

琳琅答："我哪里听见了，不过外面下了雪，想必是要羽缎——皇上向来拣庄重颜色，我就猜是那件鸦青了。"

冯渭笑起来："你这话和谙达说的一样。琳琅，你可紧赶上御前侍候的人了。"

琳琅头也未抬，只是吹着那熨斗里的炭火："少在这里贫嘴。"

画珠取了青绫包袱来，将那件鸦青羽缎包上给冯渭，打发他出了门，抱怨说："一天到晚只会乱嚼舌根。"又取了熨斗来熨一件袍服，叹气说，"今儿可正月十六了，年也过完了，这一年一年说是难混，一眨眼也就过去了。"

琳琅低着头久了，脖子不由发酸，于是伸手揉着，听画珠这样说，不由微笑："再熬几年，就可以放出去了。"

画珠哧地一笑："小妮子又思春了，我知道你早也盼晚也盼，盼着放出宫去好嫁个小女婿。"

琳琅走过去给熨斗添炭，嘴里道："我知道你也是早也盼晚也盼，盼有扬眉吐气的一日。"

画珠将脸孔一板："少胡说。"

琳琅笑道："这会子拿出姐姐的款来了，得啦，算是我的不是好不好？"

她软语娇声，画珠也绷不住脸，到底一笑罢了。

申未时分，雪下得大了，一片片一团团，直如扯絮一般绵绵不绝。风倒是息了，只见那雪下得越发紧了，四处已是白茫茫一片。连绵起伏金碧辉煌的殿宇银装素裹，显得格外静谧。

因天阴下雪，这时辰天已经擦黑了，玉箸进来叫人说："画珠，雪下大了，你将那件紫貂端罩包了送去，只怕等他们临了手忙脚乱，打发人取时来不及。"

画珠将辫子一甩，说道："大雪黑天的送东西，姑姑就会挑剔我这样的好差事。"

琳琅说："你也太懒了，连姑姑都使不动你。罢了，还是我去，反正我在这屋里闷了一天，那炭火气熏得脑门子疼，况且今儿是十六，只当是去走百病。"

最后一句话说得玉箸笑起来："提那羊角灯去，仔细脚下别摔着。"

琳琅答应着，抱了衣服包袱，点了灯往四执库去。

天已经黑透了。各处宫里正上灯，远远看见稀稀疏疏的灯光。那雪片子小了些，但仍旧细细密密，如筛盐，如飞絮，无声无息落着。隆福门的内庭宿卫正当换值，远远只听见那佩刀碰在腰带的银钉之上，叮当作响划破寂静。

她深一脚浅一脚走着，踩着那雪浸湿了靴底，又冷又潮。

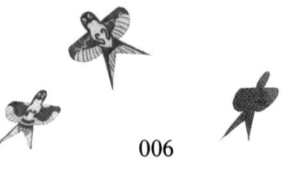

刚刚走过翊坤宫,远远只见迤逦而来一对羊角风灯,引着一乘肩舆从夹道过来。她连忙立于宫墙之下静候回避,只听靴声橐橐,踏在积雪上吱吱轻响。抬着肩舆的太监步伐齐整,如出一人。

琳琅低着头屏息静气,只觉一对一对的灯笼照过面前的雪地,忽听一个清婉的声音唤着自己名字:"琳琅。"又叫太监,"停一停。"

琳琅见是荣嫔,连忙请了一个双安:"奴才给荣主子请安。"

荣嫔点点头,琳琅又请安谢恩,方才站起来。

荣嫔穿着一件大红羽缎斗篷,映着灯光滟滟生色,她在舆上侧了身跟琳琅说话,露出里面一线宝蓝妆花百福缎袍,袖口出着三四寸的白狐风毛,轻轻软软拂在琳琅的铜手炉上,只问她:"这阵子可见到芸初?"

琳琅道:"回荣主子话,昨儿我去交衣裳,还和她说了会子话。芸初姑娘很好,只是常常惦记主子,又碍着规矩,不好经常去给主子请安。"

荣嫔轻轻点了点头,说:"过几日我打发人去瞧她。"

她是前去慈宁宫太皇太后那里定省,只怕误了时辰,所以只说了几句话,便示意太监起轿。琳琅依规矩避在一旁,待舆轿去得远了,方才转身。

她顺着宫墙夹道走到西暖阁外,四执库当值的太监长庆见了她,不由眉开眼笑:"是玉姑打发你来的?"

琳琅道:"玉姑姑看雪下大了,就怕这里的谙达们着急,所以叫我送了件端罩来。"

长庆接过包袱去,说道:"这样冷的天,真是生受姑娘了。"

琳琅微笑道:"公公太客气了,玉姑姑常念着谙达们的好处,说谙达们常常替咱们担待。况且这是咱们分内的差事。"

长庆见她如此说,心里欢喜:"回去替我向玉姑道谢,难为她想得这样周全,特意打发姑娘送来。"

琳琅正待要说话,忽见直房帘栊响动。有人打起帘子,晕黄的灯映着影影绰绰一个苗条身子,欣然问:"琳琅,是不是你?"

琳琅只觉帘内暖气洋洋拂在人脸上,不由笑道:"芸初,是我。"

芸初忙道:"快进来喝杯茶暖暖手。"

直房里笼了地炕火龙,又生着两个炭盆,用的银骨炭,烧得如红宝石一样,绝无哔剥之声。琳琅迎面叫炭火的暖气一扑,半晌才缓过劲来。

芸初说:"外头真是冷,冻得脑子都要僵了似的。"她将自己的手炉递给琳琅,叫小太监倒了热茶来,又说:"还没吃晚饭吧,这饽饽是上头赏下来的,你也尝尝。"

琳琅于是说:"路上正巧遇上荣主子,说过几日打发人来瞧你呢。"

芸初听了,果然高兴,问:"姐姐气色怎么样?"

琳琅说:"自然是好,而且穿着皇上新赏的衣裳,越发尊贵。"

芸初问:"皇上新赏了姐姐衣裳么?她告诉你的?"

琳琅微微一笑,说:"主子怎么会对我说这个,是我自个儿琢磨的。"

芸初奇道:"你怎么琢磨出来?"

琳琅放下了手炉,在盘子里拣了饽饽来吃,说道:"江宁织造府年前新贡的云锦,除了太皇太后、太后那里,并没有分赏给各宫主子。今天瞧见荣主子穿着，自是皇上新近赏的。"

两句话倒说得芸初笑起来："琳琅，明儿改叫你女诸葛才是。"

琳琅微笑着说："我不过是凭空猜测，哪里经得你这样说。"

芸初又问："画珠还好么？"

琳琅说："还不是一样淘气。"

芸初道："咱们三个人，当年一块儿进宫来，一块儿被留牌子，在内务府学规矩的时候，又住同一间屋子，好得和亲姊妹似的，到底算是有缘分的。可恨如今我孤零零一个人在这儿，离你们都远着，连说句贴心话的人也没有。"

琳琅道："何苦说这样的话，咱们隔得虽远，平日里到底还能见着。再说你当着上差，又总照应着我和画珠。"

芸初道："你先坐着，我有样好东西给你。"进里屋不大一会儿，取了小小两贴东西给她，"这个是上回表姐打发人来看我时给我的，说是朝鲜贡来的参膏，擦了不皴不冻呢。给你一贴，还有一贴给画珠。"

琳琅说："荣主子给你的，你留着用就是了。"

芸初说："我还有，况且你拿了，我比自己用了还要高兴呢。"

琳琅听她这样说，只得接了。因天色已晚，怕宫门下钥，琳琅与她又说了几句话，便告辞回去了。

那雪绵绵下了半夜，到下半夜却晴了。一轮斜月低低挂在西墙之上，照着雪光清冷，映得那窗纸透亮发白。

琳琅睡得迷迷糊糊，睡眼惺忪地翻个身，还以为是天亮了，怕误了时辰，坐起来听，远远打过了四更，复又躺下。

画珠也醒了,却慢慢牵过枕巾拭一拭眼角。

琳琅问:"又梦见你额娘了?"

画珠不作声,过了许久,方才轻轻"嗯"了一声。

琳琅幽幽叹了口气,说:"别想了,熬得两年放出去,总归还有个盼头。你好歹有额娘,有亲哥哥,比我不知强上多少倍。"

画珠道:"你都知道,我那哥哥实实是个酒混账,一喝醉了就打我,打我额娘。自打我进了宫,还不晓得我那额娘苦到哪一步。"

琳琅心中酸楚,隔着被子轻轻拍了拍她:"睡吧,再过一会儿,又要起来了。"

每日里辰正时分衣服就送到浣衣房里来了。玉箸分派了人工,琳琅、画珠所属一班十二个人,向例专事熨烫。

琳琅向来做事细致,所以不用玉箸嘱咐,首先将那件玄色纳绣团章龙纹的袍子铺在板上,拿水喷了,一回身去取熨斗,不由问:"谁又拿了我的熨斗去了?"

画珠隔着衣裳架子向她伸一伸头,说:"好妹妹,我赶工夫,先借我用一用。"

琳琅犹未答话,玉箸已经说:"画珠,你终归有一日要懒出毛病来。"

画珠在花花绿绿的衣裳间向她扮个鬼脸。

琳琅另外拿熨斗夹了炭烧着,一面俯下身子细看那衣裳:"这样子马虎,连这滚边开线也不说一声,回头交上去,又有得饥荒。"

玉箸走过来细细看着,琳琅已经取了针线篮子来,将那黧色的线取出来比一比。

玉箸说:"这个要玄色的线才好——"一句未了,自己觉察失言,笑道,"真是老悖晦了,冲口忘了避讳。"

画珠嗔道:"姑姑成日总说自己老,其实瞧姑姑模样,也不过和我们差不多罢了,只是何曾像我们这样笨嘴拙舌的。"

玉箸哧地一笑,说:"你笨嘴拙舌,你是笨嘴拙舌里挑出来的。"因见着那件蜜色哆罗呢大氅,于是问,"熨好了不曾?还不快交过去,咸福宫的人交来的时候就说立等着呢,若是迟了,又有得饥荒。"

画珠将大氅折起来,嘴中犹自道:"一般都是主子,就见着那位要紧。"

琳琅将手中线头咬断,回身取了包袱将大氅包起来,笑道:"我替你送去吧,你就别絮絮叨叨了。"

她从咸福宫交了衣裳出来,贪近从御花园侧的小路穿过去,顺着岔路走到夹道,正巧遇上冯渭抱着衣裳包袱,见了她眉开眼笑:"这真叫巧了,万岁爷换下来的,你正好带回去吧。"

琳琅说:"我可不敢接,又没个交割,回头若是短了什么,叫我怎么能说得清白?"

冯渭说:"里头就是一件灰色江绸箭袖。"

琳琅道:"又在信口开河,在宫里头,又不打猎行围,又不拉弓射箭,怎么换下箭袖来?"

冯渭打开包袱:"你瞧,不是箭袖是什么?"他眉飞色舞地说道,"今儿万岁爷有兴致,和几位大人下了彩头,在花园里比试射鹄子,那个叫精彩啊。"

琳琅问:"你亲眼瞧见了?"

冯渭不由吃瘪："我哪里有那好福气，可以到御前侍候去？我是听谙达说的——"将手一比画，"万岁爷自不用说了，箭箭中的，箭无虚发。难得是侍卫纳兰大人夺了头彩，竟射了个一箭双雕。"话音未毕，只听他身后"唧"的一声。

琳琅抬头看时，却原来是一只灰色的雀儿，扑着翅飞过山石那头去了。她目光顺着那鸟，举头看了看天色，西斜日影里，碧空湛蓝，一丝云彩也没有，远远仰望，仿佛一汪深潭静水，像是叫人要溺毙其中一样。

不过极快的工夫，她就低头说："瞧这时辰不早了，我可不能再听你闲磕牙了。"

冯渭将包袱往她手中一塞："那这衣裳交给你了啊。"不待她说什么，一溜烟就跑了。

琳琅只得抱了衣裳回浣衣房去，从钟粹宫的角门旁过，只见四个人簇拥着一位贵妇出来，看那服饰，倒似是进宫来请安的朝廷命妇，连忙避在一旁。

却不想四人中先有一人讶然道："这不是琳姑娘？"

琳琅不由抬起头来，那贵妇也正转过脸来，见了琳琅，神色也是又惊又喜："真是琳姑娘。"

琳琅已经跪下去，只叫了一声："四太太。"

那四人中先前叫出她名字的，正是侍候四太太的大丫头，见四太太示意，连忙双手搀起琳琅。

四太太说："姑娘快别多礼了，咱们是一家人，再说这又是在宫里头。"牵了琳琅的手，欣然道，"这么些年不见，姑娘越发出挑

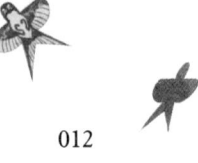

了。老太太前儿还惦记,说不知什么时候才能见上姑娘一面呢。"

琳琅听她这样说,眼圈不由一红,说:"今儿能见着太太,就是琳琅天大的福气了。"一语未了,语中已带一丝呜咽之声,连忙极力克制,强笑道,"太太回去就说琳琅给老太太请安。"宫禁之地,哪里敢再多说,只又跪下来磕了个头。

四太太也知不便多说,只说:"好孩子,你自己保重。"

琳琅静立宫墙之下,遥遥目送她远去,只见连绵起伏的宫殿尽头,天际幻起一缕一缕的晚霞,像是水面涟漪,细细碎碎浮漾开来。半空便似散开了的五色绸缎,光彩流离,四面却渐渐渗起黑,仿佛墨汁滴到水盂里,慢慢洇开了来。

四太太出了宫门,天已经擦黑了,待回到府中,已经是掌灯时分。小厮们上来挽了马,又取了凳子来,丫头先下了车,二门里三四个家人媳妇已经迎上来:"太太回来了。"

四太太下了车,先至上房去。大太太、三太太陪了老太太在上房摸骨牌,见四太太进来,老太太忙撂了牌问:"见着姑奶奶了?"

四太太先请了安,方笑吟吟地说:"回老太太的话,见着惠主子了。主子气色极好,和媳妇说了好半晌的话呢,又赏了东西叫媳妇带回来。"

丫头忙奉与四太太递上前去,是一尊赤金菩萨,并沉香拐、西洋金表、贡缎等物。

老太太看了,笑着连连点头,说:"好,好。"回头叫丫头,"怎么不搀你们太太坐下歇歇?"

四太太谢了座,又说:"今儿还有一桩奇遇。"

大太太便笑道："什么奇遇，倒说来听听，难道你竟见着圣驾了不成？"

四太太不由笑道："老太太面前，大太太还这样取笑，天底下哪里有命妇见圣驾的理——我是遇上琳姑娘了。"

老太太听了，果然忙问："竟是见着琳琅了？她好不好？定然又长高了。"

四太太便道："老太太放心，琳姑娘很好，人长高了，容貌也越发出挑了，还叫我替她向您请安。"

老太太叹息了一声，说："这孩子，不枉我疼她一场。只可惜她没造化……"顿了一顿，说，"回头冬郎回来，别在他面前提琳琅这话。"

四太太笑道："我理会的。"又说，"惠主子惦着您老人家的身子，问上回赏的参吃完了没有，我回说还没呢。惠主子还说，隔几日要打发大阿哥来瞧老太太。"

老太太连声说："这可万万使不得，大阿哥是天潢贵胄，金枝玉叶，惠主子这样说，别折煞我这把老骨头了。"

大太太、三太太自然凑趣，皆说："惠主子如今虽是主子，待老太太的一片孝心，那是没得比，不枉老太太素日里疼她。"

老太太道："咱们家这些女孩儿里头，也算她是有造化的了，又争气，难得大阿哥也替她争脸。"

正说话间，丫头来说："大爷回来了。"老太太一听，眉开眼笑，只说："快快叫他进来。"

丫头打起帘子，一位年轻公子已翩然而至。

四太太抿嘴笑道:"冬郎穿了这朝服,才叫英气好看。"

容若已经叫了一声:"老太太。"给祖母请了安,又给几位伯母叔母请安。

老太太拉了他的手,命他在自己榻前坐下,问:"今儿皇上叫了你去,公事都妥当吗?"

容若答:"老太太放心。"又说,"今儿还得了彩头呢。"他将一支短铳双手奉上与老太太看,"这是皇上赏的。"

老太太接在手里掂了一掂,笑道:"这是什么劳什子,乌沉沉的?"

容若道:"这是西洋火枪。今天在园子里比试射鹄子,皇上一高兴,就赏给我这个。"

四太太在一旁笑道:"我还没出宫门就听说了,说是冬郎今天得了头彩,一箭双雕。不独那些侍卫们,连几位贝子、贝勒都被一股脑比了下去呢,皇上也很是高兴。"

老太太笑得直点头,又说:"去见你额娘,教她也欢喜欢喜。"

容若便应了声"是",起身去后堂见纳兰夫人。

纳兰夫人听他说了,果然亦有喜色,说道:"你父亲成日地说嘴,他也不过是恨铁不成钢。其实皇上一直待你很好,你别辜负了圣望才是。"

容若应了"是"。

纳兰夫人倒似想起一事来:"官媒拿了庚帖来,你回头看看。你媳妇没了快两年了,这事也该上心了。"见他低头不语,便道,"我知道你心里仍旧不好受,但夫妻伦常,情分上头你也尽心尽力了。"

容若道:"此事但凭母亲做主就是了。"

纳兰夫人半晌才道:"续弦虽不比元配,到底也是终身大事,你心里有什么意思,也不妨直说。"

容若说:"母亲这样说,岂不是叫儿子无地自容?汉人的礼法,是父母之命,媒妁之言。咱们满人纳雁通媒,也是听父母亲大人的意思才是规矩。"

纳兰夫人道:"既然你这么说,我也只去禀过老太太,再和你父亲商量吧。"

容若照例陪母亲侍候老太太吃毕晚饭,又去给父亲明珠定省请安,方出来回自己房里去。丫头提了灯在前头,他一路迤逦穿厅过院,不知不觉走到月洞门外,远远望见那回廊角落枝丫掩映,朦胧星辉之下,恍惚似是雪白一树玉蕊琼花,不由怔怔住了脚,脱口问:"是梨花开了么?"

丫头笑道:"大爷说笑了,这节气连玉兰都还没有开呢,何况梨花?"

容若默然不语,过了半晌,却举足往回廊上走去。丫头连忙跟上去。

夜沉如水,那盏灯笼暖暖一团晕黄的光,照着脚下的青石方砖。一块一块三尺见方的大青砖,拼贴无缝,光洁如镜。一砖一柱,一花一木,皆是昔日她的衣角窸窣拂过,夜风凛冽,吹着那窗扇微微动摇。

他仰起脸来,只见苍茫夜空中一天璀璨的星子,东一颗,西一簇,仿佛天公顺手撒下的一把银钉。伸手抚过廊下的朱色廊柱,想起当年与她赌词默韵,她一时文思偶滞,便只是抚着廊柱出神,或望芭蕉,或拂梨花。不过片刻,便喜盈盈转过身来,面上梨涡浅笑,宛若

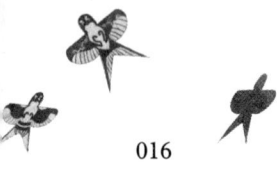

春风。

他心中不由默然无声地低吟:"风也萧萧,雨也萧萧,瘦尽灯花又一宵。"如今晴天朗星,心里却只是苦雨凄风,万般愁绪不能言说。

醒也无聊,醉也无聊,梦也何曾到谢桥……

琳琅仰面凝望宫墙一角,衬着碧紫深黑的天。红墙四合,天像是一口深深的井,她便在那井底下,只能凝伫,如同永远没有重见天日的时刻。那春寒犹冽的晚风,刀子一样割在脸上也并不觉得。

自从别后,她连在梦里也没有见过他……梦也何曾到谢桥……

画珠出来见着,方"哎哟"了一声,说道:"你不要命了,这样的天气里,站在这风头上吹着?"

琳琅这才觉得背心里寒飕飕的,手足早已冻得冰凉,只说道:"我见一天的好星光,一时就看住了。"

画珠说:"星星有什么好看,再站一会儿,看不冻破你的皮。"

琳琅也觉着是冻着了,跟画珠回到屋里,坐在炭火旁暖了好一阵子,方觉得缓过来。画珠先自睡了,不一会儿琳琅便听她呼吸均匀,显是睡得熟了。

火盆里的炭火燃着,一芒一芒的红星渐渐褪成灰烬。灯里的油不多了,火焰跳了一跳,琳琅拔下发间的簪子拨了拨灯芯,听窗外风声凄冷,那风是越刮越大了。她睡得不沉稳,半梦半醒之间,那风声犹如在耳畔,呜咽了一夜。

那春寒料峭的晚风,最是透寒刺骨。琳琅第二天起来,便有些气滞神饧,强打精神做了大半个时辰的差事。

画珠就问:"你别不是受了风寒吧?昨天下半宿只听见你在炕上翻来覆去。"

琳琅说:"哪里有那样娇贵,过会子喝碗姜汤,发散发散就好了。"

不想到了下半晌,却发起热来。玉箸见她脸上红彤彤的,走过来握一握她的手,"哎哟"了一声,说:"我瞧你那脸色就不对。怎么这样烫人?快去躺着歇一歇。"

琳琅犹自强撑着说:"不必。"画珠已经走过来,连推带搡将她搀到炕上去了,说:"横竖差事还有我,你就歇一歇吧。"

琳琅只觉乏到了极处,不一会儿就昏昏沉沉睡着了。

她人发着热,恍恍惚惚却像是听见在下雨,人渐渐醒来,才知道是外间嘈嘈切切的讲话声。那声音极低,她躺在炕上心里安静,隔了许久也才听见一句半句,像是玉箸在和谁说着话。她出了一身汗,人却觉得松快些了。睁眼看时,原来已经差不多是酉时光景了。

她坐起来穿了大衣裳,又拢了拢头发,只不知道是什么人在外头,跨蹑了一下方挑起帘子。

只见外面炕上上首坐着一位嬷嬷,年纪在四十上下,穿石青色缎织暗花梅竹灵芝袍,头上除了赤金镶珠扁方,只插戴通花。她拿了支熟铜拨子正拨手炉里的炭火,那左手指上两支三寸来长的玳瑁嵌米珠团寿护甲,碰在手炉上叮当作响,穿戴并不逊于主子。

玉箸见琳琅掀帘出来,忙点手叫她:"这是太后跟前的英嬷嬷。"

琳琅忙请安。英嬷嬷却十分客气,伸了手虚扶了一扶。待她抬起脸来,那英嬷嬷却怔了一怔,方牵着她手,细细打量一番,问:"叫什么名字?"又问,"进宫几年了?"

琳琅一一答了,玉箸才问她:"好些了么?怎么起来了?"

琳琅道:"难为姑姑惦记,不过是吹了风,受了些凉寒,这会子已经好多了。"

玉箸就叫她:"去吃饭吧,画珠她们都去了呢。"

待她走后,玉箸方笑着向英嬷嬷道:"嬷嬷可是瞧上这孩子了么?"

英嬷嬷笑了一声,说道:"这孩子骨子清秀,竟是个十分的人才。只是可惜——你我也不是外人,说句僭越没有上下的话,我瞧她的样子,竟有三分像是老主子爷的端敬皇后那品格。"

玉箸听了这一句,果然半晌作不得声,最后方道:"我们名下这些女孩子里,数这孩子最温和周全,针线上也来得,做事又老道,只可惜她没福。"

英嬷嬷说道:"太后想挑个妥当人放在身边服侍也不是一日两日了,只不过后宫虽大,宫人众多,皆不知道禀性底细,不过叫我们慢慢谋着。"忽然想起一事来,问,"你刚才说到画珠,是个什么人,名字这样有趣?"

玉箸笑道:"这孩子的名字,倒也有个来历。说是她额娘怀着她的时候,梦见仙人送来一轴画,打开那画看时,却是画得极大一颗东珠。因此上就给她改了小名儿叫画珠。"

英嬷嬷"哎呀"了一声,说:"这孩子只怕有些来历,你叫来我瞧瞧吧。"

玉箸于是叫了小宫女,说:"去叫画珠来。"

不一会儿画珠来了,玉箸叫她给英嬷嬷请了安。英嬷嬷方看时,只见粉扑扑一张脸,团团皎若明月,眉清目秀。

英嬷嬷问:"多大年纪啦?"

画珠答:"今年十六了。"一笑露出一口碎玉似的牙齿,娇憨动人。

英嬷嬷心里已有了三分喜欢,又问:"老姓儿是哪一家?"

画珠道:"富察氏。"

英嬷嬷道:"哎呀,弄了半天原来是一家子。"

玉箸便笑道:"怨不得这孩子与嬷嬷投缘,人说富察氏出美人,果然不假。嬷嬷年轻时候就是美人,画珠这孩子也是十分齐整。"

英嬷嬷放下手炉,牵了画珠的手向玉箸笑道:"你不过取笑我这老货罢了,我算什么美人,正经的没人罢了。"

画珠早禁不住笑了。英嬷嬷又问了画珠许多话,画珠本就是爱热闹的人,问一句倒要答上三句,逗得英嬷嬷十分高兴,说:"老成持重固然好,可是宫里都是老成持重的人,成年累月的叫人生闷。这孩子爱说爱笑,只怕太后也会喜欢呢。"

玉箸忙对画珠道:"英嬷嬷这样抬举你,你还不快给嬷嬷磕头。"

画珠连忙磕下头去,英嬷嬷忙伸手扶起,说:"事情还得禀过太后,请她老人家定夺呢,你慌着磕什么头?等明儿得了准信儿,再谢我也不迟。"

玉箸在一旁笑道:"嬷嬷是太后跟前最得力的人,嬷嬷既能看得上,必也能投太后的缘。"

英嬷嬷果然十分欢喜,说:"也不过是跟着主子久了,摸到主子一点脾气罢了,咱们做奴才的,哪里能替太后老主子当家。"起身说,"可迟了,要回去了,预备侍候太后安置呢。"

玉箸忙起身相送，又叫画珠："天晚了，提灯送嬷嬷。"

画珠答应着点了灯来，英嬷嬷扶着她去了。

琳琅吃过饭回屋子里，见玉箸独个坐在那里检点衣裳，上前去帮忙。

玉箸不由幽幽叹了一声，说："你既病着，就先去歇着吧。"

琳琅道："躺了半日了，这会子做点事也好。"

玉箸说："各人有各人的缘法，那也是强求不来的。"

琳琅微笑道："姑姑怎么这样说？"

玉箸凝望她片刻，她既生着病，未免神色之间带着几分憔悴，乌亮的头发衬着那雪白的脸，一双眸子温润动人。

玉箸缓缓点一点头，说："你啊，生得好，可惜生得好错了。"

琳琅道："姑姑今天是怎么了，尽说些叫我摸不着头脑的话。"

玉箸道："添上炭就去睡吧，天怪冷的，唉，立了春就好了。"

琳琅顺着她的话答应了一声，走过去添了炭，却拿了针线来就着灯绣了两支线，等画珠回来，方一同睡了。

她是偶感风寒，强挣着没有调养，晚上却做了绣工，那又是极劳神的活计，到了下半夜四更时分，又发起热来。画珠等到天明起来，见她烧得脸上红红的，忙去告诉了玉箸，玉箸又去回了总管，每日去取药来吃。

她这一病来势既猛，缠绵半月，每日吃药，却并无多大起色。那发热时时不退，只是昏昏沉沉。迷迷糊糊睡着，恍惚是十来岁那年生病的时候，睁眼就瞧见窗上新糊的翠色窗纱。

窗下是丫头用银吊子替她熬药，一阵阵的药香弥漫开来。窗外风吹过花影摇曳,梨花似雪,月色如水,映在窗纱之上,花枝横斜,敧然生姿。听那抄手游廊上脚步声渐近,熟悉而亲切。丫头笑盈盈地说:"大爷来瞧姑娘了。"待要起来,他已伸出温凉的一只手来按在她额上。

她一惊就醒了。窗上糊着雪白的厚厚棉纸,一丝风也透不进来。药吊子搁在炉上,煮得嘟噜嘟噜直响。

她倒出了一身的汗。

小宫女进来了,连忙将药吊子端下来,喜滋滋地告诉她说:"琳琅姐姐,你可醒了。画珠姐姐要去侍候太后了,大家都在给她道喜呢。"

琳琅神色恍惚,见她滗了药出来,满满一大碗端过来,接过来只见黑幽幽的药汁子,咽下去苦得透进五脏六腑。背里却有润润的汗意,额发汗湿了,腻在鬓畔,只心里是空落落的。

到了晚上,画珠进来陪她说话,琳琅问她:"东西可都收拾好了?"

画珠道:"左右不过就是铺盖与几件衣裳,有什么好收拾的。"眼圈忽地一红,"琳琅,我只舍不得你。"

琳琅微笑道:"傻话,去侍候太后当上差,那是旁人想都想不来的造化。"顿了顿又说,"太后她老人家素来慈祥宽厚,你这性子说不定能投她老人家的眼缘。可有一样,在太后面前当差不比别的,你素来率性,贪玩爱笑不打紧,但行事要收敛,老人家都喜欢仁心厚道之人。"

画珠低头半晌,方道:"我理会的。"忽道,"将你的帕子给我。"

琳琅这才明白她的意思,从枕下抽了一方帕子交给她。画珠于是将自己的帕子给了她,临别之际,终究依依不舍。

第二章　若只初见

知己一人谁是？已矣。赢得误他生。有情终古似无情，别语悔分明。莫道芳时易度，朝暮。珍重好花天。为伊指点再来缘，疏雨洗遗钿。

——纳兰容若《荷叶杯》

开了春，琳琅才渐渐好起来。这几日宫中却忙着预备行围。玉箸见琳琅日渐康复，已经可以如常应对差事，极是欢喜，说："皇上要去保定行围，咱们浣衣房也要预备随扈侍候，你好了我就放心了。"因琳琅做事谨慎周到，所以玉箸便回了总管，将她也指派在随扈的宫人名册中。

琳琅自入宫后，自是没有踏出过宫门半步，所以此次出京，又喜又叹。喜的是偶然从车帷之间望去，街市城郭如旧。叹的是天子出巡，九城戒严，坊市间由步兵统领衙门，会同前锋营、骁骑营、护军营，由御前大臣负责统领跸警。御驾所经之处，街旁皆张以黄幕，由三营亲兵把守，别说闲人，只怕连只耗子也被撵到十里开外去了。

黄土甬道之上远远只望见迤逦的仪仗銮驾，行列连绵十数里。其时入关未久，军纪谨肃，只听见千军万马，蹄声急沓，车轮辘辘，却连一声咳嗽之声都听不到。

至晚间扎营，营帐连绵亦是数里，松明火炬熊熊灼如白日，连天上一轮皓月都让火光映得黯然失色。那平野旷原之上，月高夜静，只听火堆里硬柴燃烧"噼啪"有声，当值兵丁在各营帐之间来回巡逻，甲铠上镶钉相碰发出叮当之声，那深黑影子映在帐幕之上，恍若巨人。

琳琅就着那灯理好一件蓝缎平金两则团龙行袍，忽听远远"呜咽"一声，有人吹起铁簧来，在这旷野之中，静月之下，格外清回动人。其声悠长回荡，起伏回旋不绝。

玉箸"咦"了一声，说："谁吹的莫库尼①？"

琳琅侧耳细听，只听那簧声激荡低昂，隐约间有金戈之音，吹簧之人似胸伏雄兵百万，大有丘壑。她不由道："这定是位统兵打仗的大将军在吹。"

待得一曲既终，铁簧之音极是激越，戛然而止，余音不绝如缕，仿佛如那月色一样，直映到人心上去。

玉箸不由说："吹得真好，听得人意犹未尽。琳琅，你不是会吹箫，也吹来听听。"

琳琅笑道："我那个不成，滥竽充数倒罢了，哪里能够见人。"

玉箸笑道："又不是在宫里，就咱们几个人，你还要藏着掖着不

---

① 莫库尼，满族传统的一种乐器。

成？我知道你是箫不离身的，今儿非要你献一献不可。"

此番浣衣房随扈十余人，皆是年轻宫人，且宿营在外，规矩稍懈，早就要生出事来，见玉箸开了口，心下巴不得，七嘴八舌围上来。

琳琅被吵嚷不过，只得取出箫来，说："好吧，你们硬要听，我就吹一曲。不过话说在前头，若是听得三月吃不下肉去，我可不管。"

琳琅略一沉吟，便竖起长箫，吹了一套《小重山》。

春到长门春草青，江梅些子破，未开匀。碧云笼碾玉成尘，留晓梦，惊破一瓯春。花影压重门，疏帘铺淡月，好黄昏。二年三度负东君，归来也，著意过今春。

玉箸不通乐理，只觉箫调清冷哀婉，曲折动人。静夜里听来，如泣如诉，那箫声百折千回，萦绕不绝，如回风流月，清丽难言。一套箫曲吹完，帐中依旧鸦静无声。

玉箸半晌方笑道："我是说不上来好在哪里，不过到了这半晌，依旧觉着那声音好像还在耳边绕着似的。"

琳琅微笑道："姑姑太夸奖了。"一语未了，忽听远处那铁簧之声又响起来。

玉箸道："那铁簧又吹起来啦，倒似有意跟咱们唱和似的。"

此番吹的却是一套《月出》。此乐常见于琴曲，琳琅从未曾听人以铁簧来吹奏。簧声本就激越，吹奏这样的古曲，却是剑走偏锋，令人耳目一新。只是那簧乐中霸气犹存，并无辞曲中的凄楚悲叹之意，反倒有着三分从容。

只听那铁簧将一套《月出》吹毕，久久不闻再奏，又从头吹遍。琳琅终忍不住竖箫相和，一箫一簧，遥相奏和，居然丝丝入扣。一曲方罢,簧声收音干脆清峻,箫声收音低回绵长。

那些宫人虽不懂得,但听得好听,又要猜度是何人在吹簧,自是笑着嚷起来。正七嘴八舌不可开交的热闹时节,忽见毡帘掀起,数人簇拥着一人进来。

帐中人皆向来者望去,只见当先那人气宇轩昂,约摸二十六七岁,头上只是一顶黑缎绣万寿字红绒结顶暖帽,穿一身绛色贡缎团福缺襟行袍,外罩一件袖只到肘的额伦代。顾盼之间颇有英气,目光如电,向众人面上一扫。

众人想不到闯入一个不速之客,见他这一身打扮,非官非卒,万万不知御驾随扈大营之中为何会有此等人物,都不由错愕在当地。唯琳琅只略一怔忡,便行礼如仪:"奴才叩见裕王爷,王爷万福金安。"

帐中诸人这才如梦初醒,呼啦啦跪下去磕头请安。

福全却只举一举手,示意众人起来,问:"适才吹箫的人是谁?"

琳琅低声答:"是奴才。"

福全"哦"了一声,问:"你从前认识我?"他虽常常出入宫闱,但因宫规,自是等闲不会见到后宫宫人,他身着便服,故而帐中众人皆被瞒过,不想这女子依旧道破自己身份。

琳琅道:"奴才从前并没有福气识得王爷金面。"

福全微有讶色:"那你怎么知道?"

琳琅轻声答:"王爷身上这件马褂,定是御赐之物。"

福全低首一看,只见袖口微露紫貂油亮绒滑的毛尖。向例御衣行袍才能用紫貂,即便显贵如亲王阁部大臣亦不能僭越。他不想是在这上头露了破绽,不由微笑道:"不错,这是皇上赏赐的。"

他心中激赏这女子心思玲珑细密,见她不卑不亢垂手而立,目光微垂,眉目间并不让人觉得出奇美艳,但灯下映得面色莹白如玉,隐隐似有宝光流转。

福全却轻轻咳了一声,说:"你适才的箫吹得极好。"

琳琅道:"奴才不过小时候学过几日,一时胆大贸然,有辱王爷清听,请王爷恕罪。"

福全道:"不用过谦,今晚这样的好月,正宜听箫,你再吹一套曲来。"

琳琅只得想了一想,细细吹了一套《九罭》。

这《九罭》原是赞颂周公之辞,周公乃文王之子,武王之弟,幼以孝仁卓异于群子,武王即位,则以忠诚辅翼武王。她以此曲来应王命,却是极为妥切,不仅颂德福全,且将先帝及当今皇帝比作文武二贤圣。

福全听了,却禁不住面露微笑,待得听完,方问:"你念过书么?"

琳琅答:"只是识得几个字罢了。"

福全点一点头,环顾左右,忽问:"你们都是当什么差事的?"

玉箸这才恭声答:"回王爷的话,奴才们都是浣衣房的。"

福全"哦"了一声。

忽听帐帘响动,一个小太监进来,见着福全,喜出望外地请个安:"王爷原来在这里,叫奴才好找。万岁爷那里正寻王爷呢。"

福全听了,忙带人去了。

待他走后,帐中这才炸了锅似的。玉箸先拍拍胸口,吁了口气方道:"真真唬了我一跳,没想到竟是裕王爷。琳琅,亏得你机灵。"

琳琅道："姑姑什么没经历过，只不过咱们在内廷，从来不见外面的人，所以姑姑才时没想到罢了。"

玉箸到帐门畔往外瞧了瞧天色，说："这就打开铺盖吧，明儿还要早起当差呢。"

众人答应着，七手八脚去铺了毡子，收拾了睡下。

琳琅的铺盖正在玉箸之侧，她辗转半晌，难以入眠，只静静听着帐外的柝声，远远像是打过三更了。帐中安静下来，听得熟睡各人此起彼伏的微鼾之声。人人都睡得酣然沉香了，她便不由自主轻轻叹了口气。

玉箸却低低问："还没睡着么？"

琳琅忙轻声歉然："我有择席的毛病，定是吵着姑姑了。"

玉箸说："我也是换了地头，睡不踏实。"顿了顿，依旧声如蝇语，"今儿瞧那情形，裕王爷倒像是有所触动，只怕你可望有所倚靠了。"

虽在暗夜里，琳琅只觉得双颊滚烫，隔了良久方声如蚊蚋："姑姑，连你也来打趣我？"

玉箸轻声道："你知道我不是打趣你。裕王爷是皇上的兄长，敕封的亲王。他若开口向皇上或太后说一声，你也算是出脱了。"

琳琅只是不作声，久久方道："姑姑，我没有那样天大的福气。"

玉箸也静默下来，隔了许久却轻轻叹了一声，道："老实说，假若裕王爷真开口问皇上讨了你去，我还替你委屈，你的造化应当还远不止这个才是。"

她声音极低，琳琅骇异之下，终究只低低说："姑姑你竟这样讲,琳琅做梦都不敢想。"

玉箸这些日子所思终于脱口而出,心中略慰,依旧只是耳语道:"其实我在宫里头这些年,独独遇上你,叫人觉着是个有造化的。姑姑倚老卖个老,假若真有那么一日,也算是姑姑没有看走眼。"

琳琅从被下握了她的手:"姑姑说得人怕起来,我哪会有那样的福分。姑姑别说这些折煞人的话了。"

玉箸轻轻在她手上拍了一拍,只说:"睡吧。"

第二日却是极晴朗的好天气。因行围在外,诸事从简,人手便显得吃紧。琳琅见衣裳没有洗出来,便自告奋勇去帮忙洗浣。春三月里,芳草如茵,夹杂野花纷乱,一路行去惊起彩蝶飞鸟。四五个宫人抬了大筐的衣物,在水声溅溅的河畔浣洗。

琳琅方洗了几槌,忽然"哎呀"了一声,她本不惯在河畔浣衣,不留神却叫那水濡湿了鞋,脚下凉丝丝全湿得透了。见几个同伴都赤着足踩在浅水之中,不由笑道:"虽说是春上,踏在水里不凉么?"

一位宫女便道:"这会子也惯了,倒也有趣,你也下来试试。"

琳琅见那河水碧绿,清澈见底,自己到底有几分怯意,笑道:"我倒有些怕——水流得这样急呢。"

旁边宫女便说笑:"这样浅的水,哪里就能冲走你?"

琳琅只是摇头笑道:"不成,我不敢呢。"

正在笑语晏晏间,忽见一个小宫女从林子那头寻来,老远便喘吁吁地喊:"琳琅姐姐,快,快……玉姑姑叫你回去呢。"

琳琅不由一怔,手里的一件江绸衫子便顺水漂去了,她连忙伸手去捞住,将衣筐、衣槌交给了同伴,跟着小宫女回营帐去。

只见芸初正坐在那里,琳琅笑道:"我原猜你应该也是随扈出来,只是怎么有工夫到我们这里来?"

按规矩,御前当差的人是不得随意走动的。芸初略有忧色,给她瞧一件石青夹衣。琳琅见那织锦是妆花龙纹,知道是御衣,那衣肩上却撕了寸许来长的一道口子。

芸初道:"万岁爷今天上午行围时,这衣裳叫树枝挂了这么一道口子,偏生这回织补上的人都留在宫里。"

玉箸在一旁道:"琳琅,你素来针线上十分来得,瞧瞧能不能拾掇?"

琳琅道:"姑姑吩咐,本该勉力试一试,可是这是御用之物,我怕弄不好,反倒连累了姑姑和芸初。"

芸初道:"这回想不到天气这样暖和,只带了三件夹衣出来。晚上万岁爷指不定就要换,回京里去取又来不及,四执库那些人急得热锅上的蚂蚁似的。我也是病急乱投医,拿到你们这边来。我知道你的手艺,你横竖只管试试。"

琳琅听她这样说,细细看了,取了绷子来绷上,先排纬识经,再细细看一回,方道:"这会子上哪里去找这真金线来?"

玉箸说:"我瞧你那里有金色丝线。"

琳琅说:"只怕补上不十分像,这云锦妆花没有真金线,可充不过去。"

芸初闻言,脸上略有焦灼之色。

琳琅想了一想,说道:"我先织补上了,再瞧瞧有没有旁的法子。"对芸初道,"这不是一会子半会子就能成的事情,你先回去,过会儿补好了,再打发人给你送去。"

芸初本也不敢久留,听她这样说,便先去了。

那云锦本是一根丝也错不得的,琳琅劈了丝来慢慢生脚,而后通经续纬,足足补了两个多时辰,方将那道口子织了起来。但见细灰一线淡痕,无论如何掩不过去。

玉箸叹了口气,说:"也只得这样了。"

琳琅想了一想,却拈了线来,在那补痕上绣出一朵四合如意云纹。玉箸见她绣到一半,方才拊掌称妙,待得绣完,正好将那补痕掩盖住。

琳琅微笑道:"这边肩上也只得绣一朵,方才掩得过去。"

待得另一朵云纹绣完,将衣裳挂起来看,果然天衣无缝,宛若生成。

玉箸自是喜不自禁,打发了人送衣裳去。天色近晚,琳琅这几个时辰不过胡乱咽了几个饽饽,这会子做完了活,方才觉得饿了。

玉箸说:"这会子人也没有,点心也没有,我去叫他们给你做个锅子来吃。"

琳琅忙说:"不劳动姑姑了,反正我这会子腿脚发麻,想着出去走走,正好去厨房里瞧瞧有什么现成吃的。"

因是围猎在外的御营行在,规矩稍懈,玉箸便说:"也罢,你去吃口热的也好。"

谁知琳琅到了厨房,天气已晚,厨房也只剩了些饽饽。琳琅拿了他微一踌躇,双掌互击"啪啪"两声轻响。林木之后便转出两名侍卫,躬身向他行礼。

他向枯木枝上那方绢白一指:"那是什么?"

一名侍卫便道:"奴才去瞧。"却行而退,至河岸方微侧着身子去取下,双手奉上前来给他:"主子,是方帕子。"

他接在手里,白绢帕子微湿,带着河水郁青的水汽,夹着一线幽香,淡缃色丝线绣出四合如意云纹,是极清雅的花样。

琳琅回到帐中,心里犹自怦怦直跳。只不知对方是何人,慌乱间他的衣冠也没瞧出端倪。心里揣摩大约是随扈行猎的王公大臣,自己定是胡乱闯到人家的行辕营地里去了,心下惴惴不安。

玉箸派去送衣裳的人已经回来了,说道:"芸初姑娘没口子地道谢,梁谙达见了极是欢喜,也说要改日亲自来拜谢姑姑呢。"

玉箸笑道:"谢我不必了,谢琳琅的巧手就是了。"一低头见了琳琅的鞋,"哎哟"了一声道,"怎么湿成这样?"

琳琅这才想起来,随口说:"我去河边洗手,打湿了呢。"忙去换下湿鞋。

第二日,琳琅在帐中熨衣,忽听芸初的声音在外面问:"玉姑姑在吗?梁谙达瞧您来了。"

玉箸忙迎出去,先请安笑道:"谙达这可要折煞玉箸了。"

梁九功只是笑笑:"玉姑不用客气。"举目四望,"昨儿补衣裳的是哪一位姑娘?"

玉箸忙叫了琳琅来见礼。琳琅正待蹲身请安,梁九功却连忙一把搋住:"姑娘不要多礼,亏得你手巧,咱们上下也没受责罚。今儿万岁爷见了那衣裳,还问过是谁织补的呢。"

芸初在一旁,只是笑盈盈的。

玉箸忙叫人沏茶,芸初悄悄对琳琅道:"梁谙达这回是真的欢喜,所以才特意过来瞧你呢。"到底人多,不便多说,轻轻在琳琅手腕上一捏,满脸只是笑容。

梁九功又夸奖了数句,方才去了。

他回御营去,帐门外的小太监悄悄迎上来:"谙达回来了?王爷和纳兰大人在里面陪皇上说话呢。"

梁九功点一点头,蹑步走至大帐中。那御营大帐地下俱铺羊毡,踏上去悄无声息。

只见皇帝居中而坐,神色闲适。

裕亲王向纳兰性德笑道:"容若,前儿晚上吹箫的人,果然是名女子。咱们打赌赌输了,你要什么彩头,直说吧。"

纳兰只是微微一笑:"容若不敢。"

皇帝笑道:"那日听那箫声,婉转柔美。你说此人定是女子,朕亦以为然。只有福全不肯信,巴巴儿地还要与你赌,眼下输得心服口服了。"

福全道:"皇上圣明。"又笑容可掬向容若道,"愿赌服输,送佛送到西。依我瞧你当晚似对此人大有意兴,不如我替你求了皇上,将这个宫女赐给你。一举两得,也算是替皇上分忧。"

皇帝与兄长的情谊素来深厚,此时微笑:"你卖容若人情倒也罢了,怎么还扯上为朕分忧的大帽子?"

福全道:"皇上不总也说'容若鹣鲽情深,可惜情深不寿,令人扼腕叹息'。那女子虽只是名宫人,但才貌皆堪配容若,我替皇上成全一段佳话,当然算是为君分忧。"

纳兰道:"既是后宫宫人,臣不敢僭越。"

皇帝道:"古人的'蓬山不远''红叶题诗'俱是佳话。你才可比宋子京,朕难道连赵祯的器量都没有?"

福全便笑道:"皇上仁心淳厚,自然远胜宋仁宗。不过这些个典故的来龙去脉,我可不知道。"他弓马娴熟,于汉学上头所知却有限。

皇帝素知这位兄长的底子,便对纳兰道:"容若,裕亲王考较你呢,你讲来让王爷听听。"

纳兰便应了声"嗻",说道:"宋祁与兄宋庠皆有文名,时人以大宋、小宋称之。一日,子京过繁台街,适有宫车经过,其中有一宫人掀帘窥看子京,说道:'此乃小宋也。'子京归家后,遂作《鹧鸪天》,词曰:'画毂雕鞍狭路逢,一声肠断绣帘中。身无彩凤双飞翼,心有灵犀一点通。金作屋,玉为笼,车如流水马如龙。刘郎已恨蓬山远,更隔蓬山几万重。'词作成后,京城传唱,并传至宫中。仁宗听到后,知此词来历,查问宫人:'何人呼小宋?'那宫人向仁宗自陈。仁宗又召子京问及此事,子京遂以实情相告。仁宗道:'蓬山不远。'即将此宫人赐予子京为妻。"

他声音清朗,抑扬顿挫,福全听得津津有味,道:"这故事倒真是一段佳话。皇上前儿夜里吹篪,也正好引出一折佳话。"

皇帝笑道:"咱们这段佳话到底有一点美中不足,是夜当命容若来吹奏,方才是十成十的佳话。"

君臣正说笑间,虞卒报至中军,道合围已成,请旨移驾看城。皇帝闻奏便起身更衣。纳兰领着侍卫的差事,皇帝命他驰马先去看城。福全侍立一旁,见尚衣的太监替皇帝穿上披挂。

皇帝回头见梁九功捧了帽子,问:"找着了?"

梁九功答:"回皇上话,找着那织补衣裳的人了,原是在浣衣房的宫女。皇上没有吩咐,奴才没敢惊动,只问了她是姓卫。"

皇帝道:"朕不过觉得她手巧,随便问一句罢了。回头叫她到针线上当差吧。"

梁九功"嗻"了一声。

皇帝转脸问福全:"那吹箫的宫女,我打算成全容若。你原说打听到了,是在哪里当差?"

福全听到适才梁九功的一番话,不由想了一想,一抬头正瞧见宫女捧了皇帝的大氅进来,灵机一动,答道:"那宫女是四执库的。"

皇帝道:"这桩事情就交由你去办,别委屈容若。"

福全只道:"皇上放心。"

皇帝点一点头,转脸示意。敬事房的太监便高声一呼:"起驾!"

清晨前管围大臣率副管围及虞卒、八旗劲旅、虎枪营士卒与各旗射生手等出营,迂道绕出围场的后面二十里,然后再由远而近把兽赶往围场中心合围。围场的外面从放围的地方开始,伏以虎枪营士卒及诸部射生手。又重设一层,专射围内逃逸的兽,而围内的兽则例不许射。

皇帝自御营乘骑,率诸扈从大臣侍卫及亲随射生手、虎枪手等拥护由中道直抵中军。只见千乘万骑拱卫明黄大纛缓缓前行,扈从近臣侍卫按例皆赏穿明黄缺襟行褂，映着日头明晃晃一片灿然金黄。

在中军前半里许，御驾停了下来，纳兰自看城出迎，此时一直随侍在御驾之侧，跟随周览围内形势。

皇帝见合围的左右两翼红、白两纛齐到看城，围圈已不足二三里，便吩咐："散开西面。"

专事传旨的御前侍卫便大声呼唤："有旨，散开西面！"

只听一声迭一声飞骑传出："有旨，散开西面……"远远听去句句相接，如同回音。

这是网开一面的天恩特敕，听任野兽从此面逃逸，围外的人也不准逐射。围内野兽狼奔豕突，乱逃乱窜。

皇帝所执御弓，弓干施朱漆缠以金线，此时拈了羽箭在手里，"嗖"一声弦响，一箭射出，将一只蹿出的狍子生生钉死在当地。

三军纵声高呼："万岁！"声响如雷，行围此时方始。

只见飞矢如蝗，密如急雨，皇帝却驻马原地，看诸王公大臣射生手等驰逐野兽。这是变相的校射了，所以王公大臣以下，人人无不奋勇当先。

福全自七八岁时就随扈顺治帝出关行围，弓马娴熟，在围场中自是如鱼得水，纵着胯下大宛良马奔跑呼喝，不过片刻，他身后的哈哈珠子便驮了一堆猎物在鞍上。此时回头见了，只皱眉道："累赘！只留耳朵。"

那哈哈珠子便"嗻"了一声，将兽耳割下，以备事毕清点猎物数量。

纳兰是御前侍卫，只勒马侍立御驾之后，身侧的黄龙大纛烈烈迎风作响。围场中人喧马嘶,摇旗呐喊,飞骑来去。他腕上垂着马鞭,近侍御前不能佩刀,腰际只用帉系佩箭囊,囊中插着数十尾白翎箭。

只听皇帝道:"容若,你也去。"

纳兰便于马上躬身行礼:"奴才遵旨。"打马入围,从大队射生手骑队间穿过,拈箭搭弓,嗖嗖嗖连发三箭,箭箭皆中,无一虚发。

皇帝遥相望见,也禁不住喝了一声彩。众侍卫自是喝彩声如雷动。

纳兰兜马转来,下马行礼将猎物献于御前,依旧退至御驾之后侍立。

这一日散围之后,已是暮色四起。纳兰随扈驰还大营,福全纵马在他左近,只低声笑道:"容若,此次皇上可当真了,吩咐我说要将那宫女赐给你呢。"

容若握着缰绳的手一软,竟是微微一抖,心乱如麻,竟似要把持不定,极力自持,面上方不露声色。

幸得福全并无留意,只是笑道:"皇上给了这样天大的面子,我自然要好生来做成这桩大媒。"

容若道:"圣恩浩荡,愧不敢受。王爷又如此替容若操劳,容若实不敢当。"

福全道:"我不过做个顺水人情,皇上吩咐不要委屈了你,我自然老实不客气。"有意顿一顿,方道,"我叫人去打听清楚了,吹箫的那宫人是颇尔盆之女,门楣倒是不低,提起他们家来,你不定知道,说来她还是荣嫔的表亲。我听闻此女品貌俱佳,且是皇上所赐,令尊大人想必亦当满意。"

话犹未落,只见纳兰手中一条红绦结穗的蟒皮马鞭落在了地上,纳兰定一定神，策马兜转，弯腰一抄便将鞭子拾起。

福全笑道："这么大的人了，一听娶亲还乱了方寸？"

纳兰只道："王爷取笑了。皇上隆恩，竟以后宫宫人以降，本朝素无成例，容若实不敢受，还望王爷在皇上面前代为推辞。"

福全听他起先虽有推却之辞，但到了此时语意坚决，竟是绝不肯受的表示了。他心里奇怪，只是摸不着头脑。

他与纳兰交好，倒是一心一意替他打算。因听到梁九功回话，知琳琅已不可求，这两日特意命人悄悄另去物色，打听到内大臣颇尔盆之女在四执库当差。那颇尔盆乃费英乐的嫡孙，承袭一等公爵，虽在朝中无甚权势，但爵位显赫。不料他一片经营，纳兰却推辞不受。

福全待要说话，只见纳兰凝望远山，那斜阳西下，其色如金，照在他的脸上，他本来相貌清秀，眉宇之间却总只是淡然。

福全忍不住道："容若，我怎么老是见你不快活？"

纳兰蓦然回过神来，只是微笑："王爷何出此言？"

福全道："唉，你想必又是忆起了尊夫人，你是长情的人，所以连皇上都替你惋叹。"话锋一转，"今晚找点乐子，我来撺掇皇上，咱们赌马如何？"

容若果然解颐道："王爷难道输得还不服气么？"

福全一手折着自己那只软藤马鞭，哈哈一笑："谁说上次是我输了？我只不过没赢罢了，这次咱们再比过。"

容若举手遮光，眺望远处辂伞簇拥着的明黄大纛，道："咱们落下这么远了。"

福全道:"这会子正好先试一场,咱们从这里开始,谁先追上御驾就算谁赢。"不待容若答话,双腿一夹,轻喝一声,胯下的大宛良驹便撒开四蹄飞驰。

容若打马扬鞭,方追了上去。

侍候福全的哈哈珠子与亲兵长随,纵声呼喝亦紧紧跟上,十余骑蹄声急促,只将小道上腾起滚滚一条灰龙。

第三章　心期天崖

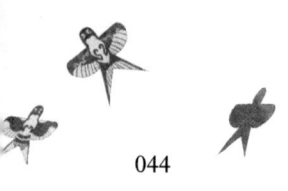

风鬟雨鬓,偏是来无准。倦倚玉兰看月晕,容易语低香近。

软风吹过窗纱,心期便隔天涯。从此伤春伤别,黄昏只对梨花。

——纳兰容若《清平乐》

皇帝回到御营,换了衣裳便留了福全陪着用膳。因行围在外,诸事从简,皇帝从来亦不贪口腹之欲,所以只是四品锅子,十六品大小菜肴。

天家馈饮,自是罗列山珍海味,皇帝却只拣新鲜的一品烹掐菜下饭。

福全笑道:"虽然万岁爷这是给奴才天大的面子,可是老实说,每回受了这样的恩典,奴才回去还得找补点心。"

皇帝素来喜欢听他这样直言不讳,忍不住也笑道:"御膳房办差总是求稳妥为先,是没什么好吃的。这不比在宫里,不然朕传小厨房的菜,比这个好。"尝了一品鸭丁溜葛仙米,说,"这个倒还不错,赏给容若。"

自有太监领了旨意去，当下并不是撤下桌上的菜，所有菜品早就预备有一式两份，听闻皇帝说赏，太监立时便用捧盒装了另一份送去。

福全道："皇上，福全有个不情之请，想求皇上成全。"

他突然这样郑重地说出来，皇帝不禁很是注意，"哦"了一声问："什么事？"

福全道："奴才今日比马又输了彩头，和容若约了再比过。所以想求万岁爷大驾，替福全压阵。"

皇帝果然有兴致，说："你们倒会寻乐子。我不替你压阵，咱们三个比一比。"

福全只是苦愁眉脸："奴才不敢，万一传到太皇太后耳中去，说奴才撺掇了皇上在黑夜荒野地里跑马，奴才是要吃排头的。"

皇帝将筷子一搁，道："你兜了这么个圈子，难道不就是想着撺掇朕？你赢不了容若，一早想搬朕出马，这会子还在欲擒故纵，欲盖弥彰。"

福全笑嘻嘻地道："皇上明鉴，微臣不敢。"

皇帝见他自己承认，便一笑罢了，对侍立身后的梁九功道："叫他们将北面道上清一清，预备松明炬火。"

福全听他如斯吩咐，知道已经事成，心下大喜。

待得福全陪了皇帝缓缰驭马至御营之北广阔的草甸之上，御前侍卫已经四散开去。两列松明火把远远如蜿蜒长龙，只闻那炬火呼呼燃着，偶然噼啪有声，炸开火星四溅。

纳兰容若见皇帝解下大氅，随手向后扔给梁九功，露出里面一身织锦蟒纹缺襟行袍,只问:"几局定输赢?"

福全道:"看皇上的兴致,臣等大胆奉陪。"

皇帝想一想,说:"就三局吧,咱们三个一块儿。"用手中那条明黄结穗的马鞭向前一指,"到河岸前再转回来,一趟来回算一局。"

三人便勒了各自的坐骑,命侍卫放铳为号,齐齐纵马奔出。

皇帝的坐骑是陕甘总督杨岳斌所贡,乃万里挑一的名驹,迅疾如风,旋即便将二人远远抛在后头。纳兰容若纵马驰骋,只觉风声呼呼从耳畔掠过,那侍卫所执的火炬直若流星灼火,在眼前一划而过,穷追不舍。

皇帝驰至河边见两人仍落得远远的,不愿慢下那疾驰之势,便从侍卫炬火列内穿出,顺着河岸兜了个圈子以掉转马头。暗夜天黑,只觉突然马失前蹄,向前一栽。幸得那马调驯极佳,反应极快,便向上跃起。他骑术精良,当下将缰绳一缓,那马却不知为何长嘶一声,受惊乱跳。

侍卫们吓得傻了,忙拥上前去帮忙拉马。那马本受了惊吓,松明火炬一近前来,反倒适得其反。

皇帝见势不对,极力控马,大声道:"都退开!"

福全与纳兰已经追上来,只见那马发狂般猛然跃起,重重将皇帝抛下马背来。福全吓得脸色煞白,纳兰已经滚下鞍鞴,抢上前去。

众侍卫早将皇帝扶起。

福全连连问:"怎么样?怎么样?"

火炬下照得分明,皇帝脸色还是极镇定的,有些吃力地说:"没有事,只像是摔到了右边手臂。"

福全急得满头大汗,亲自上前替皇帝卷起衣袖,侍卫忙将火把举得高些。外面只瞧得些微擦伤,肘上已然慢慢淤青红肿。皇帝虽不言疼痛,但福全瞧那样子似乎伤得不轻,心里又急又怕,只道:"奴才该死,奴才护驾不周,请皇上重责。"

皇帝忍痛笑道:"这会子倒害怕起来了?早先撺掇朕的劲头往哪里去了?"

福全听他此时强自说笑,知道他是怕自己心里惶恐,心下反倒更是不好过。纳兰已将御马拉住,那马仍不住悲嘶。他取了火把细看,方见马蹄之上鲜血直流,竟夹着猎人的捕兽夹,怪不得那马突然发起狂来。

福全对御前侍卫总管道:"你们有几个脑袋可以担当?先叫你们清一清场子,怎么还有这样的夹子在这里?竟夹到了皇上的马,几乎惹出弥天大祸来。你们是怎么当差的?"

那些御前侍卫皆是皇帝近侍,他虽是亲王身份,亦不便过分痛斥,况且侍卫总管见出了这样大的乱子,早吓得魂不附体。福全便也不多说,扶了皇帝上了自己坐骑,亲自挽了缰绳,由侍卫们簇拥着返回御营大帐去。

待返回御营,先传蒙古大夫来瞧伤势。皇帝担心消息传回京城,道:"不许小题大做,更不许惊动太皇太后、太后两位老人家知道。不然,朕唯你们是问。"

福全恨得跌足道:"我的万岁爷,这节骨眼上您还惦记要藏着掖着。"

幸得蒙古大夫细细瞧过,并没有伤及骨头,只是筋骨扭伤,数

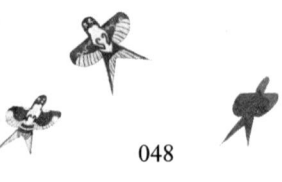

日不能使力。蒙医医治外伤颇为独到,所以太医院常备有治外伤的蒙药,随扈而来亦有预备王公大臣在行围时错手受伤,所以此时便开方进上成药。福全在灯下细细瞧了方子,又叫大夫按规矩先行试药。

皇帝那身明黄织锦的行袍,袖上已然蹭破一线,此刻换了衣裳,见福全诚惶诚恐侍立帐前,于是道:"是朕自个儿不当心,你不必过于自责。你今天晚上也担惊受怕够了,你跟容若都跪安吧。"

纳兰请了个安便遵旨退出,福全却苦笑道:"万岁爷这样说,越发叫福全无地自容,奴才请旨责罚。"

皇帝素来爱惜这位兄长,知道越待他客气他反倒越惶恐,便有意皱眉道:"罢了,我肘上疼得心里烦,你快去瞧瞧药好了没?"

福全忙请了个安,垂手退出。

福全看着那蒙古大夫试好了药,便亲自捧了走回御帐去。正巧小太监领着一名宫女迎面过来,两人见了他忙避在一旁行礼。福全见那宫女仪态动人,身姿娉婷,正是琳琅,一转念便有了主意,问那小太监:"你们这是去哪儿?"

那小太监道:"回王爷的话,梁谙达嘱咐,这位姑娘打今儿起到针线上去当差,所以奴才领了她过来。"

福全点点头,对琳琅道:"我这里有桩差事,交给你去办。"

琳琅虽微觉意外,但既然是裕亲王吩咐下来,只恭声道:"是。"

福全便道:"你跟我来吧。"

琳琅随着他一路走过,直至御帐之前。琳琅虽不曾近得过御前,但瞧见大帐前巡守密织,岗警森严,那些御前侍卫,皆是二三品的红顶子。待得再往前走,御前侍卫已然不戴佩刀,她隐隐猜到是何境地，不禁心里略略不安。待望见大帐的明黄帷幕，心下一惊，只不明白福全是何意思。

正踟蹰间，忽听福全道："万岁爷摔伤了手臂，你去侍候敷药。"

琳琅轻声道："奴才不是御前的人，只怕当不好这样紧要的差事。"

福全微微一笑，说："你心思灵巧，必然能当好。"

琳琅心下越发不安。太监已经打起帘子，她只得随着福全步入帐中。

御营行在自然是极为广阔，以数根巨木为柱，四面编以老藤，其上蒙以牛皮，皮上绘以金纹彩饰。帐中悉铺厚毡，踩上去绵软无声。琳琅垂首低眉随着福全转过屏风，只见皇帝坐在狼皮褥子之上，梁九功正替他换下靴子。

福全只请了个安，琳琅行了大礼，并未敢抬头。

皇帝见是名宫女，亦没有留意。福全将药交给琳琅，梁九功望了她一眼，便躬身替皇帝轻轻挽起袖子。

琳琅见匣中皆是浓黑的药膏，正犹豫间，只见梁九功向她使着眼色，她顺他眼色瞧去，方见着小案上放着玉拨子，忙用拨子挑了药膏。皇帝坐的软榻极矮，她就势只得跪下去，她手势极轻柔，将药膏薄薄敷在伤处。

皇帝突然之间觉到幽幽一缕暗香，虽不甚浓，却非兰非麝，竟将那药气遮掩下去，不禁回过头来望了她一眼。只见秀面半低，侧影极落落动人，正是那夜在河畔唱歌之人。

福全低声道："奴才告退。"见皇帝点一点头，又向梁九功使个眼色，便退了出去。

过了一会儿工夫,梁九功果然也退出来,见了他只微笑道:"王爷,这么着可不合规矩。"

福全笑了一声:"我闯了大祸,总得向皇上赔个不是。万岁爷说心里烦,那些太监们笨手笨脚不会侍候,越发惹得万岁爷心里烦。叫这个人来,总不至叫万岁爷觉着讨厌。"

琳琅敷好了药,取了小案上的素绢来细细裹好了伤处,便起身请了个安,默然退至一旁。

皇帝沉吟问:"你叫什么名字?"

她轻声答:"琳琅。"回过神来才觉察这样答话是不合规矩的。

好在皇帝并没有在意,只问:"是珠玉琳琅的琳琅?"

她轻声答了个"是"。

皇帝"哦"了一声,又问:"你也是御前的人,朕以前怎么没见着你当差?"

琳琅低声道:"奴才原先不是御前的人。"终于略略抬起头来。

帐中所用皆是通臂巨烛,亮如白昼,她分明见着皇帝正是那晚河畔遇上的年轻男子,心下大惊,只觉得一颗心如急鼓一般乱跳。

皇帝却转过脸去,叫:"梁九功。"

梁九功连忙进来,皇帝道:"伤了手,今儿的折子也看不成了。朕也乏了,叫他们都下去吧。"

梁九功"嗻"了一声,轻轻一击掌,帐中诸人皆退出去,琳琅亦准备随众退下,忽听皇帝道:"你等一等。"她连忙垂手侍立,心里怦怦直跳。

皇帝却问:"朕的那件衣裳,是你织补的?"

她只答了个"是",皇帝便又说:"今儿一件衣裳又蹭坏了,一样儿交你吧。"

她恭声道:"奴才遵旨。"见皇帝并无其他吩咐,便慢慢退出去。

梁九功派人将衣裳送至,她只得赶了夜工织补起来,待得天明才算是完工。

梁九功见她交了衣裳来,却叫小太监:"叫芳景来。"又对她说,"御前侍候的规矩多,学问大,你从今儿起好生跟芳景学着。"

琳琅听闻他如是说,心绪纷乱,但他是乾清宫首领太监,只得应了声:"是。"

不一会儿,小太监便引了位年长的宫女来,倒是眉清目秀,极为和气。琳琅知是芳景,便叫了声:"姑姑。"

芳景便将御前的一些规矩细细讲与琳琅听,琳琅性子聪敏,芳景见她一点即透,亦是欢喜。

方说了片刻,可巧芸初听见信了,特意过来瞧她,一见了她,喜不自禁:"咱们可算是在一块儿了。"

琳琅也很是欢喜,道:"没想到还有这样的机缘。"

芳景刚又嘱咐了琳琅两句,只听小太监在帐外叫道:"芳姑姑,刘谙达叫您呢。"

芳景便对芸初道:"你来给她解说些日常行事规矩,我去瞧瞧。"

待她一走,芸初禁不住笑道:"我早就说过,你样样是个拔尖的,总有这一日吧。"

琳琅只是微笑罢了。芸初极是高兴,拉着她的手:"听说画珠也很讨太后喜欢。咱们三个人,终于都当了上差。"

琳琅道:"上差不上差,左不过不犯错,不出岔子,太太平平就好。"

芸初道:"你这样伶俐一个人,还怕当不好差事。"悄声笑道,"旁人想都想不来呢,谁不想在御前当上差。"顿了顿又说,"你忘了那年在内务府学规矩,咱们三个人睡在一个炕上,说过什么话吗?"

琳琅微笑道:"那是你和画珠说的,我可没有说。"

芸初笑道:"你最是个刁钻古怪的,自然和我们不一样的心思。"

琳琅面上微微一红,还欲说话,梁九功却差人来叫她去给皇帝换药,她只得撇下芸初先去。

时辰尚早,皇帝用了早膳,已经开始看折子。琳琅依旧将药敷上,细细包扎妥当,轻轻将衣袖一层层放下来。只见皇帝左手执笔,甚为吃力,只写得数字,便对梁九功道:"传容若来。"

她的手微微一颤,不想那箭袖袖端绣花繁复,极是挺括,触到皇帝伤处,不禁身子一紧。

她吓了一跳,忙道:"奴才失手。"

皇帝道:"不妨事。"挥手示意她退下。

她依礼请安之后却行而退,刚退至帐前,突然觉得呼吸一窒。

纳兰已步入帐中,只不过相距三尺,却只能目不斜视陌然错过。他至御前行礼如仪:"皇上万福金安。"

她慢慢退出去,眼里他的背影一分一分地远去,一尺一尺地远去。原来所谓的咫尺天涯,咫尺,便真是不可逾越的天涯。

帘子放下来,视线里便只剩了那明黄上用垂锦福僖帘。朝阳照在那帘上,混淆着帐上所绘碧金纹饰,华彩如七宝琉璃,璀璨夺目,直刺入心。

容若见了驾,只听皇帝道:"你来替朕写一道给尚之信的上谕。"

容若应了"是",见案上皆是御笔朱砂,不敢僭越,只请梁九功另取了笔墨来。

皇帝起身在帐中踱了几步,沉吟道:"准尔前日所奏,命王国栋赴宜章。今广西战事吃紧,尚藩应以地利,精选藩下兵万人驰援桂中。另着尔筹军饷白银二十万两,解朝廷燃眉之急。"

容若依皇帝的意思,改用上谕书语一一写了,又呈给皇帝过目。皇帝看了,觉得他稿中措辞甚妥,点一点头,又道:"再替朕拟一道给太皇太后的请安折子,只别提朕的手臂。"

容若便略一沉吟,细细写了来。

皇帝虽行围在外,但朝中诸项事务,每日等闲也是数十件。他手臂受伤,命容若代笔,直忙了两个多时辰。

福全来给皇帝请安,听闻皇帝叫了纳兰来代笔国事,不敢打扰,待纳兰退出来,方进去给皇帝请了安。

皇帝见了他,倒想起一事来:"我叫你替容若留意,你办妥了没有?"

福全想了想,道:"皇上是指哪一桩事?"

皇帝笑道:"瞧你这记性,蓬山不远啊,难不成你竟忘了?"

福全见含糊不过去,只得道:"容若脸皮薄,又说本朝素无成例,叫奴才来替他向万岁爷呈情力辞呢。"

皇帝没有多想,忆起当晚听那箫声,纳兰神色间情不自禁,仿佛颇为向往。他倒是一意想成全一段佳话,便道:"容若才华过人,朕破个例又如何?你将那宫女姓名报与内务府,择日着其父兄领出,叫容若风风光光地娶了过门,才是好事。"

福全见他如是说,便"嚓"了一声,又请个安:"福全替容若谢皇上恩典。"

皇帝只微笑道:"你就叫容若好好谢你这个大媒吧。"

福全站起来只是笑:"浑话说'新人进了房,媒人丢过墙',这做媒从来是吃力不讨好。不过这回臣口衔天诏,奉了圣旨,这个媒人委实做得风光八面,也算是叨了万岁爷的光。"

他出了御营,便去纳兰帐中。只见纳兰负手立在帐帷深处,凝视帐幕,倒似若有所思。

书案上搁着一纸素笺,福全一时好奇取了来看,见题的是一阕《画堂春》:"一生一代一双人,争教两处销魂。相思相望不相亲,天为谁春。浆向蓝桥易乞,药成碧海难奔。若容相访饮牛津,相对忘贫。"

福全不由轻叹一声,道:"容若,你就是满纸涕泪,叫旁人也替你好生难过。"

纳兰倒似微微吓了一跳,回头见是他,上前不卑不亢行了礼。

福全微笑道:"皇上惦着你的事,已经给了旨意,叫我传旨给内务府,将颇尔盆的女儿指婚于你。"

纳兰只觉得脑中嗡一声轻响,似乎天都暗下来一般。适才御营中虽目不斜视,只是眼角余光惊鸿一瞥,只见了她远远的侧影,前尘往事已是心有千千结,百折不能解。谁知竟然永绝了生期,心下一片死寂，一颗心真如死灰一般了，只默默无语。

福全哪里知道他的心事，兴致勃勃地替他筹划，说："等大驾回銮，我叫人挑个好日子，就去对内务府总管传旨。"

纳兰静默半晌，方问："皇上打算什么时候回京？"

福全道："总得再过几日，皇上的手臂将养得差不多了，方才会回宫吧。皇上担心太皇太后与太后知道了担心，所以还瞒着京里呢。"

己酉日大驾才返回禁城，琳琅初进乾清宫，先收拾了下处，芸初央了掌事，将她安排和自己同住一间屋子。好在宫中执事，只卷了铺盖过来便铺陈妥当。御前行走的宫人，旁人都存了三分客气。

芳景本和芸初同住，她在御前多年，办事老到，为人又厚道，看琳琅理好了铺盖，便说："你初来乍到，先将就挤一下。梁谙达说过几日再安排屋子。"

琳琅道："只是多了我，叫姑姑们都添了不便。"

芳景笑道："有什么不便的，你和芸初又好，我们都巴不得多个伴呢。"又说，"梁谙达问了，要看你学着侍候茶水呢，你再练一遍我瞧瞧。"

琳琅应了一声，道："请姑姑指点。"便将茶盘捧了茶盏，先退到屋外去，再缓缓走进来。

芳景见她步态轻盈，目不斜视，盘中的茶稳稳当当，先自点了点头。琳琅便将茶放在小桌之上，而后退至一旁，再却行退后。

芳景道："这样子很好，茶放在御案上时，离侧案边一尺四寸许，离案边二尺许，万岁爷一举手就拿得到。放得远了不成，近了更不成，近了碍着万岁爷看折子写字。"又道，"要懂得看万岁爷的眼色，这个就要花心思揣摩了，万岁爷一抬眼，便能知道是不是想吃茶。御茶房预备的茶和奶子，都是滚烫的。像这天气，估摸着该叫茶了，便先端了来，万不能临时抓不着，叫皇上久等着。也不能搁凉了，那茶香逸过了，就不好喝了。晚上看折子，一般是预备奶子，奶子是用牛奶、奶油、盐、茶熬制的奶茶，更不能凉。"

她说着琳琅便认真听着，芳景一笑："你也别怕，日子一久，万岁爷的眼神你就能看明白了。皇上日理万机，咱们做奴才的，事事妥当了叫他省些心，也算是本分了。"又起身示范了一回叫琳琅瞧着学过。

待得下午，梁九功亲自瞧过了，见琳琅动作利落，举止得体，方颔首道："倒是学得很快。"对芳景笑道，"到底是名师出高徒。"

芳景道："谙达还拿我来取笑。这孩子悟性好，我不过提点一二，她就全知道了。"

梁九功道："早些历练出来倒好，你明年就要放出去了，茶水上没个得力的人哪里成。我瞧这孩子也很妥当，今晚上就先当一回差事吧。"

琳琅应个"是"。梁九功诸事冗杂，便起身去忙旁的事了。

芳景安慰琳琅道："不要怕，前几日你替皇上换药，也是日日见着万岁爷，当差也是一样的。"

因湖南的战事正到了要紧处，甘陕云贵各处亦正用兵，战报奏折直如雪片般飞来。皇帝对战事素来谨慎，事无巨细，事必躬亲。殿中静悄悄的，只听那西洋自鸣钟喳喳地走动，小太监蹑手蹑脚剪掉烛花,剔亮地下的纱灯。

琳琅瞧着那茶凉透了,悄步上前正想撤下来另换过。正巧皇帝看得出神,眼睛还盯着折子上,却伸出手去端茶。琳琅缩避不及,手上一暖,皇帝绛金织锦的袍袖已拂过她的手腕。皇帝只觉得触手生温,柔滑腻人,一抬起头来瞧见正按在琳琅手上。

琳琅面红耳赤,低声道:"万岁爷,茶凉了,奴才去换一盏。"

皇帝"唔"了一声,又低头看折子,琳琅便抽身出去。

堆积如山的奏折已经去得大半,西洋自鸣钟已打过二十一下。梁九功见皇帝有些倦意,忙亲自绞了热手巾送上来。琳琅将茶捧进来。皇帝放下手巾,便接了茶来,只尝了一口,目光仍瞧着折子,忽然将茶碗撂下。

琳琅只怕初次当差出了岔子,心里不免忐忑。

皇帝从头将那折子又看了一遍,站起身来,负手缓缓踱了两步,忽又停步,取了那道奏折,交待梁九功道:"你明儿打发个人,将这个送给明珠。"停了一停,说道,"不必叫外间人知晓。"

折子是明发或是留中,都是有一定的定规的,这样的殊例甚是罕异。梁九功连忙应是,在心里暗暗纳闷罢了。

待皇帝批完折子,已经是亥时三刻。皇帝安寝之后,琳琅方交卸了差事下值。

琳琅那屋里住着四个人,晚上都交卸了差事,自然松闲下来。芳景见锦秋半睡在炕上,手里拿了小菱花镜,笑道:"只有你发疯,这会子还不睡,只顾拿着镜子左照右照。"

锦秋道:"我瞧这额头上长了个疹子。"

芳景笑道："一个疹子毁不了你的花容月貌。"

锦秋啐道："你少在这里和我犟嘴，你以为你定然是要放出去了的？小心明儿公公来，将你背走。"

芳景便起身道："我非撕了你的嘴不可，看你还敢胡说？"按住锦秋便胳肢。锦秋笑得连气也喘不过来，只得讨饶。芸初在一旁，也只是掩着嘴笑。

芳景回头瞧见琳琅，笑着道："再听到这样的话，可别轻饶了她。"

琳琅微笑道："姑姑们说的什么，我倒是不懂。"

锦秋嘴快，将眼睛一眯，说："可是句好话呢。"

芸初忙道："别欺侮琳琅不知道。"琳琅这才猜到一二分，不由略略脸红。

果然锦秋道："算了，告诉了你，也免得下回旁人讨你便宜。"只是掩着嘴笑，"背宫你知不知道？"

琳琅轻轻摇了摇头。

芳景道："狗嘴里吐不出象牙来，没事拿这个来胡说。"

锦秋道："这是太宗皇帝传下来的规矩，讲一讲有什么打紧？"

芳景说："你倒搬出太宗皇帝来了。"

锦秋"嘿"了一声，道："我倒是听前辈姑姑们讲，这规矩倒是孝端皇后立下来的。说是宸妃宠逾后宫，孝端皇后心中不忿，立了规矩：凡是召幸妃嫔，散发赤身，裹以斗篷，由公公背入背出，不许留宿御寝。"

芳景亦只是晕红了脸笑骂道："可见你成日惦着什么。"

锦秋便要跳下炕来和她理论。芳景忙道："时辰可不早了，还不快睡,一会子叫掌事听到,可有得饥荒。"

锦秋哪里肯依,芳景便"哧"一声吹灭了灯,屋子里暗下来,锦秋方窸窸窣窣睡下了。

天气晴朗,碧蓝的天上一丝云彩都没有。白晃晃的日头隔着帘子,四下里安静无声。皇帝歇了午觉,不当值的人退下去回自己屋子里。因芸初去了四执库,琳琅也坐下来绣一方帕子。

芳景让梁九功叫了去,不一会儿回屋里来,见琳琅坐在那里绣花,便走近来瞧,见那湖水色的帕子上,用莲青色的丝线绣了疏疏几枝垂柳,于是说:"好是好,就是太素净了些。"

琳琅微笑道:"姑姑别笑话,我自己绣了玩呢。"

芳景咳了一声,对她道:"我早起身上就不太好,挣扎了这半日,实在图不得了,已经回了梁谙达。梁谙达说你这几日当差很妥当,这会子万岁爷歇午觉,你先去当值,听着叫茶水。"

琳琅听她如是说,忙放了针线上殿中去。

皇帝在西暖阁里歇着,深沉沉的大殿中寂静无声,只地下两只鎏金大鼎里焚着安息香,那淡白的烟丝丝缕缕,似乎连空气都是安静的。

当值的首领太监正是梁九功,见了她来,向她使个眼色。她便蹑步走进暖阁,梁九功轻手轻脚地走过来,压低了声音对她道:"万岁爷有差事交我,我去去就回来,你好生听着。"

琳琅听说要她独个儿留在这里,心里不免忐忑。

梁九功道:"他们全在暖阁外头,万岁爷醒了,你知道怎么叫人?"

她知道暗号,于是轻轻点点头。梁九功也不敢多说,只怕惊醒了皇帝，蹑手蹑脚便退了出去。

琳琅只觉得殿中静到了极点，仿佛连自己的心跳声也能听见。她只是屏息静气，留意着那明黄罗帐之后的动静。虽隔得远，但暖阁之中太安静，依稀连皇帝呼吸声亦能听见，极是均匀平缓。

殿外的阳光经了雕花长窗上糊着的绡纱，投射进来只是淡白的灰影，那窗格的影子，一格一格映在平滑如镜的金砖上。

她想起幼时在家里的时候，这也正是歇午觉的时辰。三明一暗的屋子，向南的窗下大株芭蕉与梨花。阳光明媚的午后，院中飞过柳絮，无声无息，轻淡得连影子也不会有。雪白弹墨帐里莲青枕衾，老太太也有回说："太素净了，小姑娘家，偏她不爱那些花儿粉儿。"

那日自己方睡下了，丫头却在外面轻声道："大爷来了，姑娘刚睡了呢。"

那熟悉的声音便道："那我先回去，回头再来。"

隐隐约约便听见门帘似是轻轻一响，她忍不住掣开软绫帐子，叫一声："冬郎。"

忽听窸窸窣窣被衾有声，她心下一惊，猛然回过神来，却是帐内的皇帝翻了个身，四下里依旧是沉沉的寂静。

春日的午后，人本就易生倦意，她立得久了，这样的安静，仿佛要天长地久永远这样下去一样。她只恍惚地想，梁谙达怎么还不回来？

窗外像是起了微风，吹在那窗纱上，极薄半透的窗纱微微地鼓起，像是小孩子用嘴在那里呵着气。她看那日影渐渐移近帐前，再过一会儿工夫，就要映在帐上了，便轻轻走至窗前，将那窗子要放下来。

忽听身后一个醇厚的声音道："不要放下来。"

她一惊回过头来,原来皇帝不知什么时候已经醒了,一手撩了帐子,便欲下床来。她忙上前跪下去替他穿上鞋,慌乱里却忘记去招呼外面的人进来。

皇帝犹有一分睡意,神色不似平日那样警锐敏捷,倒是很难得像寻常人一样有三分慵懒:"什么时辰了?"

她便欲去瞧铜漏,他却向案上一指,那案上放着一块核桃大的镀金珐琅西洋怀表。她忙打开瞧了,方答:"回万岁爷,未时三刻了。"

皇帝问:"你瞧得懂这个?"

她事起仓促,未及多想,此时皇帝一问,又不知道该怎么答,只好道:"以前有人教过奴才,所以奴才才会瞧。"

皇帝"嗯"了一声,道:"你瞧着这西洋钟点就说出了咱们的时辰,心思换算得很快。"

她不知该怎么答话,可是姑姑再三告诫过的规矩,与皇帝说话,是不能不作声的,只得轻轻应了声:"是。"

殿中又静下来,过了片刻,皇帝才道:"叫人进来吧。"

她悚然一惊,这才想起来自己犯了大错,忙道:"奴才这就去。"走至暖阁门侧,向外递了暗号。司衾尚衣的太监鱼贯而入,替皇帝更衣梳洗。

她正待退出,皇帝却叫住了她,问:"梁九功呢?"

她恭声道:"梁谙达去办万岁爷吩咐的差事了。"

皇帝微有讶异之色:"朕吩咐的什么差事?"

正在此时,梁九功却进来了,向皇帝请了安。皇帝待内官一向规矩森严,身边近侍之人,更是不假以辞色,问:"你当值却擅离职守,往哪里去了?"

梁九功又请了个安,道:"万岁爷息怒,主子刚歇下,太后那里就打发人来,叫个服侍万岁爷的人去一趟。我想着不知太后有什么吩咐,怕旁人抓不着首尾,所以奴才自己往太后那里去了一趟。没跟万岁爷告假,请皇上责罚。"

皇帝听闻是太后叫了去,便不再追究,只问:"太后有什么吩咐?"

梁九功道:"太后问了这几日皇上的起居饮食,说时气不好,吩咐奴才们小心侍候。"稍稍一顿,又道,"太后说昨日做的一个梦不好,今早起来只是心惊肉跳,所以再三地嘱咐奴才要小心侍候着万岁爷。"

皇帝不禁微微一笑,道:"皇额娘总是惦记着我,所以才会日有所思,夜有所梦。老人家总肯信着些梦兆罢了。"

梁九功道:"奴才也是这样回的太后,奴才原说,万岁爷万乘之尊,自有万神呵护,那些妖魔邪障,都是不相干的。只是太后总有些不放心的样子,再三地叮嘱着奴才,叫万岁爷近日千万不能出宫去。"

皇帝却突然微微变了神色:"朕打算往天坛去祈雨的事,是谁多嘴,已经告诉了太后?"

梁九功深知瞒不过皇帝,所以连忙跪下磕了个头:"奴才实实不知道是谁回了太后,万岁爷明鉴。"

皇帝轻轻地咬一咬牙:"朕就不明白,为什么朕的一举一动,总叫人窥着。连在乾清宫里说句话,不过一天工夫,就能传到太后那里去。"

梁九功只是连连磕头："万岁爷明鉴，奴才是万万不敢的，连奴才手下这些个人，奴才也敢打包票。"

皇帝的嘴角不易觉察地微微扬起，但那丝冷笑立刻又消于无形，只淡淡道："你替他们打包票，好得很啊。"

梁九功听他语气严峻，不敢答话，只是磕头。

皇帝却说："朕瞧你糊涂透顶，几时掉了脑袋都未必知道。"

直吓得梁九功连声音都瑟瑟发抖，只叫了声："万岁爷……"

皇帝道："日后若是再出这种事，朕第一个要你这乾清宫总管太监的脑袋。瞧着你这无用的东西就叫朕生气，滚吧。"

梁九功汗得背心里的衣裳都湿透了，听到皇帝如是说，知道已经饶过这一遭，忙谢了恩退出去。

殿中安静无声，所有的人大气也不敢出，只服侍皇帝盥洗。平日都是梁九功亲自替皇帝梳头，今天皇帝叫他"滚"了，盥洗的太监方将大毛巾围在皇帝襟前，皇帝便略皱一皱眉。

殿中的大太监刘进忠是个极乖觉的人，见皇帝神色不豫，便道："叫梁谙达先进来侍候万岁爷吧。"

皇帝的怒气却并没有平息，口气淡然："少了那奴才，朕还披散着头发不成？"举头瞧见只有一名宫女侍立在侧，便道，"你来。"

琳琅只得应声近前，接了那犀角八宝梳子在手里，先轻轻解开了那辫端的明黄色长穗，再细细梳了辫子，方结好了穗子。司盥洗的太监捧了镜子来，皇帝也并没有往镜中瞧一眼，只道："起驾，朕去给太后请安。"

刘进忠便至殿门前，唱道："万岁爷起驾啦——"

第四章 萧瑟兰成

> 萧瑟兰成看老去。为怕多情,不作怜花句。阁泪倚花愁不语,暗香飘尽知何处。重到旧时明月路。袖口香寒,心比秋莲苦。休说生生花里住,惜花人去花无主。
>
> ——纳兰容若《蝶恋花》

皇帝日常在宫中只乘肩舆,宫女太监捧了提炉、唾壶、犀拂诸色器物跟在后头,一列人逶迤往太后那里去。皇帝素来敬重太后,过了垂花门便下了肩舆,刘进忠待要通报御驾,也让他止住了,只带了随身两名太监进了宫门。

方转过影壁,只听院中言笑晏晏,却是侍候太后的宫女们在殿前踢毽子作耍。暮春时节,院中花木都郁郁葱葱,廊前所摆的大盆芍药,那花一朵朵开得有银盘大,姹紫嫣红在绿叶掩映下格外娇艳。

原来这日太后颇有兴致,命人搬了软榻坐在廊前赏花,许了宫女们可以热闹玩耍。她们都是韶华年纪,哪个不贪玩?况且在太后面前,一个个争先恐后,踢出偌多的花样。

皇帝走了进去,众人都没有留意。只见背对着影壁的一个宫女身手最为灵活,由着单、拐、蹉、倒势、巴、盖、顺、连、扳托、偷、跳、笃、环、岔、簸、掼、撕挤、蹴……踢出里外帘、耸膝、拖枪、突肚、剪刀抛、佛顶珠等各色名目来，惹得众人都拍手叫好。她亦越踢越利落，连廊下的太后亦微笑点头。

侍立太后身畔的英嬷嬷一抬头见了皇帝，脱口叫了声："万岁爷！"

众人这才呼啦啦都跪下去接驾。那踢毽子的宫女一惊，脚上的力道失了准头，毽子却直直向皇帝飞去。她失声惊呼，皇帝举手一掠，眼疾手快地接在了手中。

那宫女诚惶诚恐地跪下去，因着时气暖和，又踢了这半日的毽子，一张脸上红彤彤的，额际汗珠晶莹，极是娇憨动人。

太后笑道："画珠，瞧你这毛手毛脚的，差点冲撞了御驾。"

那画珠只道："奴才该死。"忍不住偷偷一瞥皇帝，不想正对上皇帝的视线，忙低下头去，不觉那乌黑明亮的眼珠子一转，如宝石一样熠熠生辉。

皇帝对太后身边的人向来很客气，便说："都起来吧。"随手将毽子交给身后的赵昌，自己先给太后请了安。

太后忙叫英嬷嬷："还不拿椅子来，让万岁爷坐。"

早有人送过椅子来。

太后道："今儿日头好，花开得也好，咱们娘俩儿就在这儿说话吧。"

皇帝应了一声，便伴太后坐下来。英嬷嬷早就命那些宫女都散了去，只留了数人侍候。

太后因见皇帝只穿着藏青色缂丝团龙夹袍，便道："现在时气虽暖和，早晚却还很有些凉，怎么这早早地就换上夹的了？"

皇帝道："因歇了午觉起来，便换了夹衣。儿子这一回去，自会再加衣裳。"

太后点一点头，道："四执库的那些人，都是着三不着四的，梁九功虽然尽心，也是有限。说到这上头，还是女孩子心细。乾清宫的宫女，有三四个到年纪该放出去了吧？"回头便瞧了英嬷嬷一眼。

英嬷嬷忙道："回太后的话，上回贵主子来回过您，说起各宫里宫女放出去的事，乾清宫是有四个人到年纪了。"

太后便点一点头："那要早早地叫那些小女孩子们好生学着，免得老人放了出去，新的还当不了差事。"忽想起一事来，问，"如今替皇帝管着衣裳的那宫女叫什么？"

英嬷嬷道："叫芸初。"

太后问："是不是上回打梅花络子那个孩子，容长脸儿，模样长得很秀气？"

英嬷嬷道："回太后的话，正是她。"

太后道："那孩子手倒巧，叫她再来替我打几根络子。"

皇帝笑道："太后既然瞧得上，那是她的福分，从今后叫她来侍候太后便是了。"

梁九功忙命芸初上来给太后磕头。

太后笑道："我也不能白要你的人。"便向侍立身旁的画珠一指，"这个丫头虽然淘气，针线上倒是不错，做事也还妥当，打今儿起就叫她过去乾清宫，学着侍候衣裳上的事吧。"

皇帝答："太后总是替儿子想着。儿子不能常常承欢膝下，这是太后身边得力的人，替儿子侍候着太后，儿子心里反倒安心些。"

太后微笑道:"正因瞧着这孩子不错,才叫她去乾清宫。你身边老成些的人都要放出去了,这一个年纪还小,叫她好生学着,还能多服侍你几年。"

皇帝听她如是说,只得应了个"是"。

太后因见那天上碧蓝一泓,万里无云,说:"这天晴得真通透。"

皇帝道:"从正月里后,总是晴着,二月初还下过一场小雪,三月里京畿直隶滴雨未下,赤地千里,春旱已成。只怕这几日再晴着,这春上的农事便耽搁过去了。"

太后道:"国家大事,我一个妇道人家原不该多嘴,只是这祈雨,前朝皆有命王公大臣代祈之例,再不然,就算你亲自往天坛去,只要事先虔诚斋戒,也就罢了。"

皇帝道:"儿子打算步行前往天坛,只是想以虔心邀上苍垂怜,以甘霖下降,解黎民旱魃之苦。太皇太后曾经教导过儿子,天下万民养着儿子,儿子只能以诚待天下万民。步行数里往天坛祈雨,便是儿子的诚意了。"

太后笑道:"我总是说不过你,你的话有理,我不拦着你就是了。不过大日头底下,不骑马不坐轿走那样远的路……"

皇帝微微一笑道:"太后放心,儿子自会小心。"

芸初回到乾清宫,只得收拾行李,预备挪到慈宁宫去。诸人给她道了喜,皆出去了,只余琳琅在屋子里给她帮忙。

芸初打叠好了铺盖,忽然怔怔地落下泪来,忙抽了肋下的手巾出来拭。

琳琅见她如此，亦不免心中伤感，道："快别这么着，这是犯大忌讳的。"

芸初道："我一早也想过这一日，总归是我福薄罢了。"又道，"御前的差事便是这样，你不挤对人，旁人也要挤对你。自打我到这里来，多少明的暗的，连累表姐都听了无数的冷言冷语。到底挪出我去了，他们才得意。"

琳琅过了半晌方道："其实去侍候太后也好，过两年指不定求个恩典能放出去。"

芸初叹了口气，道："如今也只得这样想了。"对琳琅道，"好妹妹，如今我要去了，你自己个儿要保重。这最是个是非之地，大家脸上笑嘻嘻，心里可又是另一样。梁谙达倒罢了，他若能照应你，那就是最好了，魏谙达与赵谙达……"说到这里，停了一停，说，"琳琅，你聪明伶俐，还有什么不明白的。只可惜咱们姐妹一场，聚了不过这几日，我又要走了。唉，咱们做奴才的，好比那春天里的杨花，风吹到哪里是哪里，如何能有一点自己个儿的主张？我这一去，不晓得几时还能见着。"

琳琅听她这样说，心下悲凉，只勉强道："好端端的如何这样说，况且咱们离得又不远，我得了空便去瞧你就是了。"

芸初将她的手握一握，低声道："我知道你的心思向来不重那些事，可是在这乾清宫里，若想要站得稳脚跟儿，除非有根有基。我好歹是表姐照应，如今也不过这样下场。你孤零零一个人，以后万事更要小心。如今太后打发画珠过来……"

一句话犹未完，忽听外面芳景的声音唤："琳琅，琳琅！"

琳琅只得答应着，推门出来看时，芳景悄声对她道："惠主子打发人瞧你来了。"

原是惠嫔名下掌事的宫女承香。

琳琅蹲身便欲一福，承香连忙扯住，道："姑娘快别这样多礼。"拉着她的手，笑吟吟道，"我们主子说，老早就想来瞧瞧姑娘，可恨宫里的规矩，总是不便。前儿主子对我提起姑娘来，还又欢喜又难过。欢喜的是如今姑娘出息得这样，竟是十分的人才，又在御前当上差，真真替家里争脸。难过的是虽说一家人，宫禁森严，日常竟不得常常相见。"

琳琅道："难为惠主子惦记。"

承香笑道："主子说了，她原是姑娘嫡亲的表姐，在这宫里，她若不惦记、帮衬着姑娘，还有谁惦记、帮衬着姑娘呢？姑娘放心，主子叫我告诉姑娘，老太太这一程子身子骨十分硬朗，听说姑娘如今在宫里出息了，十分欢喜。"

琳琅听见说老太太，眼圈一红，忙忙地强自露出个笑颜："姐姐回去，替我向惠主子磕头，就说琳琅向惠主子请安。"

承香劝慰了数句，又悄悄地将一包东西交给她："这是我们主子送给姑娘的，都是些胭脂水粉，姑娘用着，比内务府的份子强。"

琳琅推辞不过，只得收下。承香又与她说了几句亲密情厚的话，方才去了。

承香回到翊坤宫，惠嫔正与宫女开解交绳，见她回来，将脸一扬，屏退了众人。

承香便将适才的情形细细地讲了一遍，惠嫔点头道："这丫头素来知道好歹,往后的事,咱们相机再作打算。"又吩咐承香,"明儿就是二太太生日,咱们的礼,打发人送去了没有?"

承香道:"我才刚进来,已经打发姚安送去了。"

这一日虽只是暖寿,明珠府里也请了几班小戏,女眷往来,极是热闹。

姚安原是常来常往的人,门上通传进去,明珠府管家安尚仁亲自迎到抱厦厅里坐了,又亲自斟了碗茶来,姚安忙道了生受。

安尚仁笑道:"原本该请公公到上房里坐,可巧儿今儿康王福晋过来了,太太实在不得闲,再三命我一定要留公公吃两杯酒。"

姚安笑道:"太太的赏,原本不敢不受,可安总管也知晓宫里的规矩,咱家不敢误了回宫的时辰,实实对不住太太的一片盛情了。"

安尚仁笑道:"我知道主子跟前,一刻也离不了公公呢。"

姚安笑道:"安总管过誉,不过是主子肯抬举咱家罢了。"说笑了片刻,姚安就起身告辞。

安尚仁亲自送走了姚安,返身进来,进了仪门,门内一条大甬路,直接出大门的。上面五间大正房,两边厢房鹿顶耳房钻山,轩昂壮丽,乃是明珠府正经的上房。安尚仁只顺着那抄手游廊一转,东廊下三间屋子,方是纳兰夫人日常起居之地。此时六七个丫头都屏息静气,齐齐垂手侍立在廊下。

安尚仁方踏上台阶,已听到屋内似是明珠的声音,极是恼怒:"你一味回护着他,我倒要看看,你要将他回护到什么地步去?"

安尚仁不敢进去,微一踌躇,只见太太屋里的大丫头霓官向他直使眼色。他于是退下来,悄声问霓官:"老爷怎么又在生气?"

霓官道:"今儿老爷下了朝回来,脸色就不甚好,一进门就打发人去叫大爷。"

安尚仁听见说,一抬头只瞧哈哈珠子已经带了容若来。

容若闻说父亲传唤,心中亦自忐忑,见院中鸦雀无声,丫头们都静默垂首,心中越发知道不好。霓官见了他,连连地向他使眼色,一面就打起帘子来。

容若只得硬着头皮进去,只见父亲坐在炕首,连朝服都没有脱换,手里一串佛珠,数得啪啪连声,又快又急。而母亲坐在下首一把椅子上,见着了他却是欲语又止。

他打了个千,道:"儿子给父亲大人请安。"

明珠却将手中佛珠往炕几上一撂,腾一声就站了起来,几步走到他面前:"你还知道我是你父亲?我如何生了你这样一个逆子!"

纳兰夫人怕他动手,连忙拦在中间,道:"教训他是小,外头还有客人在,老爷多少替他留些颜面。且老爷自己更要保重,别气坏了自个儿的身子。"

明珠怒道:"他半分颜面都不替我争,我何必给他留颜面?我也不必保重什么,哪日若叫这逆子生生气死了我,大家清净!"从袖中取出一样东西往他身上一摔,"这是什么?你竟敢瞒着我做出这样的事情来。"

容若拾起来看,原来是一道白折子,正是自己的笔迹,心里一跳,默不作声只跪在当地。

明珠恨声道:"今儿梁公公悄悄打发人将这个给我,我打开一瞧,只唬得魂飞魄散。皇上赐婚,那是天大的恩典,圣恩浩荡,旁人做梦都想不来的喜事,你这个无法无天的东西,竟然敢私自上折请辞。皇上这是瞧在我的老脸上,不和你这不识抬举的东西计较,皇上若是将折子明发,我瞧你如何收场!"

纳兰夫人见他怒不可遏,怕儿子吃亏,劝道:"老爷先消消气,有话慢慢说。冬郎脸皮薄,皇上赐婚,他辞一辞也不算什么。"

明珠冷笑一声:"真真是妇孺之见!你以为圣命是儿戏么?皇上漫说只是赐婚,就算今天是赐死,咱们也只能向上磕头谢恩。"指着容若问,"你这些年的圣贤书,都读到哪里去了?君要臣死,臣不得不死,连三岁小儿皆知的道理,你倒敢违抗圣命!只怕此事叫旁人知晓,参你一本,说你目无君父,问你一个大不敬,连为父也跟着你吃挂落,有教子无方之罪!"

容若道:"皇上若是怪罪下来,儿子一人承担,决不敢连累父亲大人。"

明珠气得浑身发抖,指着他,只是嘴唇哆嗦着,半晌说不出话来。转头四顾并无趁手之物,随手操起高几上一只钧窑花瓶,狠狠向他头上掼去。纳兰夫人见他下这样的狠手,怕伤到儿子,从中拦阻,亦被推了个趔趄。

容若虽不敢躲闪,但到底那花瓶砸得偏了,"哐啷"粉碎,瓷片四溅迸起,有一片碎瓷斜斜削过容若的额际,顿时鲜血长流。

明珠犹未平气,见壁上悬着宝剑,扯下来便要拔剑。

纳兰夫人吓得面无人色,死死抱住明珠的手臂,只道:"老爷,老爷,旁的不想,冬郎明儿还要去当值,万一皇上问起来,可叫他怎么回奏。"

外头的丫头见老爷大发雷霆，早就黑压压跪了一地。明珠听见夫人如是说，喟然长叹一声，手里的剑就慢慢低了下去。

纳兰夫人见儿子鲜血满面，连眼睛都糊住了，急痛交加，慌忙拿手绢去拭，那血只管往外涌，如何拭得干净。纳兰夫人不由慌了神，拿绢子按在儿子伤口上，那血顺着绢子直往下淌，她禁不住热泪滚滚，只说："这可怎么是好。"

明珠见容若血流不止，那情形甚是骇人，心下早自悔了，一则心疼儿子，二则明知皇帝素来待容若亲厚，见他颜面受伤，八成是要问的，不由顿足喝问："人都死到哪里去了？"

外头丫头婆子这才一拥进来，见了这情景，也都吓得慌了手脚。还是纳兰夫人的陪房瑞嬷嬷经事老成，三步并作两步走至案前，将那宣德炉里的香灰抓了一大把，死死地按在容若的头上，方才将血止住。

容若衣襟之上淋淋漓漓全是鲜血，又是香灰，又是药粉，一片狼藉，那样子更是骇人。

明珠便有一腔怒火也再难发作，终究嗐了一声，只是道："瞧着你这不成材的东西就叫我生气。今儿不许吃晚饭，到祠堂里跪着去！"

纳兰夫人亦不敢再劝，只是坐在那里垂泪，两个丫头搀了容若出去，带他去祠堂里罚跪。

那样硬的青砖地，不过片刻，膝头处便隐隐生痛。祠堂里光线晦暗，绿色湖绉的帐帷总像是蒙着一层金色的细灰，香烟袅袅里只见列祖列宗的画像，那样的眉，那样的眼，微微低垂着，仿佛于世间万事都无动于衷。

雕花长窗漏进来的日光，淡而薄地烙在青砖地上，依稀看得出富贵万年花样。芙蓉、桂花、万年青，一枝一叶镂刻分明，便是富贵万年了。这样好的口彩，一万年……那该有多久……久得自己定然早已化成了灰，被风吹散在四野里……

跪得久了，双膝已经发麻，额上的伤口却一阵赶似一阵火烧火燎般灼痛。可是任凭伤处再如何痛，都抵不住心口那微微的疼，仿佛有极细的丝线牵扯在那里，每一次心跳都涉起更痛的触感。这样多年，他已经死了心，断了念，总以为可以不恸不怒，可是为何还叫他能瞥见一线生机？如窒息的人突然喘过气来，不过片刻，却又重新被硬生生残忍地扼住喉头。

琳琅……琳琅……

这名字便如在胸中唤了千遍万遍，如何可以忘却，如何可以再次眼睁睁地错失……哪怕明知无望，他总还是希冀着万一，他与她，如果注定今世无缘，那么他总可以希冀不再累及旁人，总可以希冀日后的寂寞与宁静……

外面有细微的脚步声，大丫头荷葆悄悄道："太太来了。"

他一动不动跪在那里，纳兰夫人见着，心中一酸，含泪道："我的儿，你但凡往日听我一句劝，何至于有今日。"一面说，一面只是拭泪。

纳兰夫人身后跟着丫头霓官，手里托着一只翠钿小匣，便交与荷葆。纳兰夫人道："这原是皇上赏给你父亲的西洋伤药，说是止血化瘀最是见效，用后不留疤痕的。才刚你父亲打发人从外头拿进来。"含泪道，"你父亲嘴里虽不说，其实疼你的心，和老太太、和我，都是一般的。"

容若纹丝不动跪在那里，沉默片刻，方道："儿子明白。"

纳兰夫人拭着泪，轻轻叹了口气，说："你父亲时常拘着你，你要体谅他的心，他有他的难处。如今咱们家圣眷优渥，尊荣富贵，皇上待你又亲厚，赐婚这样的喜事，旁人想都想不来，你莫要犯了糊涂。"

容若并不作声，纳兰夫人不由红了眼圈，道："我知道你的心思，你心里还记着你妹妹。这么些年来，你的苦，额娘都知道。可是，你不得不死了这份心啊。琳琅那孩子纵有千般好，万般好，她也只是一个籍没入官的罪臣孤女。便如老太太当日那样疼她，末了还不是眼睁睁只得送她进宫去。"

容若心如刀割，只紧紧抓着袍襟，手背上泛起青筋，那手亦在微微发抖。跪得久了，四肢百骸连同五脏六腑似都麻木了，可是这几句话便如重新剖开他心里的伤，哪里敢听，哪里忍听？

可纳兰夫人的字字句句便如敲在他心上一样："我知道你心里怨恨，可你终究要为这阖家上下想想。你父亲对你寄予厚望，老太太更是疼你。卫家牵涉鳌拜大案，依你父亲的说法，这辈子都是罪无可恕，只怕连下辈子也只得祈望天恩。康熙八年的那场滔天大祸，我可是记得真真儿的。那卫家是什么样的人家？亦是从龙入关，世代功勋，钟鸣鼎食的人家，说是获罪，立时就抄了家，那才真叫家破人亡。卫家老太爷上了年纪，犯了痰症，只拖了两天就去了，反倒是个有福的。长房里的男人都发往宁古塔与披甲人为奴，女眷籍没入官。一门子老的老，小的小，顿时都和没脚蟹似的，凭谁都能去糟践，你没见过那情形，瞧着真真叫人心酸。"

他如何不晓得……

正是冬日,刚刚下了一点小雪,自己笑吟吟地进上房,先请下安去:"老太太。"却听祖母道:"去见过你妹妹。"

袅袅婷婷的小女儿,浑身犹戴着素孝,屈膝叫了声"大哥哥",他连忙搀起来,清盈盈的眼波里,带着隐隐的哀愁,叫人心疼得发软……那一双瞳仁直如两丸黑宝石浸在水银里,清澈得如能让他看见自己……

有好一阵子,他总无意撞见她默默垂泪。那是想家,却不敢对人说,连忙地拭去,重又笑颜对人。可那笑意里隐约的哀愁,越发叫人心疼……

家常总是不得闲,他一从书房里下来,往她院子里去,窗前那架鹦鹉,教会了它念他的新词:"休近小阑干,夕阳无限山……"

可怜无数山……隐隐的翠黛蛾眉,痴痴的小儿女心事……轰然竟是天翻地覆……任他如何,任她如何……

心中唯存了万一的指望,可如何能够逆天而还?这天意,这圣谕,这父命……一件件,一层层,一重重,如万钧山石压上来,压得他粉身碎骨。粉身碎骨并不足惜,可他哪怕化作齑粉,如何能够挽回万一?

母亲拿绢子拭着眼泪:"琳琅到我们家来这么些年,咱们也没亏待过她,吃的、用的,都和咱们家的姑娘一样。老太太最是疼她,我更没藏过半分私心,举凡是份例的东西,都是挑顶尖儿的给她。那孩子确实可人疼啊,可是又有什么法子,哪怕有一万个舍不得,哪里能违逆了内务府的规矩法度。到了如今,你就算不看在额娘生你养你一场,你忍心叫老太太再为你着急伤心?就算你连老太太和我都丝毫不放在心上,你也要替琳琅想想。万一叫旁人知道你的糊涂心思,你们自己确是清清白白,可旁人哪里会这样想。她到时便浑身是嘴也说不清,在宫里还能有活命么?听额娘一句劝,这都是命,我的儿,凭你再怎么,如何争得过天命去?"

容若本来是孤注一掷,禁不住母亲一路哭,一路说,想起昔日种种,皆如隔世。

那些年的光阴,一路走来,竟都成了枉然,而今生竟然再已无缘。无法可避,宫门似海,圣命如天,心中焦痛如寸寸肠断。念及母亲适才为了自己痛哭流涕,拳拳慈爱之心,哪忍再去伤她半分。更何况琳琅……琳琅……一念及这个名字,似乎连呼吸都痛彻心扉,自己如何能够累及她?这么多年……她哪怕仍和自己是一样的心思,可自己哪里能够再累及她……怎么能够再累及她……

心中辗转起伏,尽是无穷无尽的悲凉,只觉这祠堂之中,黯黯如茫茫大海,将自己溺毙其中,一颗心灰到极处,再也无半分力气挣扎。

第五章　六龙天上

桃花羞作无情死,感激东风。吹落娇红,飞入窗间伴懊侬。
谁怜辛苦东阳瘦,也为春慵。不及芙蓉,一片幽情冷处浓。

——纳兰容若《采桑子》

因为折子并没有明发,所以明珠以密折谢罪。

皇帝明知纳兰对那吹箫之人甚是向往,恐是顾忌明珠对婚事不悦,故而有此推搪作态,所以有意将折子交给明珠。明珠果然诚惶诚恐,上专折谢罪。

如今看来此事已谐,他握笔沉吟,那笔尖朱砂本舔得极饱,这么一迟疑的工夫,"嗒"一轻响,一滴朱砂落在折子上,极是触目。皇帝微觉不吉,不由轻轻将折子一推,搁下了笔。

琳琅正捧了茶进来,见皇帝搁笔,忙将那小小的填漆茶盘奉上,皇帝伸手去接,因规矩不能与皇帝对视,目光微垂,不想瞥见案头折子上极熟悉的笔迹:"奴才伏乞小儿性德婚事……"顿时胸口一紧,手中不知不觉已经一松。

只听"哐啷"一声,一只竹丝白纹的粉定茶盏已经跌得粉碎,整杯滚烫的热茶全都泼在御案上。皇帝不由"呀"了一声,她骤然回过神来,脸色煞白:"奴才该死!"见御案上茶水碎杯狼藉,皇帝已经站了起来,她直吓得面无人色,"万岁爷烫着没有?"

皇帝见她怯怯的一双明眸望着自己,又惊又惧,那模样说不出的可怜。正待要说话,梁九功早就三步并作两步上前来,一面替皇帝收拾衣襟上的水痕,转头就呵斥琳琅:"你这是怎么当差的?今儿烫着万岁爷了,就算拿你这条命也不够抵换。"

她本就脸色惨白,犯了这样的大错,连唇上最后一抹血色都消失不见,盈盈含泪,几欲要哭出来,强自镇定,拿绢子替皇帝拭着衣襟上的水痕。

因两人距得极近,皇帝只觉幽幽一脉暗香袭来,萦绕中人欲醉,她手中那素白的绢子,淡缃色丝线绣的四合如意云纹,让人心里忽地一动。

梁九功一迭声嚷:"快快去取烫伤药。"早有小太监飞奔着去了。

皇帝道:"朕没烫着。"低头见她手腕上已经起了一串水泡,不觉道,"可烫着了不曾?"

幸得小太监已经取了烫伤药来,梁九功见皇帝并未受伤,才算松了口气,对着琳琅亦和颜悦色起来:"先下去上药,烫伤了可不是玩的,这几日可不必当差了。"

她回到房中之后,虽上了药,但手腕上一阵一阵燎痛,起坐不定,躺在炕上闭目许久,才蒙眬假寐。

过不一会儿,画珠下值回来,已经听说她伤了手,便替她留了稀饭,又问她:"今日又是小四儿该班,你可有什么要捎带的?"

本来禁宫之中是不让私传消息的,但太监们有奉差出宫的机会,宫女们私下里与他们交好，可往外夹带家信或是一二什物，不过瞒上不瞒下罢了。她们在御前行走，那些太监苏拉们更是巴结，自然隔不了几日便来奉承。

琳琅心中难过，只摇一摇头。

画珠见她神色有异，以为是适才受了梁九功的斥责，便安慰她说："当差哪有不挨骂的，骂过就忘，可别想着了。好容易小四儿出去一遭，你不想往家里捎带什么东西？"

琳琅腕上隐隐灼痛，心中更是痛如刀绞，只低声道："我哪里还有家。"轻轻叹了口气，望着窗外，但见庭中花木扶疏，一架荼蘼正开得满院白香，微风吹过，春阴似水，花深如海，寂寂并无人声。

开到荼蘼花事了，这迟迟春日，终究又要过去了。

虽说太医院秘制的伤药极是灵验，但琳琅烫伤后亦休养了数日，这一日重新当值，恰值皇帝前去天坛祈雨。

天子祈雨，典章大事，礼注仪式自然是一大套繁文缛节，最要紧的是要挑个好日子。钦天监所选良辰吉日，却有一多半是要看天行事。原来大旱之下天子往天坛祭天祈雨，已经是最后的"撒手锏"，迫不得已断不会行。最要紧的是，皇帝祭天之后，一定要有雨下，上上大吉是祈雨当日便有一场甘霖，不然老天爷不给皇帝半分面子，实实会大大有损九五至尊受命于天的尊严。所以钦天监特意等到天色晦暗阴云密布，看来近日一场大雨在即，方报上了所挑的日子。

己卯日皇帝亲出午门，步行前往天坛祈雨。待御驾率着大小臣工缓步行至天坛，已然是狂风大作，只见半天乌云低沉，黑压压的似要摧城。待得御驾返回禁城，已经是申初时刻，皇帝还没有用晚膳。

皇帝素例只用两膳,早膳时叫起见臣子,午时进晚膳,晚上则进晚酒点心。这还是太祖于马背上征战时立下的规矩。皇帝已经斋戒三天,这日又步行数里,但方当盛年,到底精神十足,反倒胃口大开,就在乾清宫传膳,用了两碗米饭,吃得十分香甜。

琳琅方捧了茶进殿,忽听那风吹得窗子"啪"一声就开了。

太监忙去关窗,皇帝却吩咐:"不用。"起身便至窗前看天色,只见天上乌云翻卷,一阵风至,挟着万线银丝飘过。只见那雨打在瓦上噼啪有声,不一会儿工夫,雨势便如盆倾瓢泼,殿前四下里便腾起蒙蒙的水汽来。

皇帝不觉精神一振,说了一声:"好雨!"

琳琅便端着茶盘屈膝道:"奴才给主子道喜。"

皇帝回头见是她,便问:"朕有何喜?"

琳琅道:"大雨已至,是天下黎民久旱盼得甘霖之喜,自然更是万岁爷之喜。"

皇帝心中欢喜,微微一笑,伸手接了茶,方打开盖碗,已觉有异:"这是什么?"

琳琅忙道:"万岁爷今日步行甚远,途中必定焦渴,晚膳又进得香,所以奴才大胆,叫御茶房预备了杏仁酪。"

皇帝问:"这是回子的东西吧?"

琳琅轻声应个"是"。

皇帝浅尝了一口。那杏仁酪以京师甜杏仁用热水泡,加炉灰一撮,入水,候冷,即捏去皮,用清水漂净,再量入清水,兑入上用江米,如磨豆腐法带水磨碎成极细的粉。用绢袋榨汁去渣,以汁入调、煮熟，兑了奶子，最后加上西洋雪花洋糖，一盏津甜软糯。

皇帝只觉齿颊生香，极是甘美，道："这个甚好，杏仁又润肺，你想得很周到。"问，"还预备有没有？"

琳琅答："还有。"皇帝便说："送些去给太皇太后。"琳琅便领旨出来，取了提盒来装了一大碗酪，命小太监打了伞，自己提了提盒，去慈宁宫太皇太后处。

太皇太后听闻皇帝打发人送酪来，便叫琳琅进去。但见端坐炕上的太皇太后，穿着家常的绛色纱纳绣玉兰团寿夹衣，头上亦只插戴两三样素净珠翠，端庄慈和，隐隐却极有威严之气。

琳琅进殿恭敬行了礼，便侍立当地。

太皇太后满面笑容，极是欢喜："难为皇帝事事想着我，一碗酪还打发人冒雨送来。"见琳琅衣裳半湿，微生怜意，问，"你叫什么名字？"

琳琅答："回太皇太后的话，奴才叫琳琅。"

太皇太后笑道："这名字好，好个清爽的孩子。以前没见过你，在乾清宫当差多久了？"

琳琅道："奴才方在御前当差一个月。"

太皇太后点一点头，问："皇帝今日回来，精神还好吗？"琳琅答："万岁爷精神极好，走了那样远的路，依旧神采奕奕。"太皇太后又问："晚膳进的什么？香不香？"

琳琅一一答了，太皇太后道："回去好好当差，告诉你主子，他自个儿珍重身子，也就是孝顺我了。"

琳琅应"是"，见太皇太后并无旁的话吩咐，便磕了头退出来，依旧回乾清宫去。

那雨比来时下得更大，四下里只听见一片"哗哗"的水声。那殿基之下四面的驭水龙首，疾雨飞泄，蔚为壮观。那雨势急促，隔了十数步远便只见一团团水汽，红墙琉瓦的宫殿尽掩在迷蒙的大雨中。

风挟着雨势更盛，直往人身上扑来。琳琅虽打着伞，那雨仍不时卷入伞下，待回到乾清宫，衣裳已经湿了大半，只得理一理半湿的鬓发，入殿去见驾。

皇帝平素下午本应有日讲，因为祈雨这一日便没有进讲，所以换了衣裳，很闲适地检点了折子，又叫太监取了《职方外纪》来。方瞧了两三页，忽然极淡的幽香袭人渐近，不禁抬起头来。

琳琅盈盈请了个安，道："回万岁爷的话，太皇太后见了酪，很是欢喜，问了皇上的起居，对奴才说，万岁爷您自个珍重身子，也就是孝顺太皇太后了。"

皇帝听她转述太皇太后话时，便站起来静静听着，待她说完，方觉得那幽香萦绕，不绝如缕，直如欲透入人的骨髓一般。禁不住注目，只见乌黑的鬓发腻在白玉也似的面庞之侧，发梢犹带晶莹剔透的水珠，落落分明。却有一滴雨水缓缓滑落，顺着那莲青色的衣领，落下去转瞬不见，因着衣衫尽湿，勾勒显出那盈盈体态，却是楚楚动人。

那雨汽湿衣极寒，琳琅只觉鼻端轻痒难耐，只来得及抽出帕子来掩着，忍不住打了个喷嚏，这是御前失仪，慌忙退后两步，道："奴才失礼。"慌乱里手中帕子又滑落下去，轻盈盈无声落地。拾也不是，不拾更不是，心下一急，颊上微微的晕红便透出来。

皇帝想起那映在和田白玉梨花盏里的芙蓉清露，未入口便如能醉人。他不知不觉拾起那帕子，伸手给她。她接也不是，不接更不是，颊上飞红，如同醉霞。

偏偏这当口梁九功带着画珠捧了坎肩进来，梁九功最是机警，一见不由缩住脚步。皇帝却已经听见了脚步声，回手却将手帕往自己袖中一掖。

皇帝是背对着梁九功，梁九功与画珠都没瞧见什么。琳琅涨红了脸，梁九功却道："瞧这雨下的，琳琅，去换了衣裳再来，这样子多失礼。"虽是大总管一贯责备的话语，说出来却并无责备的语气。

琳琅不知他瞧见了什么，只得恭敬道："是。"

她心里不安，到了晚间，皇帝去慈宁宫请安回来，梁九功下去督促太监们下钥，其余的宫女太监都在暖阁外忙着剪烛上灯，单只剩她一个人在御前。

殿中极静，静得听到皇帝的衣袖拂在紫檀大案上窸窣之声。眼睁睁瞧着盘中一盏茶渐渐凉了，便欲退出去换一盏，皇帝却突然抬头叫住她："等一等。"

她心里不知为何微微有些发慌起来。

皇帝很从容地从袖间将那方帕子取出来，说："宫里规矩多，像下午那样犯错，叫人见到是要受责罚的。"那口气十分的平和。

琳琅接过帕子，便低声道："谢万岁爷。"

皇帝轻轻颔首，忽见门外人影一晃，问："谁在那里鬼鬼祟祟？"

却是敬事房的首领太监魏长安，磕了一个头道："请万岁爷示下。"方捧了银盘进来。

琳琅退出去换茶，正巧在廊下遇见画珠抱了衣裳，两个人一路走着。画珠远远见魏长安领旨出来，便向琳琅扮个鬼脸，凑在她耳边轻声问："你猜今天万岁爷翻谁的牌子？"

琳琅只觉耳上滚烫火热，那一路滚烫的绯红直烧到脖子下去，只道："你真是不老成，这又关着你什么事了？"

画珠吐一吐舌头："我不过听说端主子失宠了，所以想看看哪位主子圣眷正隆。"

琳琅道："哪位主子得宠不都一样。说你懒，你倒爱操心不相干的事。"忽然怅然道，"不知芸初现在怎么样了。"御前宫女，向来不告假不能胡乱走动，芸初自也不能来乾清宫看她。

画珠道："好容易我来了，芸初偏又去了，咱们三个人是一块儿进的宫，好得和亲姊妹似的，可恨总不能在一块儿……"只叹了口气。

琳琅忽然哧地一笑："你原来还会叹气，我以为你从来不知道发愁呢。"

画珠道："人生在世，哪里有不会发愁的。"

琳琅与画珠如今住同一间屋子，琳琅睡觉本就轻浅，这日失了觉，总是睡不着，却听见那边炕上窸窸窣窣，却原来画珠也没睡着，不由轻声叫了声："画珠。"

画珠问："你还醒着呢？"

琳琅道："新换了这屋子，我已经三四天没有黑沉地睡上一觉了。"又问，"你今天是怎么啦？从前你头一挨枕头便睡着了，芸初老笑话你是瞌睡虫投胎。"

画珠道:"今天万岁爷跟我说了一句话。"

琳琅不由笑道:"万岁爷跟你说什么话了,叫你半夜都睡不着?"

画珠道:"万岁爷问我——"忽然顿住了不往下说。

琳琅问:"皇上问你什么了?"

画珠只不说话,过了片刻突然笑出声来:"也没什么,快睡吧。"

琳琅恨声道:"你这坏东西,这样子说一半藏一半算什么?"

画珠闭上眼不作声,只是装睡,琳琅也拿她没有法子。过得片刻,却听得呼吸均匀,原来真的睡着了。琳琅辗转片刻,也蒙眬睡去了。

第二日卯时皇帝就往乾清门御门听政去了,乾清宫里便一下子静下来。做杂役的太监打扫屋子,拂尘拭灰。

琳琅往御茶房里去了回来,画珠却叫住她至一旁,悄声道:"适才太后那里有人来,我问过了,如今芸初一切还好。"

琳琅道:"等几时有了机会告假,好去瞧她。"

要告假并不容易,一直等到四月末,皇帝御驾出阜成门观禾,乾清宫里除了梁九功带了御前近侍的太监们随扈侍候,琳琅、画珠等宫女都留在宫里。

琳琅与画珠先一日便向梁九功告了假,这日便去瞧芸初。谁知芸初却被太后打发去给端嫔送东西,两个人扑了个空,又不便多等,只得折返乾清宫去。

方进宫门,便有小太监慌慌张张迎上来:"两位姐姐往哪里去了?魏谙达叫大伙儿全到直房里去呢。"

琳琅问:"可是出了什么事?"

那小太监道:"可不是出了事——听说是丢了东西。"

画珠心里一紧,忙与琳琅一同往直房里去了。直房里已经是黑压压一屋子宫女太监,全是乾清宫当差的人。

魏长安站在那里,板着脸道:"万岁爷那只子儿绿的翡翠扳指,今儿早起就没瞧见了。原没有声张,如今看来,不声张是不成了。"便叫过专管皇帝佩饰的太监姜二喜,"你自己来说,是怎么回事?"

姜二喜哭丧着脸道:"就那么一眨眼工夫……昨儿晚上还瞧着万岁爷随手摘下来搁那炕几上了。我原说收起来来着,一时忙着检点版带、佛珠那些,就混忘了。等我想起来时,侍寝的敬主子又到了。只说不碍事,谁知今儿早上就没瞧见了。这会子万岁爷还不知道,早上问时,我只说是收起来了。待会儿万岁爷回宫,我可活不成了。"

魏长安道:"查不出来,大伙儿全都活不成。或者是谁拿了逗二喜玩,这会子快交出来。"

屋子里静得连根针掉地下也听得见,魏长安见所有人都屏息静气,便冷笑一声说:"既然要敬酒不吃吃罚酒,那我也不客气了。所有能近御前的人,特别是昨天进过西暖阁的人,都给我到前边来。"

御前行走的宫女太监只得皆出来,琳琅与画珠也出来了。

魏长安道:"这会子东西定然还没出乾清宫,既然闹出家贼来,咱们只好撕破了这张脸,说不得,一间间屋子搜过去。"

琳琅回头见画珠脸色苍白,便轻轻握了她的手。谁知画珠将手一挣,朗声道:"魏谙达,这不合规矩。丢了东西,大家虽然都有嫌疑,但你叫人搜咱们的屋子,这算什么?"

魏长安本来趾高气扬,但这画珠是太后指过来的人,本来还存了三分顾忌，但她这样劈头盖脸地当堂叫板，如何忍得住，只将眼睛一翻："你这意思，你那屋子不敢叫咱们搜了？"

画珠冷笑道："我又不曾做贼，有什么不敢的？"

魏长安便微微一笑："那就好啊，咱们就先去瞧瞧。"

画珠还要说话，琳琅直急得用力在她腕上捏了一把。画珠吃痛，好歹忍住了没再作声。

当下魏长安带了人，一间屋子一间屋子地看过去，将箱笼柜子之属都打开来。及至琳琅与画珠屋中，却是搜得格外仔细，连床褥之下都翻到了。画珠看着一帮太监翻箱倒柜，只是连连冷笑。

忽听人叫了一声，道："找着了。"

却是从箱底垫着的包袱下翻出来的，果然是一只通体浓翠的翡翠扳指，迎着那太阳光，那所谓子儿绿的翠色水汪汪的，直欲滴下来一般。

魏长安忙接了过去，交与姜二喜，姜二喜只瞧了一眼便道："就是这个，内壁里有万岁爷的名讳。"

魏长安对着光瞧，里面果然镌着"玄烨"二字，唇边不由浮起冷笑："这箱子是谁的？"

琳琅早就脸色煞白，只觉得身子轻飘飘的，倒似立都立不稳了，连声音都遥远得不似自己："是我的。"

魏长安瞧了她一眼，轻轻叹了口气，又摇了摇头，似大有惋惜之意。

画珠却急急道："琳琅绝不会偷东西，她绝不会偷东西。"

魏长安道："人赃并获，还有什么说的？"

画珠脱口道："这是有人栽赃嫁祸。"

魏长安笑道:"你说得轻巧,谁栽赃嫁祸了?这屋子谁进得来,谁就能栽赃嫁祸?"

画珠气得说不出话来,琳琅脸色苍白,手足只是一片冰凉,却并不急于争辩。

魏长安对琳琅道:"东西既然找着了,就麻烦你跟我往贵主子那里回话去。"

琳琅这才道:"我不知道这扳指为什么在我箱子里,到贵妃面前,我也只是这一句话。"

魏长安笑道:"到佟主子面前,你就算想说一千句一万句也没用。"便一努嘴,两名小太监上来,琳琅道:"我自己走。"魏长安又笑了一声,带了她出去,往东六宫去向佟贵妃交差。

佟贵妃抱恙多日,去时御医正巧来请脉,只叫魏长安交去给安嫔处置,魏长安便又带了琳琅去永和宫见安嫔。

安嫔正用膳,并没有传见,只叫宫女出来告诉魏长安:"既然是人赃并获拿住了,先带到北五所去关起来,审问明白供认了,再打她四十板子,撵到辛者库去做杂役。"

魏长安"嚓"了一声,转脸对琳琅道:"走吧。"

北五所有一排堆放杂物的黑屋子,魏长安命人开了一间屋子,带了琳琅进去。小太监端了把椅子来,魏长安便在门口坐下,琳琅此时心里倒安静下来,伫立在那里不声不响。

魏长安咳嗽一声,道:"何必呢,你痛快地招认,我也给你个痛快。你这样死咬着不开口,不过是多受些皮肉之苦罢了。"

琳琅道:"安主子的谕,只说我供认了,方才可以打我四十板子。况且这事情不是我做下的,我自不会屈打成招。"

魏长安不由回过头去,对身后侍立的小太监啧啧一笑:"你听听这张利嘴……"转过脸来,脸上的笑容慢慢收敛了,"这么说,你是要敬酒不吃吃罚酒了?"

琳琅缓缓道:"魏谙达,今儿的这事,我不知道您是真糊涂,还是装糊涂。您这样一个聪明人,必然早就知道我是叫人栽赃陷害的。我只不知道我得罪了谁,叫人家下这样的狠手来对付我。只是魏谙达已经是敬事房的总管,不知道以您的身份,何苦还来蹚这浑水。"

魏长安倒不防她说出这样一篇话来,怔了一怔,方笑道:"你这话里有话啊,真是一张利嘴,可惜却做了贼。今儿这事是我亲眼目睹人赃并获,你死咬着不认也没用。安主子已经发了话,我今天就算四十板子打死了你,也是你命薄,经受不起那四十板子。"

琳琅并不言语,魏长安只觉得她竟无惧色。正在此时,一名小太监忽然匆匆进来:"魏谙达,荣主子有事传您过去。"

魏长安连忙站起来,吩咐人:"将她锁在这里,等我回来再问。"

那间屋子没有窗子,一关上门,便只门缝里透进一线光。琳琅过了许久才渐渐能看清东西,摸索着走到墙边,在那胡乱堆着的脚踏上坐下来。那魏长安去了久久却没有回来,却也没有旁人来。

她想起极小的时候,是春天里吧,桃花开得那样好,一枝枝红艳斜敧在墙外。丫头拿瓶插了折枝花儿进来,却悄声告诉她:"老爷生了气,罚冬郎跪在佛堂里呢。"

大家子规矩严,出来进去都是丫头嬷嬷跟着。往老太太屋里去,走过佛堂前禁不住放慢了步子,只见排门紧锁,侍候容若的小厮都垂头丧气地侍立在外头。到底是老太太一句话，才叫放出来吃晚饭。

第二日容若方来瞧她，只说："那屋子里黑咕隆咚，若是你，定会吓得哭了。"

自己只微微一笑："我又不会带了小厮偷偷出城，怎么会被罚跪佛堂？"

十余岁少年的眼睛明亮如天上最美的星光："琳妹妹，只要有我在，这一世便要你周全，断不会让人关你在黑屋子里。"

屋中闷不透气，渐渐地热起来，她抽出帕子来拭汗，却不想帕上隐隐沾染了一缕异香。上好的龙涎香，只消一星，那香气便可萦绕殿中，数日不绝。乾清宫暖阁里总是焚着龙涎香，于是御衣里总是带着这幽幽的香气。

四面皆是漆黑的，越发显得那香气突兀，她将帕子又掖回袖中。

她独个在这黑屋子里，也不知过了多久，只觉得像是一月一年都过完了似的。眼见着门隙间的阳光渐渐暗淡下去，大约天色已晚，魏长安却并没有回来。

门上有人在"嗒嗒"轻轻叩着门板，她忙站起来，竟是芸初的声音："琳琅。"低低地问，"你在不在里面？"

琳琅忙走到门边："我在。"

芸初道："怎么回事？我一听见说，就告了假来瞧你，好容易求了那两位公公，放了我过来和你说话。"

琳琅道："你快走，这里不是说话的地方，没得连累了你。"

芸初道："好端端的，这是怎么了？我回去听见说你和画珠来

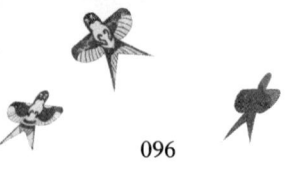

瞧我,偏没有遇上。过了晌午,姐姐过来给太后请安,正巧说起乾清宫的事,才知道竟然是你出了事。我央姐姐替你求情,可你是御前的人,姐姐也说不上话。"

琳琅心中感念,道:"芸初你快走吧,叫人看见可真要连累你了。"

芸初问:"你这是得罪了谁?"

琳琅道:"我不知道。"

芸初说:"你真是糊涂,你在御前,必然有得罪人的地方,再不然,就是万岁爷待你特别好?"

琳琅不知为何,猛然忆起那日皇帝递过帕子来,灯外的纱罩上绣着浅金色龙纹,灯光晕黄映着皇帝的一双手,皙白净利,隐着力道。那帕子轻飘飘地执在他手上,却忽然有了千钧重似的。

她心乱如麻,轻轻叹了口气:"万岁爷怎么会待我特别好。"

芸初道:"此处不宜多说,只一桩事——我听人说,那魏长安是安主子的远房亲戚,你莫不是得罪了安主子?"

琳琅道:"我小小的一名宫女,在御前不过月余工夫,怎么会见罪于安主子?"她怕人瞧见,只连声催促芸初离去,说,"你冒险来瞧我,这情分我已经唯有铭记了,你快走,没得连累你。"

芸初情知无计,只再三不肯。忽听那廊下太监咳嗽两声,正是递给芸初的暗号,示意有人来了。琳琅吃了一惊,芸初忙走开了。

琳琅听那脚步声杂沓近来,显然不止一人,不知是否是魏长安回来了,心中思忖。只听哐啷啷一阵响,锁已经打开,门被推开,琳琅这才见着外面天色灰白,暮色四起,远远廊下太监们已经在上灯。小太监簇拥着魏长安,夜色初起,他一张脸也是晦暗不明。

那魏长安亦不坐了，只站在门口道："有这半响的工夫，你也尽够想好了。还是痛快认了吧，那四十板子硬硬头皮也就挺过去了。"

琳琅只道："不是我偷的，我决不能认。"

魏长安听她如是说，便向小太监使个眼色。两名小太监上前来，琳琅心下强自镇定，任他们推搡了往后院去，司刑的太监持了朱红漆杖来。

魏长安慢悠悠地道："老规矩，从背至腿，只别打脸。"

一名太监便取了牛筋来，将琳琅双手缚住。他们绑人都是早绑出门道来的，四扭四花的牛筋，五大三粗的壮汉也捆得动弹不得。直将那牛筋往琳琅腕上一绕，用力一抽，那纤细凝白的手腕上便缓缓浮起淤紫。

皇帝在戌初时分回宫，画珠上来侍候更衣，侍候冠履的太监替皇帝摘了朝服冠带。皇帝换下明黄九龙十二章的朝服，穿了家常绛色两则团龙暗花缎的袍子，神色间微微有了倦意。

等传了点心，芳景上来奉茶，皇帝忽然想起来，随口道："叫琳琅去御茶房，传杏仁酪来。"

芳景道："回万岁爷的话，琳琅犯了规矩，交慎刑司关起来了。"

皇帝问："犯规矩？犯了什么规矩？"

芳景道："奴才并不知道。"

皇帝便叫："梁九功！"

梁九功连忙进来，皇帝问他："琳琅犯了什么规矩？"

梁九功这日随扈出宫，刚回来还未知道此事，摸不着头脑。

画珠在一旁忍不住道:"万岁爷只问魏谙达就行了。"

皇帝没有问她话,她这样贸贸然搭腔,是极不合规矩的,急得梁九功直向她使眼色。

好在皇帝并没有计较,只道:"那就叫魏长安来。"

却是敬事房的当值太监冯四京来回话:"万岁爷,魏谙达办差去了。"

梁九功忙道:"糊涂东西,凭他办什么差事去了,还不快找了来?"

冯四京连忙磕了个头,便要退出去,皇帝却叫住他:"等一等,问你也一样。"

梁九功见皇帝负手而立,神色平和,瞧不出什么端倪,便问冯四京道:"侍候茶水的琳琅,说是犯了规矩,叫你们敬事房锁起来了,是怎么一回事?"

冯四京道:"琳琅偷了东西,奉了安主子的吩咐,锁到北五所去了。"

梁九功问:"偷东西,偷什么东西了?"

冯四京答:"就是万岁爷那只子儿绿的翡翠扳指。魏谙达带了人从琳琅箱子里搜出来,人赃并获。"

皇帝"哦"了一声,神色自若地说:"那扳指不是她偷的,是朕赏给她的。"

殿中忽然人人都尴尬起来,空气里似渗了胶,渐渐叫人缓不过气来。

冯四京唬得磕了个头,声调已经颇为勉强:"万岁爷,这个赏赐没有记档。"

凡例皇帝若有赏赐，敬事房是要记录在册，某年某月某日因某事赏某人某物。冯四京万万想不到皇帝竟会如此说，大惊之下额上全是涔涔的冷汗，心中惶然恐惧。

皇帝瞧了梁九功一眼，梁九功连忙跪下去，说："奴才该死，是奴才一时疏忽，忘了将这事告诉敬事房记档。"

殿中诸人都十分尴尬。那只翡翠扳指既然是御用之物，自然价值连城。况且皇帝自少年初习骑射时便戴得惯了，素来为皇帝心爱之物，随身不离。等闲却赏给了一个宫女，人人心里猜忖着这里面的文章，只是都不敢露出什么异色来。冯四京却连想都已经不敢往下想。

最后还是梁九功轻声对冯四京道："既然琳琅没偷东西，还不叫人去放了出来。"

冯四京早就汗得连衣裳都湿透了，只觉得那两肋下飕飕生寒，连那牙关似乎都要"咯咯"作响，"嗻"了一声却行而退，至殿外传唤小太监："快，快，跟我去北五所。"

乾清宫里因着殿宇广阔，除了御案之侧两盏十六支的烛台点了通臂巨烛，另有极大的纱灯置在当地，照得暖阁中明如白昼。

冯四京去了北五所，敬事房的另一名当值太监方用大银盘送了牌子进来，皇帝只挥一挥手，说了一声："去。"

这便是所谓"叫去"，意即今夜不召幸任何妃嫔。敬事房的当值太监便磕了个头，无声无息地捧着银盘退下去。

梁九功早就猜到今晚必是"叫去"，便从小太监手里接了烛剪，亲自将御案两侧的烛花剪了，侍候皇帝看书。待得大半个时辰后，梁九功瞧见冯四京在外面递眼色，便走出来。

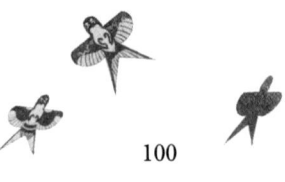

冯四京便将身子一侧，那廊下本点着极大的纱灯，夜风里微微摇曳，灯光便如水波轻漾，映着琳琅雪白的一张脸。

梁九功见她发鬓微松，被小宫女搀扶勉强站着，神色倒还镇定，便道："姑娘受委屈了。"

琳琅只轻轻叫了声："谙达。"

冯四京在一旁道："真是委屈姑娘了，我紧赶慢赶地赶到，到底还是叫姑娘受了两杖，好在并没伤着筋骨。"

梁九功不理冯四京，只对琳琅道："姑娘在这里稍等，我去向万岁爷回话。"便走进殿中去。

皇帝仍全神贯注在书本上，梁九功轻轻咳嗽了一声，低声道："万岁爷，琳琅回来了，是不是叫她进来谢恩？"

皇帝慢慢将书翻过一页，却没有答话。梁九功道："琳琅倒真是冤枉，到底还是挨了两杖。奴才瞧她那样子十分委屈，只是忍着不敢哭罢了。"

皇帝将书往案上一掷，口气淡然："梁九功，你什么时候也学得这么多嘴？"

梁九功忙道："奴才该死。"

皇帝微微一笑，将书重新拿起，道："叫她下去好好歇着，这两日先不必当差了。"

梁九功一时没料到皇帝会如此说，只得"嗻"了一声，慢慢退出。

皇帝却叫住他，从大拇指上捋下那只翡翠扳指来，说："朕说过这扳指是赏她的，把这个给她。"

梁九功忙双手接了，来至廊下，见了琳琅，笑容满面道："万岁爷吩咐,不必进去谢恩了。"又悄声道,"给姑娘道喜。"

琳琅只觉手中一硬,已经多了一样物件。梁九功已经叫人:"扶下去歇着吧。"便有两名宫女上来,搀了她回自己屋里去。

琳琅虽只受了两杖,但持杖之人竟使了十分力,那外伤却是不轻。她强自挣扎到此时,只觉腿上剧痛难耐。回了屋中,画珠连忙上来帮忙,扶她卧到床上。

梁九功却遣了名小宫女,送了外伤药膏来。那小宫女极是机灵,悄悄地道:"梁谙达说了,只怕姑娘受了外伤血淤气滞,这会子若传医问药,没得惊动旁人。这药原是西北大营里贡上来的,还是去年秋天里万岁爷赏的,说是化血散淤极佳的,姑娘先用着。"

画珠忙替琳琅道了谢,琳琅疼得满头大汗,犹向柜中指了一指。画珠明白她的意思,开了柜子取了匣子,将那黄澄澄的康熙通宝抓了一把,塞到那小宫女手中,说:"烦了妹妹跑一趟,回去谢谢梁谙达。"

那小宫女道:"谙达吩咐,不许姑娘破费呢。"不待画珠说话,将辫子一甩就跑了。

画珠只得掩上房门,替琳琅敷了药,再替她掖好了被子,自出去打水了。

琳琅独自在屋里,只觉得痛得昏昏沉沉,摊开了一直紧紧攥着的手掌,却不想竟是那只子儿绿的翡翠扳指,幽幽的似一泓碧水,就着那忽明忽暗的灯光,内壁镌着铁钩银划的两个字"玄烨"。

她出了一身的汗,只觉得身子轻飘飘使不上力。那只扳指似发起烫来,烫得叫人拿捏不住。

第六章 心字成灰

> 烛花摇影,冷透疏衾刚欲醒。待不思量,不许孤眠不断肠。
> 茫茫碧落,天上人间情一诺。银汉难通,稳耐风波愿始从。
>
> ——纳兰容若《减字木兰花》

半夜里下起雨来,淅淅沥沥了一夜,至天明时犹自簌簌有声,只听那檐头铁马,叮当乱响了一夜,和着雨声滴答,格外愁人似的。

端嫔醒得早,自然睡得不好,便有起床气,宫女栖霞上来替她梳了头。

正用早膳,去打听消息的太监已经回来了,磕了一个头方道:"回端主子话,据敬事房的小孟说,昨儿万岁爷是'叫去'。"

端嫔这才觉得心里痛快了些,漱了口,浣了手,又向大玻璃镜子里打量自己那一身胭红妆花绣蝴蝶兰花的袍子,对栖霞道:"咱们去瞧瞧惠主子。"

栖霞忙命人打了伞,端嫔扶了她至惠嫔那里去。

雨天百无聊赖,惠嫔立在滴水檐下瞧着宫女替廊下的那架鹦鹉添食水,见端嫔来了,忙远远笑道:"今儿下雨,难为妹妹竟还过来了,快屋里坐。"

只听那鹦鹉扑着翅膀，它那足上金铃便霍啦啦一阵乱响，那翅膀也扇得腾腾扑起。

端嫔便道："姐姐养的这只小虎儿，可有段时日了，只可惜还没学会说话。"

惠嫔并不着急答话，携了她的手进了屋中，方道："那小虎儿不学会说话也好。"轻轻叹了口气，说道，"妹妹没听见过说么？含情欲说宫中事，鹦鹉前头不敢言。前人的诗，也写得尽了。"

端嫔道："这话我来说倒也罢了，姐姐圣眷正隆，何出此言。"

惠嫔道："妹妹如何不知道，皇上待我，也不过念着旧日情分，说到圣眷，唉……"她这一声叹息，幽幽不绝。

端嫔正是有心事的人，直触得心里发酸，几欲要掉眼泪，勉强笑道："咱们不说这个了，昨儿乾清宫的事，还有下文呢，不知姐姐听说了没有？"

惠嫔道："能不听见说吗？今儿一大早，只怕东西六宫里全都知道了。"

端嫔唇边便浮起一个微笑来，往东一指，道："这回那一位，只怕大大地失了算计。常在河边走，哪能不湿鞋。照我说，她也太性急了，万岁爷不过多看那个宫女两眼，她就想着方儿算计。"

惠嫔道："倒不是她性急，她是瞅着气候未成，大约以为不打紧，所以想未雨绸缪。谁知万岁爷竟是不动声色，这回倒闹她个灰头土脸。"

端嫔道："依我看，万岁爷也未必是真瞧上了那个宫女，不然这会子早该有恩旨下来了。要叫我说，万岁爷是恼了那一位，竟然算计到御前的人身上去了，所以才敲山震虎，来这么一下子。"

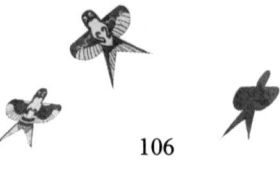

惠嫔笑道："妹妹说得极是。"

端嫔忽然起了顽意："不知那一位，这会子是不是躲在屋子里哭。佟贵妃连日身上不好，将六宫里的事都委了她，想必今儿她终于能闲下来了，咱们就去永和宫里坐坐吧。"

惠嫔便叫贴身宫女承香："拿我的大氅来。"

承香却道："主子忘了，方太医千叮万嘱，说主子正吃的那药忌吹风呢。"

惠嫔便骂道："偏你记得这些不要紧的话，我不过和端主子去永和宫一趟，能受什么风？"

端嫔忙道："又何苦骂她，她也是一片孝心才记在心上。姐姐既吹不得风，这雨天确实风凉，我独个儿去瞧热闹也就是了。"

她起身告辞，惠嫔亲送到滴水檐下方回屋里。

承香上来替惠嫔奉茶，惠嫔微微一笑，道："你倒是机灵。"

承香抿嘴一笑，道："跟着主子这么久，难道这点子事还用主子再提点？"

惠嫔慢慢用碗盖撇着那茶叶，道："她想瞧热闹，就叫她瞧去。谁不知道安嫔背后是佟贵妃？那佟贵妃总有做皇后的一天，这宫里行事说话，都不能不留退步。"略一凝神，道，"你去将我那里屋的箱子打开，将前儿得的珍珠膏和两样尺头拿了，去瞧瞧琳琅，只别惊动了旁人。"

承香欲语又止，惠嫔道："我知道你想劝我，咱们犯不着这样上赶着去献殷勤，没得叫人觉得点眼。不过出了这档子事，怎么说我与她都是中表之亲，这时候去雪中送炭，她担保会感激不尽，这样合情合理的功夫，咱们不能不做。琳琅这妮子……将来只怕是咱们的心腹大患。"

承香道:"奴才可不明白了,早上不听人说,昨儿晚上放了她回去,皇上说不必谢恩,连见都没见她。"

惠嫔放下茶碗,道:"咱们这位万岁爷的性子,越是心里看重,面上越是淡着。他若是让进去谢恩,那才如端嫔所说,是生气永和宫的那一位算计了御前的人,所以才敲山震虎。他这么不叫进去,淡淡的连问都不问一声,你就还非得替我去瞧瞧琳琅不可了。"

承香这才抿嘴一笑:"奴才明白了。"

惠嫔却叹了口气:"千算万算,没有算到这一着。原以为她在辛者库是一辈子出不了头,没想到她竟然有本事到了御前,只怕咱们到头来聪明反被聪明误。"

承香道:"主子放心,凭她如何,也越不过主子您的位分去。"

惠嫔端起茶碗来,却怔怔地出了神,说:"如今只得走一步,算一步。那御前是个风高浪急的地方,咱们且静静看着,指不定会有人替咱们动手,咱们省心省力。"

过了五月节,宫里都换了单衣裳。

这天皇帝歇了午觉起来,正巧芜湖钞关的新贡墨进上来了。安徽本来有例贡贡墨,但芜湖钞关的刘源制墨精良,特贡后甚为皇帝所喜。此时皇帝见了今年的新墨,光泽细密,色泽墨润,四面夔纹,中间描金四字,正是御笔赐书"松风水月"。抬头见琳琅在面前,便说:"取水来试一试墨。"

侍候笔墨本是小太监的差事,琳琅答应着,从水盂里用铜匙量了水,施在砚堂中,轻轻地旋转墨锭,待墨浸泡稍软后,才逐渐地加力。因新墨初用,有胶性并棱角,不可重磨,恐伤砚面。

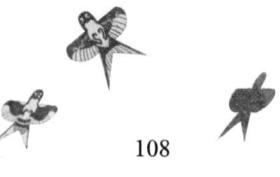

皇帝不由微微一笑，那烟墨之香，淡淡萦开，只听那墨摩挲在砚上，轻轻的沙沙声。

皇帝只写了两个字，那墨确是落纸如漆，光润不胶。他素喜临董其昌，字本就亢气浑涵，多雍容之态，这两个字却写得极为清峻雅逸。

琳琅接过御笔，搁回笔搁上。

皇帝见她连耳根都红透了，于是问："你认识字？"宫中祖制，是不许宫女识文断字的。

她于是低声答："奴才只认得几个字。"那脸越发红得火烫，声音细若蚊蝇，"奴才的名字，奴才认得。"

皇帝不由有些意外，太监宫女都在暖阁外，他轻轻咳嗽了一声，便将那张素笺折起，随手夹到一本书中，只若无其事，翻了算学的书来演算。他本长于算学，又聘西洋传教士教授西洋算法，闲暇之时，便常以演算为练习。

琳琅见他聚精会神，便轻轻后退了一步。

皇帝却突兀问："你的生庚是多少？"

她怔了一怔，但皇帝问话，自是不能不答："甲辰甲子戊辰……"

皇帝寥寥数笔，便略一凝神，问："康熙二年五月初七？"

她面上又是微微一红，只应个"是"。

皇帝又低头演算，殿中复又安静下来，静得能听见皇帝手中的笔尖拖过软纸细微有声。

交了夏，天黑得迟，乾清宫里至戌初时分才上灯。梁九功见是"叫去"，便欲去督促宫门下钥。皇帝却踱至殿前，只见一钩清月，银灿生辉，低低映在宫墙之上，于是吩咐："朕要出去散散。"

梁九功答应了一声，忙传令预备侍候鸾仪。皇帝只微微皱眉道："好好的步月闲散，一大帮子人跟着，真真无趣。"

梁九功只得笑道："求主子示下，是往哪宫里去？奴才狗胆包天，求万岁爷一句，好歹总得有人跟着。"

皇帝想了一想："哪宫里都不去，清清静静地走一走。"

因皇帝吩咐仪从从简，便只十数人跟着，一溜八盏宫灯簇拥了肩舆，迤逦出了隆福门，一路向北。梁九功不知皇帝要往哪里去，只是心中奇怪。一直从花园中穿过，顺贞门本已下钥，皇帝命开了顺贞门，这便是出了内宫了。

神武门当值统领飞奔过来接驾，跪在肩舆之前行了大礼。皇帝只道："朕不过是来瞧瞧，别大惊小怪的。"

统领恭恭敬敬"嗻"了一声，垂手退后，随着肩舆至神武门下，率了当值侍卫，簇拥着皇帝登上城楼。

夜凉如水，只见禁城之外，东西九城万家灯火如天上群星落地，璀璨芒芒点点。神武门上本悬有巨制纱灯，径圆逾丈，在风中摇曳不定。

皇帝道："月下点灯，最煞风景。"便顺着城墙往西走去。梁九功正欲领着人跟着，皇帝却说："你们就在这里，朕要一个人静一静。"

梁九功吓得请了个安，道："万岁爷，这可不是闹着玩的。太皇太后若是知道了，非要奴才的脑袋不可。这城墙上虽还平坦，虽说有月亮，但这黑天乌夜的……"

皇帝素来不喜他啰唆，只道："那就依你，着一个人提灯跟着吧。"

梁九功这才回过味来，心中暗暗好笑。转过身来向琳琅招一招手，接过小太监手中的八宝琉璃灯交到她手中，低声对琳琅道："你去替万岁爷照着亮。"

琳琅答应了一声,提灯伴着皇帝往前走。

那城墙上风大,吹得人衣袂飘飘。越往前走,四下里只是寂静无声,唯见那深蓝如墨的天上一钩清月,低得像是触手可得。皇帝负手信步踱着,步子只是不疾不缓,风声里隐约听得见他腰际平金荷包上坠子摇动的微声。

那风吹得琳琅鬓边的几茎短发痒痒地拂在脸上,像是小孩子伸着小手指头,在那里挠着一样。她伸手掠了一掠那发丝,皇帝忽然站住了脚,她忙也停下来,顺着皇帝的目光回望,遥遥只见神武门的城楼之上灯火点点,却原来不知不觉走得这样远了。

皇帝回过头来,望了她一眼,温和地问:"你冷么?"

琳琅不防他这样开口相询,只道:"奴才不冷。"

皇帝却伸手握住她的手,她吓得一时怔住。好在他已经放开,只说:"手这样冰凉,还说不冷?"伸手便解开颈中系着的如意双绦,解下了明黄平金绣金龙的大氅,披在她肩头。

她吓得脸色雪白,只道:"奴才不敢。"

皇帝却亲自替她系好了那如意双绦,只淡淡地道:"此时不许再自称奴才。"

此即是皇命,遵与不遵都是失了规矩。她心乱如麻,便如一千只茧子在心里缫了丝一般,千头万绪,却不知从何思忖起。

皇帝伸出了手,她心中更是一片茫然的凌乱,只得将手交到他手中。皇帝的手很温暖,携了她又缓缓往前走,她心绪飘忽,神色恍惚,只听他问:"你进宫几年了?"

她低声答:"两年了。"

皇帝"嗯"了一声,道:"必然十分想家吧?"

她声音更低了:"奴才不敢。"

皇帝微微一笑:"你若是再不改口,我可就要罚你了。"

她悚然一惊,皇帝却携她的手走近雉堞之前,道:"宫里的规矩,也不好让你家去,你就在这里瞧瞧,也算是望一望家里了。"

她一时怔住了,心中百折千回,不知是悲是喜,是惊是异。却听他道:"今儿是你生辰,我许你一件事,你想好了就告诉我。是要什么,或是要我答应什么,都可以告诉我。"

那风愈起愈大,吹得她身上的明黄大氅飘飘欲飞,那氅衣尚有他身上的余温似的,隐约浮动熟悉却陌生的龙涎香香气。

她心底只有莫名的惊痛,像是极钝的刀子慢慢在那里锉着,那眼底的热几乎要夺眶而出,只轻轻地道:"琳琅不敢向万岁爷要什么。"

他只凝望着她,她慢慢转过脸去。站在这里眺望,九城之中的万家灯火,哪一盏是她的家?

他慢慢抬起手来,掌中握着她的手,那腕上一痕新伤,却是前不久当差时打翻了茶碗烫的。当时她煞白了脸,却只问:"万岁爷烫着没有?"

犯了这样的大错,自然是吓着了。当时却只觉得可怜,那乌黑的眼睛,如受惊的小鹿一样,直叫人怦然心动。

她的手却在微微颤抖,倒叫他有几分不忍,但只轻轻加力握了一握,仍旧携着她向前走去。她手中那盏八宝琉璃灯,灯内点着的烛只晕黄的一团光照在两人脚下,夜色里那城墙像是漫漫长道,永远也走不尽似的。

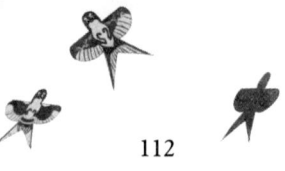

梁九功见那月已斜斜挂在城楼檐角,心里正暗暗着急,远远瞧见一星微光渐行渐近,忙带了人迎上去。只见皇帝神色淡定,琳琅随在侧边,一手持灯,一手上却搭着皇帝那件明黄平金大氅。

梁九功忙接过去,道:"这夜里风凉,万岁爷怎么反倒将这大氅解了?"又替皇帝披好系上绦子。

神武门的宿卫已经换了值班,此时当值宿卫统领便上前一步,磕头见驾:"当值宿卫纳兰性德,恭请皇上圣安。"

皇帝见是他,便微笑道:"朕难得出来走一趟,偏又遇上你。今儿的事可不许告诉旁人,传到那群言官耳中去,朕又要受聒噪。"

纳兰应了"是",又磕头道:"夜深风寒,请皇上起驾回宫。"

皇帝道:"你不催朕,朕也是要走了。"忽然"咦"了一声,问,"你这额头上是怎么了?"

纳兰道:"回皇上,奴才前儿围猎,不小心为同伴误伤。"

皇帝微微一笑,说道:"你的骑射功夫上佳,谁能误伤得了你,朕倒想知道。"

纳兰见皇帝心情甚好,明知此问乃是调侃自己,难以回答,只得又磕了个头。

皇帝哈哈一笑,说道:"你父亲的谢罪折子朕已经看了,朕样样都替你打算了,你可要好生谢朕。"

纳兰只觉得喉中似哽了个硬物,毕生以来,从未曾如今日般痛楚万分,那一句话哽在那里,无论如何说不出来。

忽一阵风过,那城楼地方狭窄,纳兰跪着离皇帝极近,便闻到皇帝衣袖之间幽香暗暗,那香气虽淡薄,但这一缕熟悉的芳香却早已是魂牵梦萦，心中惊疑万分，只是一片茫然的惶恐。本能般以眼角余光斜瞥，只见皇帝身边近侍太监们青色的袍角，隔得更远方是宫女们淡青色的衣角。那袅袅幽香，直如茫茫梦境一般，神色恍惚，竟不知此身何身，此夕何夕，心中凄苦万状。

皇帝笑道："起来吧，朕这就回去了。"

纳兰重重叩了一个头，额上伤口磕在青砖地上，顿时迸裂，痛入心腑，连声音都不似自己的："谢皇上隆恩。"

他至城楼下送皇帝上肩舆，终于假作无意，眼光往宫女中一扫，只见似是琳琅亦在人群里，可恨隔着众人，只看不真切，他不敢多看，立时便垂下头去。

梁九功轻轻拍一拍手掌，抬肩舆的太监稳稳调转了方向，敬事房的太监便唱道："万岁爷起驾啦——"声音清脆圆润，夜色寂寥中惊起远处宫殿屋脊上栖着的宿鸟，扑扑地飞过城墙，往禁城外的高天上飞去了。

纳兰至卯正时分才交卸差事，下值回家去。一进胡同口便瞧见大门外歇着几台绿呢大轿，他打马自往西侧门那里去了，西侧门上的小厮满脸欢喜迎上来抱住了腿："大爷回来了？老太太正打发人出来问呢，说每日这时辰都回来了，今儿怎么还没到家。"

纳兰翻身下马，随将手中的马鞭扔给小厮，自有人拉了马去。

纳兰回头瞧了一眼那几台轿子，问："老爷今儿没上朝？"

小厮道："不是来拜见老爷的，是那边三老爷的客人。"

纳兰进了二门，去上房给祖母请安，复又去见母亲。纳兰夫人正

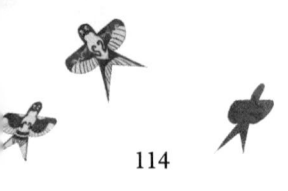

与妯娌坐着闲话,见儿子进来,欢喜不尽:"今儿怎么回来迟了?"

纳兰先请了安,方说:"路上遇着有衡,大家说了几句话,所以耽搁了。"

纳兰夫人见他神色倦怠,道:"熬了一夜,好容易下值回来,先去歇着吧。"

纳兰这才回房去,顺着抄手游廊走到月洞门外,忽听得一阵鼓噪之声,却原来是三房里几位同宗兄弟在园子里射鹄子。见着他带着小厮进来,一位堂兄便回头笑着问:"冬郎,昨儿在王府里,听见说皇上有旨意为你赐婚。啧啧,这种风光事,朝中也是难得一见啊。冬郎,你可算是好福气。"

纳兰不发一语,随手接了他手中的弓箭,引圆了弓弦,"嗖嗖嗖"连发三箭,支支都正中鹄子的红心。几位同宗兄弟不约而同叫了一声"好"。

纳兰淡淡地道:"诸位哥哥慢慢玩,我先去了。"

那位堂兄见他径往月洞门中去了,方才甩过辫梢,一手引着弓纳闷地说:"冬郎这是怎么了?倒像是人家欠他一万两银子似的,一脸的不如意。"

另一人便笑道:"他还不如意?凭这世上有的,他什么没有?老爷自不必说了,他如今也圣眷正隆,过两年一外放,迟早是封疆大吏。就算做京官,依着皇上素日待他的样子,只怕不过几年,就要换顶子了。若说不如意,大约只一样——大少奶奶没得太早,叫他伤心了这几年。"

纳兰信步却往小书房里去了。时方初夏,中庭的一树安石榴开得正盛。一阵风过,吹得那一树繁花烈烈如焚。因窗子开着,几瓣殷红如血的花瓣零乱地落在书案上。

他拂去花瓣,信手翻开那本《小山词》,却不想翻到那一页书眉上,极娟秀的簪花小楷,只写了两个字"锦瑟"。他心中大恸,举目向庭中望去,只见烁烁闪闪,满目皆是那殷红繁花,如落霞织锦,灼痛人的视线。

石榴花开得极好,衬着那碧油油的叶子,越发显得殷红如血。廊下一溜儿皆是千叶重瓣的安石榴花,远远瞧去,大太阳底下红得似要燃起来。

做粗活的苏拉,拿了布巾擦拭着那栽石榴花的景泰蓝大盆。画珠见琳琅站在那廊前,眼睛瞧着那苏拉擦花盆,神色犹带了一丝恍惚,便上前去轻轻一拍:"你在这里发什么呆?"

琳琅被吓了一跳,只轻轻拍着胸口:"画珠,你真是吓了我一跳。"

画珠笑嘻嘻地道:"瞧你这样子,倒似在发愁,什么心事能不能告诉我?"

琳琅道:"我能有什么心事,不过是惦着差事罢了。"

画珠望了望日头:"嗯,这时辰万岁爷该下朝回来啦。"

琳琅涨红了脸,道:"你取笑我倒罢了,怎么能没上没下地拿主子来取笑?"

画珠扮个鬼脸:"好啦,算我口没遮拦成不成?"

琳琅道:"你这张嘴,总有一日闯出祸来,若是叫谙达听见……"

画珠却笑起来:"梁谙达对你客气着呢,我好赖也沾光。"

琳琅道:"梁谙达对大家都客气,也不独独是对我。"

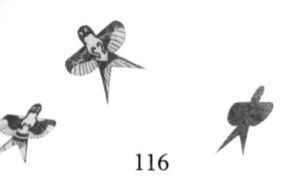

画珠却忍不住哧地一笑,说:"瞧你急的,脸都红得要赶上这石榴花了。"

琳琅道:"你今天必是着了什么魔,一句正经话也不说。"

画珠道:"哪里是我着了魔,依我看,是你着了魔才对。昨晚一夜只听你在炕上翻来覆去,这会子又站在这里待了这半晌了。我倒不明白,这花是什么国色天香,值得你牢牢盯了半日工夫。"

琳琅正要说话,忽闻轻轻两下掌声传来,正是皇帝回宫,垂花门外的太监传进来的暗号。

琳琅忙转身往御茶房那边去,画珠道:"你急什么,等御驾回来,总还有一炷香的工夫。"

琳琅道:"我不和你说了,我可不像你胆子大,每回事到临头了才抓忙。"

皇帝回宫果然已经是一炷香的工夫后,先换了衣裳。画珠见梁九功不在跟前,四执库的太监捧了衣裳退下,独她一个人跪着替皇帝理好袍角,便轻轻叫了声:"万岁爷。"说,"万岁爷上回问奴才的那方帕子,奴才叫四执库的人找着了。"从袖中抽出帕子呈上。

皇帝接过去,正是那方白绢帕子,淡缃色丝线绣四合如意云纹,不禁微微一笑:"就是这个,原来是四执库收起来了。"

画珠道:"四执库的小冯子说,这帕子原是夹在万岁爷一件袍袖里的,因并不是御用的东西,却也没敢撂开,所以单独拣在一旁。"

皇帝只点了点头,外面小太监打起帘子,却是琳琅捧了茶盘进来。画珠脸上一红,退开一步去,琳琅也并未在意。

天气一天天热起来,赵昌从慈宁宫回来,先站在檐下摘了帽子拭了拭额上的汗,方戴好了帽子,整了衣冠进殿中去。

梁九功正巧从东暖阁退出来,一见了他便使个眼色。赵昌只得随他出来,方悄声问:"万岁爷这么早就歇午觉了?"

梁九功微微一笑:"万岁爷还没歇午觉呢,这会子在看折子。"

这倒将赵昌弄糊涂了,说:"那我进去跟万岁爷回话去。"

梁九功将嘴一努,说:"你怎么这样没眼色?这会子就只琳琅在跟前呢。"

赵昌将自己脑门轻轻一拍,悄声说:"瞧我这猪脑子——老哥,多谢你提点,不然我懵懵然撞进去,必然讨万岁爷的厌。"他一面说着话,一面往殿外望了望,碧蓝湛蓝的天,通透如一方上好的玻璃翠。只听隐隐的蝉声响起来,午后的阳光里,已经颇有几分暑意。

东暖阁里垂着湘竹帘子,一条一条打磨得极细滑的竹梗子,细细密密地用金线丝络系一个如意同心结,那一帘子的如意同心结,千丝万缕,阳光斜斜地透进来,金砖上烙着帘影,静淡无声。

御案上本来放着一盏甜瓜冰碗,那冰渐渐融了,缠枝莲青花碗上,便沁出细密的一层水珠。

琳琅鼻尖之上亦沁出细密的一层汗珠,只是屏息静气,只觉得皇帝的呼吸暖暖地拂在鬓角,吹得碎发微微伏起,那一种痒痒直酥到人心里去。

皇帝的声音低低的,可是因为近在耳畔,反倒觉得令人一震:"手别发抖,写字第一要腕力沉稳,你的手一抖,这字的笔画就乱了。"

那笔尖慢慢地拖出一捺,他腕上明黄翻袖上绣着金色夔纹,那袖子拂在她腕上。她到底笔下无力,滟滟的朱砂便如断霞斜攲,她的脸亦红得几乎艳如朱砂,只任由他握着她的手,在砚里又舔饱了笔,这次却是先一点,一横,一折再折……

她忽而轻轻咬一咬嘴唇,轻声道:"奴才欺君罔上……"

皇帝却笑起来:"你实实是欺君罔上——才刚我说了,这会子不许自称奴才。"

琳琅脸上又是一红,道:"这两个字,琳琅会写。"

皇帝"哦"了一声,果然松了手。琳琅便稳稳补上那一折,然后又写了另一个字——虽然为着避讳,按例每字各缺了末笔,但那字迹清秀,一望便知极有功底。

皇帝出于意外,不觉无声微笑:"果然真是欺君罔上,看我怎么罚你——罚你立时好生写篇字来。"

琳琅只得应了一声"是",却放下手中的笔。

皇帝说:"只咱们两个,别理会那些规矩。"

琳琅面上又是一红,到底另拣了一支笔舔了墨,但御案之上只有御笔,虽不再是用朱砂,仍低声道:"琳琅僭越。"方微一凝神,从容落笔,过得片刻一挥而就,双手呈与皇帝。

竟是极其清丽的一手簪花小楷:"昼漏稀闻紫陌长,霏霏细雨过南庄。云飞御苑秋花湿,风到红门野草香。玉辇遥临平甸阔,羽旗近傍远林扬。初晴少顷布围猎,好趁清凉跃骕骦。"

正是他幸南苑行围时的御制诗。字字骨骼清奇,看来总有十来年功力,想必定然临过闺阁名家,卫夫人的《古名姬贴》,赵夫人的《梅花赋》……笔画之间妩媚风流,叫人心里一动。

他接过笔去,便在后面写了一行蝇头小楷:"昨夜星辰昨夜风,画楼西畔桂堂东。"

这一句话，也就尽够了。

她那脸上红得似要燃起来，眼中神气游离不定，像是月光下的花影，随风瞬移。那耳廓红得透了，像是案头那方冻石的印章，隐隐如半透明，看得清一丝丝细小的血脉，嫣红纤明。她颈中微汗，却烘得那幽幽的香，从衣裳间透出来。

他忍不住便向那嫣红的耳下吻去，她身子一软，却叫他揽住了不能动弹。他只觉得她身子微微发抖，眼底尽是惶恐与害怕，十分叫人怜爱，只低声唤了一声："琳琅。"

琳琅只觉得心跳得又急又快，皇帝的手握着她的手，却是滚烫发热的。

那碗甜瓜冰碗之外水汽凝结，一滴水珠缓缓顺着碗壁滑落下去。她只觉得四下里静下来，皇帝衣上幽幽的龙涎香气息却叫她有些透不出气来。

她轻轻转过脸去，便欲起身，低声道："万岁爷，冰要化了，奴才去换一碗。"

皇帝并没有放手，只道："你这几天为什么躲着我？"

琳琅涨红了脸："奴才不敢，奴才并没有躲着万岁爷。"

"你这话不尽不实。"皇帝低声道，"今儿要不是梁九功，你也不会独个儿留下来。他向你递眼色，别以为我没瞧见。"

琳琅只不肯转过脸来，有些怔忡地瞧着那缠枝莲青花碗中的冰块，已经渐渐融至细薄的冰片，欲沉欲浮。甜瓜是碧绿发黄的颜色，削得极薄，隐隐透出蜜一样的甜香，浸在冰碗中，一丝一丝的寒凉。

她轻轻道："奴才出身卑贱，不配蒙受圣眷。"

殿中本来静极了，遥遥却听见远处隐约的蝉声响起来，一径的声嘶力竭似的。暖阁的窗纱正是前几日新换的,江宁织造例贡上用蝉翼纱,轻薄如烟。她想起旧时自己屋子里,糊着雨过天青色薄纱窗屉,竹影透过窗纱映在书案上,案上的博山炉里焚着香,那烟也似碧透了,风吹过竹声簌簌,像是下着雨。北窗下凉风暂至,书案上临的字被吹起,哗哗一点微声的轻响。

风吹过御案上的折子,上用贡宣软白细密,声音也是极微。皇帝的手却渐渐冷了,一分一分地松开,慢慢地松开,那指尖却失了热力似的,像是端过冰碗的手,冷的,凉的,无声就滑落她的手腕。

她站起来往后退了一步,皇帝的声音还是如常的淡然:"你去换碗冰碗子来。"

她"嗻"了一声,待换了冰碗回来,皇帝却已经歇了午觉了。

梁九功正巧从暖阁里出来,向她努一努嘴。她端着冰碗退下去,只听梁九功嘱咐赵昌:"你好生听着万岁爷叫人,我去趟上虞备用处,万岁爷嫌这蝉声叫得讨厌。"

赵昌不由笑道:"这知了叫你也有法子不成?"

梁九功低声道:"别浑说。"将双指一曲,正是常用的暗号。

赵昌知道皇帝心情不好,立时噤若寒蝉。

琳琅从御茶房交了家什转来,烈日下只见上虞备用处的一众侍卫,手持了粘竿往来巡逻,将乾清宫四周密密实实巡查了数遍,将那些蝉都粘去了十之六七,剩下的也尽赶得远了。

四处渐渐静下来,太阳白花花地照着殿前的金砖地,那金砖本来乌黑锃亮,光可鉴人,犹如墨玉,烈日下晒得泛起一层刺眼的白光。

第七章　药成碧海

> 海天谁放冰轮满,惆怅离情。莫说离情,但值良宵总泪零。
> 只应碧落重相见,那是今生。可奈今生,刚作愁时又忆卿。
>
> ——纳兰容若《采桑子》

一连晴了数日,天气热得像是要生出火来。黄昏时分,苏拉在院中泼了净水,那热烘烘的蒸气正上来。半天里皆是幻紫流金的彩霞,映在明黄琉璃瓦上,辉煌得如织锦。乾清宫殿宇深广,窗门皆垂着竹帘,反倒显得幽凉。

画珠从御前下来,见琳琅坐在窗下绣花,便说:"这时辰你别贪黑伤了眼睛。"

琳琅道:"这支线绣完,就该上灯了。"因天热,怕手上出汗,起身去铜盆中洗了手,又方坐下接着绣。

画珠道:"这两日事多,你倒闲下来了,竟坐在这里绣花,针线上又不是没有人。"

琳琅手中并未停,道:"左右是无事,绣着消磨时日也好。"

画珠道:"今儿梁谙达说了一桩事呢。说是宜主子年底要添生,万岁爷打算拨一个妥当的人过去侍候宜主子。"

琳琅"嗯"了一声，问："你想去？"

画珠道："听梁谙达那口气，不像是想从御前的人里挑，大约是从东西六宫里拣吧。"

琳琅听她这样说，停了针线静静地道："许久不见，芸初也不知怎么样了。"

画珠道："依我说，侍候宜主子也不算是顶好的差事，宜主子虽然得宠，为人却厉害。"

琳琅只道："画珠，你怎么又忘了，又议论起主子，看叫旁人听见。"

画珠伸一伸舌头："反正我只在你面前说，也不妨事。"又道，"我瞧宜主子虽然圣眷正浓，但眼前也及不上成主子。这一连几天，万岁爷不都是翻她的牌子？今儿听说又是。万岁爷的心思真叫人难以琢磨。"

琳琅说："该上灯了吧，我去取火来。"

画珠随手拿起扇子，望一眼窗外幽黑天幕上灿烂如银的碎星，道："这天气真是热。"

第二日依然是晌晴的天气。因着庚申日京东地震震动京畿，京城倒塌城垣、衙署、民房，死伤人甚重。震之所及东至龙兴之地盛京，西至甘肃岷县，南至安徽桐城，凡数千里，而三河、平谷最惨。远近荡然一空，了无障隔，山崩地陷，裂地涌水，土砾成丘，尸骸枕藉，官民死伤不计其数，甚有全家覆没者。

朝中忙着诏发内帑十万赈恤，官修被震庐舍民房，又在九城中开了粥棚赈济灾民。各处赈灾的折子雪片一般飞来，而川中抚远大将军图海所率大军与吴三桂部将激战犹烈。皇帝于赈灾极为重视,而前线战事素来事必躬亲,所以连日里自乾清门听政之余,仍在南书房召见大臣,这日御驾返回乾清宫,又是晚膳时分。

琳琅捧了茶进去,皇帝正换了衣裳用膳,因着天气暑热,那大大小小十余品菜肴羹汤,也不过略略动了几样便搁下筷子。皇帝随手接了茶,见是滚烫的白贡菊茶,随手便又撂在桌子上,只说:"换凉的来。"

琳琅犹未答话,梁九功已经道:"万岁爷刚进了晚膳,只怕凉的伤胃。"又道,"李太医在外头候旨,请万岁爷示下。"

皇帝问:"无端端的传太医来做什么?"

梁九功请了个安,道:"是奴才擅做主张传太医进来的。今儿早上李太医听说万岁爷这几日歇得不好,夜中常口渴,想请旨来替万岁爷请平安脉,奴才就叫他进来候着了。"

皇帝道:"叫他回去,朕躬安,不用他们来烦朕。"

梁九功赔笑道:"万岁爷,您这嘴角都起了水泡。明儿往慈宁宫请安,太皇太后见着了,也必然要叫传太医来瞧。"

皇帝事祖母至孝,听梁九功如是说,想祖母见着,果然势必又惹得她心疼烦恼,于是道:"那叫他进来瞧吧。"

那李太医当差多年,进来先行了一跪三叩的大礼。皇帝是坐在炕上,小太监早取了拜垫来,李太医便跪在拜垫上,细细地诊了脉,道:"微臣大胆,请窥万岁爷圣颜。"瞧了皇帝唇角的水泡,方磕头道,"皇上万安。"退出去开方子。

梁九功便陪着出去,小太监侍候笔墨。李太医写了方子,对梁九功道:"万岁爷只是固热伤阴,虚火内生,所以嘴边生了热疮起水泡,照方子吃两剂就成了。"

赵昌陪了李太医去御药房里煎药,梁九功回到暖阁里,见琳琅捧着茶盘侍立当地,皇帝却望也不望她一眼,只挥手道:"都下去。"

御前的宫女太监便皆退下去了。

梁九功纳闷了这几日,此时想了想,轻声道:"万岁爷,要不叫琳琅去御茶房里,取他们熬的药茶来。"

宫中暑时依太医院的方子,常备有消暑的药制茶饮。

皇帝只是低头看折子,说:"既吃药,就不必吃药茶了。"

梁九功退下来后,又想了一想,往直房里去寻琳琅。直房里宫女太监们皆在闲坐,琳琅见他递个眼色,只得出来。

梁九功引她走到廊下,方问:"万岁爷怎么了?"

琳琅涨红了脸,扭过头去瞧那毒辣辣的日头,映着那金砖地上白晃晃的,勉强道:"谙达,万岁爷怎么了,我们做奴才的哪里知道?"

梁九功道:"你聪明伶俐,平日里难道还不明白?"

琳琅只道:"谙达说得我都糊涂了。"

梁九功道:"我可才是糊涂了——前几日不还好好的?"

琳琅听他说得直白,不再接口,直望着那琉璃瓦上浮起的金光。

梁九功道:"我素来觉得你是有福气的人,如今怎么反倒和这福气过不去了?"

琳琅道:"谙达的话,我越发不懂了。"

她本穿了一身淡青纱衣,乌黑的辫子却只用青色绒线系了,此时说着话,手里却将那辫梢上青色的绒线捻着,脸上微微有些窘态的

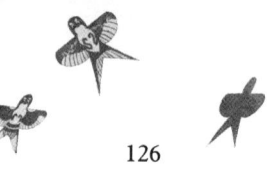

泹红。

梁九功听她如是说，倒不好再一径追问，只得罢了。

正在这时，正巧画珠打廊下过，琳琅乘机向梁九功道："谙达若没有别的吩咐，我就回去了。"见梁九功点一点头，琳琅迎上画珠，两个人并肩回直房里去。

画珠本来话就多，一路上说着："今儿可让我瞧见成主子了，我从景和门出去，可巧遇上了，我给她请安，她还特别客气，跟我说了几句话呢。成主子人真是生得美，依我看，倒比宜主子多些娴静之态。"见琳琅微微皱眉，便抢先学着琳琅的口气，道，"怎么又背地里议论主子？"说完向琳琅吐一吐舌头。

琳琅让她逗得不由微微一笑，说："你明知道规矩，却偏偏爱信口开河，旁人听见了多不好。"

画珠道："你又不是旁人。"

琳琅说："你说得惯了，有人没人也顺嘴说出来，岂不惹祸？"

画珠笑道："你呀，诸葛武侯一生唯谨慎。"

琳琅"咦"了一声，说："这句文绉绉的话，你从哪里学来的？"

画珠道："你忘了么？不是昨儿万岁爷说的。"

琳琅不由自主望向正殿，殿门垂着沉沉的竹帘，上用黄绫帘楣，隐约只瞧见御前当值的太监偶人似的一动不动伫立在殿内。

因着地震灾情甚重，宫中的八月节也过得草草。皇帝循例赐宴南书房的师傅、一众文学近侍，乾清宫里只剩下些宫女太监，显得冷冷清清。厨房里倒有节例，除了晚上的点心瓜果，特别还有月饼。

画珠贪玩，吃过了点心便拉着琳琅去庭中赏月，只说："你平日里不是喜欢什么月呀雪呀，今儿这么好的月亮，怎么反倒不看了？"

琳琅举头望去，只见天上一轮圆月，衬着薄薄几缕淡云，那月色光寒，照在地上如水轻泻。只见月光下乾清宫的殿宇琉璃华瓦，粼粼如淌水银。廊前皆是新贡的桂花树，植在巨缸之中，丹桂初蕊，香远袭人，月色下树影婆娑，勾勒如画。那晚风薄寒，却吹得人微微一凛。

此情此景依稀仿佛梦里见过。窗下的竹影摇曳，丹桂暗香透入窗扉。自己移了笔墨，回头望向阶下的人影浅笑……中秋夜，十四寒韵联句……当时明月在，曾照彩云归。

正恍惚间，忽听中庭外又急又快的脚步声，回头一看，却是小宫女一口气跑了进来。

画珠道："翠隽，瞧你这慌慌张张的样子，后头有鬼赶你不成？"

翠隽满脸是笑，喘吁吁地道："两位姐姐，大喜事咧！"

画珠笑道："莫不是前头放了赏？瞧你眼皮子浅的，什么金的银的没见识过，还一惊一乍。"

翠隽道："放赏倒罢了，太后宫里的华子姐姐说，有旨意将芸初姑娘指婚给明珠大人的长公子了。芸初姑娘可真真儿是天大的造化，得了这一门好亲事，竟指了位二等虾。两位姐姐都和芸初姑娘好，往后两位姐姐更得要照应咱们了……"

琳琅手里本折了一枝桂花，不知不觉间松了手，那花就落在了青砖地上。

画珠道："她到底是老子娘有头脸，虽没放过实任，到底有爵位在那里，荣主子又帮衬着。万岁爷赐婚，那可真是天大的面子，明珠大人虽然是朝中大臣,但她嫁过去,只怕也不敢等闲轻慢了她这位指婚而娶的儿媳。琳琅,这回你可和芸初真成了一家人。"

她一句接一句地说着,琳琅只觉得那声音离自己很远,飘荡浮动着,倏忽又很近,近得直像是在耳下吵嚷。天却越发高了,只觉得那月光冰寒,像是并刀的尖口,刺拉拉就将人剪开来。她全然听不见画珠在说什么,只见她嘴唇翕动,自顾自说得高兴。四面都是风,冷冷地扑在身上,直吹得衣角扬起,身子却在风里微微地发着抖。

画珠嘈嘈切切说了许久,方觉得她脸色有异,一握了她的手,失声道:"你这是怎么了,手这样冰凉?"

说了两遍,琳琅方才回过神来似的,嘴角微微哆嗦,只道:"这风好冷。"

画珠道:"你要添件衣裳才好,这夜里风寒,咱们快回去。"

回屋里,琳琅添了件绛色长比甲,方收拾停当,隐约听到外面遥遥的击掌声,正是御驾返回乾清宫的暗号。两个人都当着差事,皆出来上殿中去。

随侍的太监簇拥着皇帝进来,除了近侍,其余的人皆在殿外便退了下去。梁九功回头瞧见琳琅,便对她说:"万岁爷今儿吃了酒,去沏酽茶来。"

琳琅答应了一声,去了半晌回来。皇帝正换了衣裳,见那茶碗不是日常御用,却是一只竹丝白纹的粉定茶盏,盛着枫露茶。

那枫露茶乃枫露点茶,枫露制法,取香枫之嫩叶,入甑蒸之,滴取其露。将枫露点入茶汤中,即成枫露茶。

皇帝看了她一眼,问:"这会子怎么翻出这样东西来了?"

琳琅神色仓皇道:"奴才只想到这茶配这定窑盏子才好看,一时疏忽,忘了忌讳,请万岁爷责罚。"

这定窑茶盏本是一对,另一只上次她在御前打碎了,依着规矩,这单下的一只残杯是不能再用的。皇帝想起来,上次打翻了茶,她面色也是如此惊惧,此刻捧着茶盘,因着又犯了错,眼里只有楚楚的惊怯,碧色衣袖似在微微轻颤,灯下照着分明,雪白皓腕上一痕新月似的旧烫伤。

皇帝接过茶去,吃了一口,放下道:"这茶要三四遍才出色,还是换甘和茶来。"

琳琅"嗻"了一声,退出暖阁外去。

皇帝觉得有几分酒意,便叫梁九功:"去拧个热手巾把子来。"

梁九功答应了还未出去,只听外面"哐"的一声响,跟着小太监轻声低呼了一声。

皇帝问:"怎么了?"

外面的小太监忙道:"回万岁爷的话,琳琅不知怎么的,发晕倒在地上了。"

皇帝起身便出来,梁九功忙替他掀起帘子。只见太监宫女们团团围住,芳景扶了琳琅的肩,轻轻唤着她的名字,琳琅脸色雪白,双目紧闭,却是人事不知的样子。

皇帝道:"别都围着,散开来让她透气。"

众人早吓得乱了阵脚,听见皇帝吩咐,连忙站起来皆退出几步去。

皇帝又对芳景道:"将她颈下的扣子解开两粒。"

芳景连忙解了。皇帝本略通岐黄之术,伸手按在她脉上,却回头对梁九功道:"去将那传教士贡的西洋嗅盐取来。"

梁九功派人去取了来,却是小巧玲珑一只碧色玻璃瓶子。皇帝旋开鎏金宝纽塞子,将那嗅盐放在她鼻下轻轻摇了摇。

殿中诸人皆目不转睛地瞧着琳琅,四下里鸦雀无声,隐隐约约听见殿外檐头铁马,被风吹着叮当叮当清冷的两声。

檐头铁马响声零乱,那风吹过,隐约有丹桂的醇香。书房里本用着烛火,外面置着雪亮纱罩。那光漾漾地晕开去,窗下的月色便黯然失了华彩。

纳兰默然坐在梨花书案前,大丫头琪儿送了茶上来,笑着问:"大爷今儿大喜,这样高兴,必然有诗了,我替大爷磨墨?"

安徽巡抚相赠的十八锭上用烟墨,鹅黄匣子盛了,十指纤纤拈起一块,素手轻移,取下砚盖。因是新墨,磨得不得法,沙沙刮着砚堂。

纳兰目光却只凝伫在那墨上,不言不语,似乎人亦像是那块徽墨,一分一分、一毫一毫地消磨。浓黑乌亮的墨汁渐渐在砚堂中洇开。他终于执笔在手,却忍不住手腕微颤,一滴墨滴落在雪白宣纸上,黑白分明,无可挽回。伸手将笔搁回笔架上,突然伸手拽了那纸,嚓嚓几下子撕成粉碎。

琪儿吓得噤声无言,却见他慢慢垂手,尽那碎纸落在地上,却缓缓另展了一张纸,舔了笔疏疏题上几句。

琪儿入府未久,本是纳兰夫人跟前的人,因略略识得几个字,纳兰夫人特意指了她过来侍候容若笔墨。此时只屏息静气,待得纳兰写完，他却将笔一抛。

琪儿瞧那纸上，却题着一阕《东风齐著力》："电急流光，天生薄命，有泪如潮。勉为欢谑，到底总无聊。欲谱频年离恨，言已尽、恨未曾消。凭谁把，一天愁绪，按出琼箫。往事水迢迢，窗前月、几番空照魂销。旧欢新梦，雁齿小红桥。最是烧灯时候，宜春髻、酒暖葡萄。凄凉煞，五枝青玉，风雨飘飘。"

她有好些字不认识，认识的那些字，零乱地凑在眼前……薄命……泪……愁绪……往事……窗前月……凄凉……

心下只是惴惴难安，只想大爷这样尊贵，今日又独获殊荣。内务府传来旨意，皇帝竟然口谕赐婚。阖府上下皆大喜，借着八月节，张灯结彩，广宴亲眷，连平日肃严谨辞的老爷亦笑着颔首拈须："天恩高厚，真是天恩高厚。"

她不敢胡乱开口，只问："大爷，还写么？"

纳兰淡淡地道："不写了，你叫她们点灯，我回房去。"

丫头打了灯笼在前面照着，其时月华如洗，院中花木扶疏，月下历历可见。他本欲叫丫头吹了灯笼，看看这天地间一片好月色，但只是懒得言语。穿过月洞门，猛然抬头，只见那墙头一带翠竹森森，风吹过簌簌如雨。

隐隐只听隔院丝竹之声，悠扬婉转。丫头道："是那边三老爷请了书房里的相公们吃酒宴，听说还在写诗联句呢。"

他无语仰望，唯见高天皓月，冰轮如镜，照着自己淡淡一条孤影，无限凄清。

琳琅病了半月还有余,只是不退热。宫女病了按例只能去外药房取药来吃,那一付付的方子吃下去,并无起色。画珠当差去了,剩了她独个昏昏沉沉地睡在屋里,辗转反侧,人便似失了魂一样恍恍惚惚。只听那风扑在窗子上,窗扇格格地轻响。

像还是极小的时候,家里住着,奶妈带了自己在炕上玩。母亲在上首炕上执了针黹,偶然抬起头来瞧自己一眼,温和地笑一笑,唤她的乳名:"琳琅,怎么又戳那窗纸?"

窗纸是棉纸,又密又厚,糊得严严实实不透风。指头点上去软软的,微有韧劲,所以她喜欢不轻不重地戳着,一不小心捅破了,乌溜溜的眼睛便对着那小洞往外瞧……

那一日她也是对着窗纸上的小洞往外瞧……家里乱成一锅粥,也没有人管她,院子里都是执刀持枪的兵丁,三五步一人,眼睁睁瞧着爷爷与父亲都让人锁着推搡出去。她正欲张口叫人,奶妈突然从后面上来掩住她的嘴,将她从炕上抱下来,一直抱到后面屋子里去。家里的女眷全在那屋子里,母亲见了她,远远伸出手抱住,眼泪却一滴滴落在她发上……

雪珠子下得又密又急……轿子晃晃悠悠……她困得眼睛都睁不开来,只是想,怎么还没有到……轿子终于落下来,她牢牢记着父亲的话,不可行差踏错,惹人笑话。一见了鬓发皆银的外祖母,她只是搂她入怀,簌簌落着眼泪:"可怜见儿的孩子……"

一旁的丫头媳妇都陪着抹眼泪,好容易劝住了外祖母,外祖母只迭声问:"冬郎呢?叫他来见过他妹妹。"

冬郎……冬郎……因是冬日里生的,所以取了这么个小名儿……

初见他那日，下着雪珠子，打在瓦上飒飒的雪声。他带着哈哈珠子进来，一身箭袖装束，朗眉星目，笑吟吟行下礼去，道："给老太太请安，外面下雪了呢。"

外面是在下雪么……

冬郎……冬郎……忽忽近十年就过去了……总角稚颜依稀，那心事却已是欲说还休……冬郎……冬郎……

鹅毛大雪细密如扯絮，无声无息地落着。喉中的刺痛一直延到胸口，像是有人拿剪子从口中一直剖到心窝里，一路撕心裂肺地剧痛……

"大哥哥大喜，可惜我明日就要去应选，见不着新嫂嫂了。"

含笑说出这句话，嘴角却在微微颤抖，眼里的热泪强忍着，直忍得心里翻江倒海。他那脸上的神色叫她不敢看，大太太屋里丫头的那句冷笑在耳边回响："她算哪门子的格格，籍没入官的罪臣孤女罢了。"

籍没入辛者库……永世不能翻身的罪臣之后……

上用朱砂，颜色明如落日残霞，那笔尖慢慢地拖出一捺，他腕上明黄翻袖上绣着金色夔纹，九五至尊方许用明黄色……天子御笔方许用朱砂……他的手握着自己的手，一横，再一折……玄烨……这个名字这样尊贵，普天之下，无人直呼。书写之时，例必缺笔……

冬郎……冬郎……心里直如水沸油煎……思绪翻滚，万般难言……一碗一碗的药，黑黑的药，真是苦……喝到口中，一直苦到心底里去……

画珠的声音在唤她："琳琅……起来喝点粥吧……"

她迷迷糊糊睁开眼睛，天色已经黑下来，屋里点着灯。她挣扎着

133

坐起来，出了一身汗。

画珠伸手按在她额上："今儿像是好些了。"

她头重脚轻，只觉得天旋地转，勉强靠在那枕上。

画珠忙将另一床被子卷成一卷，放在她身后，道："这一日冷似一日了，你这病总拖着可怎么成？"

琳琅慢慢问："可是说要将我挪出去？"

画珠道："梁谙达没开口，谁敢说这话？你别胡思乱想了，好生养着病才是。"

琳琅接了粥碗，病中无力，那手只在微微发颤。画珠忙接过去，道："我来喂你吧。"

琳琅勉强笑了一笑："哪里有那样娇弱。"

画珠笑道："看来是好些了，还会与我争嘴了。"

到底是她端着碗，琳琅自己执了勺子，喝了半碗稀饭，出了一身汗，人倒是像松快些了。

琳琅躺下了方问："今儿什么日子了？"

画珠道："初七，后天可是重阳节了。"

琳琅"嗯"了一声，不自觉喃喃："才过了八月节，又是重阳节了……"

画珠道："这日子过得真是快，一眨眼的工夫，可就要入冬了。"替她掖好被角，说，"今儿芸初出宫，我去送她。她听说你病着，也十分记挂，只可惜不能和你见上一面，还叫我带了这个给你。"

琳琅看时，原是一支珠钗，正是芸初日常用的，明白她的心意，心中不禁一酸。

画珠道:"你也别伤心了,总有一日能见着的,她可是嫁去了你们家呢。"

琳琅躺在那里,枕里原装着菊花叶子,微微一动便摩挲得沙沙响,满枕满襟都是菊叶清寒香气,叫她想起往年园子里,此时正是赏菊的时候,老太太爱着这菊花,每年总要搭了花棚子大宴数日……

她定了定神,慢慢地说:"菊花可是要开了,这连日地下雨,只怕那些花儿都不好了。"

画珠笑道:"你且将养着自己的身子骨吧,哪里还能够有闲心管到那些花儿朵儿的。"

满城风雨近重阳,九月里一连下了数场雨,这日雨仍如千丝万线,织成细密的水帘,由天至地笼罩万物,乾清宫的殿宇也在雨意迷茫里显得格外肃然。

皇帝下朝回来,方换了衣裳,梁九功想起一事来,道:"要请万岁爷示下,琳琅久病不愈,是不是按规矩挪出去?"

画珠本正跪在地下替皇帝系着衣摆上的扣子,听了这话,不由偷觑皇帝脸色。

皇帝却只道:"这些小事,怎么还巴巴来问?"正说话间,画珠抖开了那件石青妆花夹袍,替皇帝穿上。皇帝伸手至袖中,无意间将脸一偏,却见那肩头上绣着一朵四合如意云纹。梁九功见皇帝怔了一怔,只不明白缘由。

皇帝缓缓伸开另一只手,任由人侍候穿了衣裳,问梁九功:"茶水上还有谁?"

梁九功答:"茶水上除了琳琅,就只芳景得力——她明年就该放出去了。"

皇帝于是说:"既然如此,若是这会子另行挑人,反倒难得周全。"言下之意已然甚明,梁九功便"嗻"了一声不再提起。

那雨又下了数日,天气仍未放晴,只是阴沉沉的。因着时日渐短,这日午后,皇帝不过睡了片刻,便猛然惊醒。因天气凉爽,新换的丝棉被褥极暖,却睡得口干,便唤:"来人。"

梁九功连忙答应着,将那明黄绫纱帐子挂起半边,问:"万岁爷要什么?"

皇帝道:"叫他们沏茶来。"

梁九功忙走到门边,轻轻地击一击掌。门帘掀起,却是袅袅纤细的身影,捧了茶进来。

皇帝已有近一月没有瞧见过她,见她面色苍白,形容憔悴,病后甚添懦弱之态。她久未见驾,且皇帝是靠在那大迎枕上,便跪下去轻声道:"请万岁爷用茶。"

皇帝一面接了茶,一面对梁九功道:"你出去瞧瞧,雨下得怎么样了。"

梁九功答应着去了,皇帝手里的茶一口没吃,却随手搁在那炕几上了。那几上本有一盏玲珑小巧的西洋自鸣钟表,琳琅只听那钟声嘀嗒嘀嗒地走着。殿里一时静下来,隐约听见外面的雨声沙沙。

皇帝终于开口问:"好了?"

她轻声道:"谢万岁爷垂询,奴才已经大好了。"

皇帝见她还跪着,便说:"起来吧。"

她谢了恩站起来,那身上穿着是七成新的紫色江绸夹衣,外面套着绛色长比甲，腰身那里却空落落的，几乎叫人觉得不盈一握，像是秋风里的花，临风欲折。

皇帝不说话，她也只好静静站着，梁九功去了良久，却没有进来。她见皇帝欲起身，忙蹲下去替皇帝穿上鞋，病后初愈，猛然一抬头，人还未站起，眼前却是一眩，便向前栽去。幸得皇帝眼疾手快，一把扶住才没有磕在那炕沿上。

琳琅收势不及，扑入他臂怀中，面红耳赤，颤声道："奴才失礼。"

皇帝只觉怀中香软温馨，手臂却不由自主地收拢来。琳琅只听到自己的心怦怦直跳，却不敢挣扎，慢慢低下头去。

过了许久，方听见皇帝低声道："你是存心。"

她惊慌失措："奴才不敢。"仓促间抬起眼来。

皇帝慢慢放了手，细细地端详了片刻，说："好罢，算你不是成心。"

琳琅咬一咬唇，她本来面色雪白，那唇上亦无多少血色，声音更是微不可闻："奴才知道错了。"

皇帝不由微微一笑，听见梁九功在外面咳了一声，便端了茶来慢慢吃着。

十月里下了头一场雪，虽只是雪珠子，但屋瓦上皆是一层银白，地下的金砖地也让雪渐渐掩住，花白斑斓。暖阁里已经笼了地炕，琳琅从外面进去，只见得热气夹着那龙涎香的幽香，往脸上一扑，却是暖洋洋的一室如春。

皇帝只穿了家常的宝蓝倭缎团福袍子，坐在御案之前看折子。她不敢打扰，悄悄放下了茶，退后了一步。

皇帝并未抬头,却问她:"外面雪下得大吗?"

她道:"回万岁爷的话,只是下着雪珠子。"

皇帝抬头瞧了她一眼,说道:"入了冬,宫里就气闷得紧。南苑那里殿宇虽小,但比宫里要暖和,也比宫里自在。"

琳琅听他这样说,不知该如何接口。

皇帝却搁了笔,若有所思:"待这阵子忙过,就上南苑去。"

琳琅只听窗外北风如吼,那雪珠子刷刷地打在琉璃瓦上,嘣嘣有声。

第八章 兰襟亲结

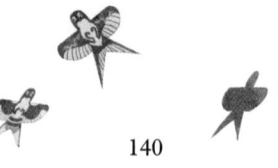

> 旋拂轻容写洛神,须知浅笑是深颦。十分天与可怜春。
> 掩抑薄寒施软障,抱持纤影藉芳茵。未能无意下香尘。
> ——纳兰容若《浣溪纱》

黄昏时分雪下大了,扯絮般落了一夜。第二天早起,但见窗纸微白,向外一望,近处的屋宇、远处的天地只是白茫茫的一片。

容若这一日并不当值,依旧起得极早,丫头侍候用青盐漱了口,又换了衣裳。

大丫头荷葆拿着海青羽缎的斗篷,道:"老太太打发人来问呢,叫大爷进去吃早饭。"说话间便将斗篷轻轻一抖,替容若披在肩头。容若微微皱眉,目光只是向外凝望,只见天地间如撒盐,如飞絮,绵绵无声。

他吃过早饭从上房里下来,却径直往书房里去。见了西席先生顾贞观负手立于廊上,看赏雪景。

容若道:"如斯好雪,必得二三好友,对雪小斟,方才有趣。"

顾贞观笑道:"我亦正有此意。"

容若便命人预备酒宴,请了诸位好友前来赏雪。

这年春上开博学鸿儒科,所取严绳孙、徐乾学、姜辰英诸人皆授以翰林编修之职,素与容若交好,此时欣然赴约。至交好友,几日不见,自是把酒言欢。

酒过三巡,徐乾学便道:"今日之宴,无以佐兴,莫若以度曲为赛,失之者罚酒。"

诸人莫不抚掌称妙,当下便掷色为令,第一个却偏偏轮着顾贞观。

容若笑道:"却是梁汾得了头筹。"亲自执壶,与顾贞观满斟一杯,道,"愿梁汾满饮此杯,便咳珠唾玉,好叫我等耳目一新。"

顾贞观饮了酒,沉吟不语。室中地炕本就极暖,又另置有熏笼,那熏笼错金缕银,极尽华丽,只闻炭火噼啪的微声,小厮轻手轻脚地添上菜肴。他举目眼中,只觉褥设芙蓉,筵开锦绣,却是富贵安逸到了极处。

容若早命人收拾了一张案,预备了笔墨。顾贞观唇角微微哆嗦,霍然起身疾步至案前,一挥而就。

诸人见他神色有异,早就围拢上来看他所题。容若拿起那纸,便不由轻轻念出声来,只听是一阕《金缕曲》:"季子平安否?便归来,平生万事,哪堪回首?行路悠悠谁慰藉?母老家贫子幼。记不起,从前杯酒。魑魅搏人应见惯,总输他,覆雨翻云手,冰与雪,周旋久。泪痕莫滴牛衣透,数天涯,依然骨肉,几家能够?比似红颜多命薄,更不如今还有。只绝塞,苦寒难受。廿载包胥承一诺,盼乌头马角终相救。置此札,君怀袖。"容若闻词意悲戚,忍不住出言相询。

那顾贞观只待他这一问,道:"吾友吴汉槎,文才卓异,昔年梅村有云,吴汉槎、陈其年、彭古晋三人,可称'江左三凤凰'矣。汉槎因南闱科场案所累，流放宁古塔。北地苦寒，逆料汉槎此时凿冰而食。而梁汾此时暖阁温酒，与公子诸友赏雪饮宴。念及汉槎，梁汾愧不能言。"

容若不由心潮起伏，朗声道："何梁生别之诗，山阳死友之传，得此而三。此事三千六百日中，弟当以身任之，不需兄再嘱之。"

顾贞观喜不自禁，道："公子一诺千金，梁汾信之不疑，大恩不能言谢。然人寿几何，请以五载为期。"

容若亦不答话，只略一沉吟，向纸上亦题下字去。他一边写，姜辰英在他身侧，便一句句高声念与诸人听闻。却是相和的一阕《金缕曲》，待姜辰英念到"绝塞生还吴季子，算眼前、此外皆闲事"，诸人无不动容，只见容若写下最后一句："知我者，梁汾耳"。

顾贞观早已是热泪盈眶，执着容若的手，只道："梁汾有友如是，夫复何求！"

容若自此后，便极力地寻觅机会，要为那吴兆骞开脱，只恨无处着手。他心绪不乐，每日只在房中对书默坐。

因连日大雪，荷葆带着小丫头们去收了干净新雪，拿坛子封了，命小厮埋在那梅花树下。正在此时，门上却送进柬帖来。

荷葆忙亲手拿了，进房对容若道："大爷，裕亲王府上派人下了帖子来。"

容若看了，原是邀他过王府赏雪饮宴。他本不欲前去，心心念念只在营救吴兆骞之事，忽然间灵机一动，知这位和硕裕亲王在皇帝面前极说得上话，自己何不从福全处着手谋策？

荷葆因他近来与福全行迹渐疏，数次宴乐皆推故未赴，料必今日也是不去了，谁知听见容若道："拿大衣裳来，叫人备马。"忙侍候他换了衣裳，打发他出门。

那裕亲王府本是康熙六年所建，亲王府邸，自是富丽堂皇，雍容华贵。裕亲王福全却将赏雪的酒宴设在后府花园里，那假山迤逦，掩映曲廊飞檐，湖池早已冻得透了，结了冰直如一面平溜的镜子。便在那假山之下，池上砌边有小小一处船厅，厅外植十余株寒梅，时节未至，梅蕊未吐，但想再过月余，定是寒香凛冽。入得那厅中去，原本就笼了地炕，暖意融融。座中皆是朝中显贵，见容若前来，纷纷见礼寒暄。

福全却轻轻地将双掌一击，长窗之下的数名青衣小鬟，极是伶俐，齐齐伸手将窗扇向内一拉，那船厅四面皆是长窗。众人不由微微一凛，却没意料中的寒风扑面，定睛一瞧，却原来那长窗之外皆另装有西洋的水晶玻璃，剔透明净，直若无物，但见四面雪景豁然扑入眼帘，身之所处的厅内却依然熙暖如春。

那西洋水晶玻璃，尺许见方已经是价昂，像这样丈许来高的大玻璃，且又十余扇，众人皆是见所未见。寻常达官贵人也有用玻璃窗，多不过径尺，像这样万金难寻的巨幅玻璃，只怕也唯有天潢贵胄方敢如此豪奢。

席间便有人忍不住喝一声彩："王爷，此情此景方是赏雪。"

福全微笑道："玻璃窗下饮酒赏雪，当为人生一乐。"一转脸瞧见容若，笑道，"前儿见驾，皇上还说呢，要往南苑赏雪去。只可惜这些日子朝政繁忙，总等四川的战局稍定，大驾才好出京。"

容若本是御前侍卫，听福全如是说，便道："扈从的事宜，总是尽早着手的好。"

福全不由笑道："皇上新擢了你未来的岳丈颇尔盆为内大臣,这扈驾的事,大约是他上任的第一要务。"

容若手中的酒杯微微一抖,却溅出一滴酒来。

福全于此事极是得意,道："万岁爷着实记挂你的事呢,问过我数次了。这年下纳彩,总得过了年才好纳征,再过几个月就可大办喜事了。"

席间诸人皆道："恭喜纳兰大人。"纷纷举起杯来。

容若心中痛楚难言,只得强颜欢笑,满满一杯酒饮下去,呛得喉间苦辣难耐,禁不住低声咳嗽。

却听席间有人道："今日此情此景,自应有诗词之赋。"

众人纷纷附议,容若听诸人吟哦,有念前人名句的,有念自己新诗的。他独自坐在那里,慢慢将一杯酒饮了,身后的丫头忙又斟上。他一杯接一杯地吃着酒,不觉酒意沉酣,面赤耳热。

只听众人七嘴八舌品评诗词,福全于此道极是外行,回首见着容若,便笑道:"你们别先乱了,容若还未出声,且看他有何佳作。"

容若酒意上涌,却以牙箸敲着杯盏,纵声吟道:"密洒征鞍无数。冥迷远树。乱山重叠杳难分,似五里、濛濛雾。惆怅琐窗深处。湿花轻絮。当时悠飏得人怜,也都是、浓香助。"

众人轰然叫好,正鼓噪间,忽听门外有人笑道:"好一句'也都是、浓香助'。"

那声音清朗洪亮,人人听在耳中皆是一怔,刹那间厅中突兀地静下来,直静得连厅外风雪之声都清晰可闻。

厅门开处,靴声橐橐,落足却是极轻。侍从拱卫如众星捧月,那人只穿一身妆缎狐肷褶子,外系着玄狐大氅,那紫貂的风领衬出清俊的一张面孔,唇角犹含笑意。

福全虽有三分酒意,这一吓酒醒了大半,慌乱里礼数却没忘,行了见驾的大礼,方道:"皇上驾幸,福全未及远迎,请皇上治福全大不敬之罪。"

皇帝神色却颇为闲适,亲手搀了他起来,道:"我因见雪下得大了——记得去年大雪,顺天府曾报有屋舍为积雪压垮,致有死伤。左右下午闲着,便出宫来看看,路过你宅前,顺路就进来瞧瞧你。是我不叫他们通传的,大雪天的,你们倒会乐。"

福全又请了安谢恩,方才站起来笑道:"皇上时时心系子民,奴才等未能替皇上分忧,却躲在这里吃酒,实实惭愧得紧。"

皇帝笑道:"偷得浮生半日闲,这样的大雪天,本就该躲起来吃酒,你这里倒暖和。"

皇帝一面说,一面解了颈下系着的玄色闪金长绦,梁九功忙上前替皇帝脱了大氅,接在手中。皇帝见众人跪了一地,道:"都起来吧。"

众人谢恩起身,恭恭敬敬地垂手侍立。

皇帝本是极机智的人,见厅中一时鸦雀无声,便笑道:"朕一来倒拘住你们了,朕瞧这园子雪景不错,福全、容若,你们两个陪朕去走走。"

福全与纳兰皆"嗻"了一声,因那外面的雪仍纷纷扬扬飘着,福全从梁九功手中接了大氅,亲自侍候皇帝穿上。簇拥着皇帝出了船厅,转过那湖石堆砌的假山,但见亭台楼阁皆如装在水晶盆里一样,玲珑剔透。

皇帝因见福全戴着一顶海龙拔针的软胎帽子,忽然一笑,道:"你还记不记得,那年咱们两个趁着谙达打瞌睡,从上书房里翻窗子出来,溜到花园里玩雪,最后不知为什么恼了,结结实实打了一架。我滚到雪里,倒也没吃亏,一举手就将你簇新的暖帽扔到海子里去了,气得你又狠狠给我一拳,打得我鼻梁上青了老大一块。"

福全笑道:"当然记得,闹到连皇阿玛都知道了,皇阿玛大怒,罚咱们两个在奉先殿跪了足足两个时辰,还是董鄂皇贵妃求情……"说到这里猛然自察失言,戛然而止,神色不由有三分勉强。

皇帝只作未觉,岔开话道:"你这园里的树,倒是极好。"

眼前乃是大片松林,掩着青砖粉壁。那松树皆是建园时即植,虽不甚粗,也总在二十余年上下,风过只听松涛滚滚如雷,大团大团的积雪从枝丫间落下来。忽见绒绒一团,从树枝上一跃而下,原是小小一只松鼠,见着有人,连爬带跳蹿开。

皇帝瞬间心念一动,只叫道:"捉住它。"

那松鼠蹿得极快,但皇帝微服出宫,所带的侍从皆是御前侍卫中顶尖的好手,一个个身手极是敏捷,十余人远远奔出,四面合围,便将那松鼠逼住。那小松鼠惊慌失措,径直向三人脚下蹿来。纳兰眼疾手快,一手捉住了它毛茸茸的尾巴,只听松鼠吱吱乱叫,却再也挣不脱他的掌心。

福全忙命人取笼子来,裕亲王府的总管太监郭兴海极会办事,不过片刻,便提了一只精巧的鎏金鸟笼来。

福全笑道:"没现成的小笼子,好在这个也不冗赘。"

皇帝见那鸟笼精巧细致,外面皆是紫铜鎏金的扭丝花纹,道:

"这个已经极好。这样小的笼子，却是关什么鸟的？"

福全笑嘻嘻地道："奴才养了一只蓝点颏，这只小笼，却是带它在车轿之内用的。前儿下人给它换食，不小心让那雀儿飞了，叫奴才好生懊恼，只想罢了，权当放生吧。只剩了这空笼子——没想到今儿正好能让万岁爷派上用场，原来正是奴才的福气。"

纳兰掌中那松鼠吱吱叫着拼命挣扎，却将纳兰掌上抓出数道极细的血痕。纳兰怕它乱挣逃走，抽了腰带上扣的吩带，绕过它的小小的爪子，打了个结，那松鼠再也挣不得。纳兰便将它放入笼内，扣好了那精巧的镀金搭锁。福全接过去，亲自递给梁九功捧了。

雪天阴沉，冬日又短，不过片刻天色就晦暗下来，福全因皇帝是微行前来，总是忐忑不安。

皇帝亦知道他的心思，道："朕回去，省得你们心里总是犯嘀咕。"

福全道："眼见只怕又要下雪了，路上又不好走，再过一会儿只怕天要黑了，皇上还是早些回宫，也免得太皇太后、太后两位老人家惦记，皇上保重圣躬，方是成全臣等。"

皇帝笑道："赶我走就是赶我走，我给个台阶你下，你反倒挑明了说。"

福全也笑道："皇上体恤奴才，奴才当然要顺杆往上爬。"虽是微服不宜声张，仍是亲自送出正门，与纳兰一同侍候皇帝上了马。天上的飞雪正渐渐飘得绵密，大队侍卫簇拥着御驾，只闻鸾铃声声，渐去渐远看不清了，唯见漫天飞雪，绵绵落着。

皇帝回到禁中天已擦黑。他出宫时并未声张，回宫时也是悄悄的。乾清宫正上灯，画珠猛然见他进来，那玄色风帽大氅上皆落满了

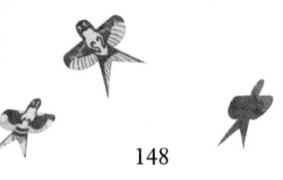

雪,后面跟着的梁九功也是扑了一身的雪粉。

画珠直吓了一跳,忙上来替他轻轻取了风帽,解了大氅,交了小太监拿出去掸雪。暖阁中本暖,皇帝连眼睫之上都沾了雪花,这样一暖,脸上却润润的。换了衣裳,又拿热手巾把子来擦了脸,方命传晚酒点心。

琳琅本端了热奶子来,见皇帝用酒膳,便依规矩先退下去了。待皇帝膳毕,方换了热茶进上。

因天气寒冷,皇帝冲风冒雪在九城走了一趟,不由饮了数杯暖酒。暖阁中地炕极暖,他也只穿了缎面的银狐嗉筒子,因吃过酒,脸颊间只觉得有些发热。接了那滚烫的茶在手里,先不忙吃,将茶碗撂在炕桌上,忽然间想起一事来,微笑道:"有样东西是给你的。"向梁九功一望,梁九功会意,忙去取了来。

琳琅见是极精巧的一只鎏金笼子,里面锁着一只松鼠,乌黑一对小眼睛,滴溜溜地瞪着人瞧,忍俊不禁拿手指轻轻扣着那笼子,左颊上若隐若现,却浮起浅浅一个笑靥。

皇帝起身接过笼子,道:"让我拿出来给你瞧。"梁九功见了这情形,早悄无声息退出去了。

那只松鼠挣扎了半晌,此时在皇帝掌中,只是瑟瑟发抖。琳琅见它温顺可爱,伸手轻轻抚它松松的绒尾,不由说:"真有趣。"

皇帝见她嫣然一笑,灯下只觉如明珠生辉,熠熠照人,笑靥直如梅蕊初露,芳宜香远。皇帝笑道:"小心它咬你的手。"慢慢将松鼠放在她掌中。

她见松鼠为盼带所缚,十分可怜,那盼带本只系着活扣,她轻轻一抽即解开。那吩带两头坠着小小金珠，上头却有极熟悉的篆花纹饰，她唇角的笑意刹那间凝固，只觉像是兜头冰雪直浇而下，连五脏六腑都在瞬间冷得透骨，手不自觉一松，那松鼠便一跃而下，直蹿出去。

她此时方回过神来，轻轻"呀"了一声，连忙去追。那松鼠早已轻巧跃起，一下子跳上了炕，直钻入大迎枕底下。

皇帝手快，顿时掀起迎枕，它却疾若小箭，吱地叫了一声，又钻到炕毡下去了。琳琅伸手去按，它数次跳跃，极是机灵，屡扑屡逸，蹿到炕桌底下，圆溜溜的眼睛只是瞪着两人。

西暖阁本是皇帝寝居，琳琅不敢乱动炕上御用诸物，皇帝却轻轻在炕桌上一拍，那松鼠果然又蹿将出来。琳琅心下焦躁，微倾了身子双手按上去，不想皇帝也正伸臂去捉那松鼠，收势不及，琳琅只觉天翻地覆，人已经仰跌在炕上。幸得炕毡极厚，并未摔痛，皇帝的脸却近在咫尺，呼吸可闻，气息间尽是他身上淡薄的酒香。

她心下慌乱，只本能地将脸一偏，莲青色衣领之下颈白腻若凝脂。皇帝情不自禁吻下，只觉她身子在瑟瑟发抖，如寒风中的花蕊，叫人怜爱无限。

琳琅脑中一片空白，只觉唇上灼人滚烫，手中紧紧攥着那条吩带，掌心里沁出冷汗来，身后背心里却是冷一阵热一阵，便如正生着大病一般。耳中嗡嗡地回响着微鸣，只听窗纸上风雪相扑，簌簌有声。

西洋自鸣钟敲过了十一下，梁九功眼见交了子时，终于耐不住，蹑手蹑脚进了西暖阁。但见金龙绕足十八盏烛台之上，儿臂粗的巨烛皆燃去了大半，烛化如绛珠红泪，缓缓累垂凝结。黄绫帷帐全放了下来，明黄色宫绦长穗委垂在地下，四下里寂静无声。

忽听吱吱一声轻响，却是那只松鼠不知打哪里钻出来，一见着梁九功，又掉头蹿入帷帐之中。

梁九功又蹑手蹑脚退出去。敬事房的太监冯四京正候在廊下，见着他出来，打起精神悄声问："今儿万岁爷怎么这时辰还未安置？"

梁九功道："万岁爷已经安置了，你下值睡觉去吧。"

冯四京一怔，张口结舌："可……茶水上的琳琅还在西暖阁里——"话犹未完，已经明白过来，只倒吸了一口气，越发地茫然无措。

廊下风大，冷得他直打哆嗦，牙关磕磕碰碰，半晌方道："梁谙达，今儿这事该怎么记档？这可不合规矩。"

梁九功正没好气，道："规矩——这会子你跟万岁爷讲规矩去啊。"顿了顿方道，"真是没脑子，今儿这事摆明了别记档，万岁爷的意思你怎么就明白不过来？"

冯四京感激不尽，打了个千儿，低声道："多谢谙达指点。"

眼瞅着近腊月，宫中自然闲下来。佟贵妃因署理六宫事务，越到年下，却是越不得闲。打点过年的诸项杂事，各处的赏赐，新年赐宴，宫眷入朝……都是叫人烦恼的琐碎事，而且件件关乎国体，一点儿也不能疏忽。

佟贵妃听内务府的人回了半晌话，只觉得那太阳穴上又突突跳着，隐隐又头痛，便叫贴身的宫女："将炭盆子挪远些，那炭气呛人。"

宫女忙答应着，小太监们上来挪了炭盆，外面有人回进来："主子，安主子来了。"

安嫔是惯常往来，熟不拘礼，只屈膝道："给贵妃请安。"

佟贵妃忙叫人扶起，又道："妹妹快请坐。"

安嫔在下首炕上坐了，见佟贵妃歪在大迎枕上，穿着家常倭缎片金袍子，领口袖端都出着雪白的银狐风毛，衬得一张脸上更是苍白，不由道："姐姐还是要保重身子，这一阵子眼见着又瘦下来了。"

佟贵妃轻轻叹了口气，道："我何尝不想养着些，只是这后宫里上上下下数千人，哪天大事小事没有数十件？前儿万岁爷来瞧我，还说笑话，打趣我竟比他在朝堂上还要忙。"

安嫔心中不由微微一酸，道："皇上还是惦记着姐姐，隔了三五日，总要过来瞧姐姐。"见宫女送上一只玉碗，佟贵妃不过拿起银匙略尝了一口，便推开不用了。安嫔忙道："这燕窝最是滋养，姐姐到底耐着用些。"

佟贵妃只是轻轻摇了摇头。

安嫔因见炕围墙上贴着消寒图，便道："是二九天里了吧。"

佟贵妃道："今年只觉得冷，进了九就一场雪接一场雪地下着，总没消停过。唉，日子过得真快，眼瞅着又是年下了。"

安嫔倒想起来："宜嫔怕是要生了吧。"

佟贵妃道："总该在腊月里，前儿万岁爷还问过我，我说已经打发了一个妥当人过去侍候呢。"

安嫔道："郭络罗家的小七，真是万岁爷心坎上的人，这回若替万岁爷添个小阿哥，还不知要怎么捧到天上去呢。"

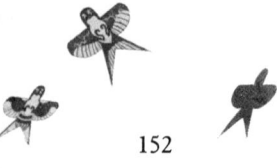

佟贵妃微微一笑，道："宜嫔虽然要强，我瞧万岁爷倒还让她立着规矩。"

安嫔有句话进门便想说，绕到现在，只作闲闲的样子，道："不知姐姐这几日可听见说圣躬违和？"

佟贵妃吃了一惊，道："怎么？我倒没听见传御医——妹妹听见什么了？"

安嫔脸上略略一红，低声道："倒是我在胡思乱想，因为那日偶然听敬事房的人说，万岁爷这二十来日都是'叫去'。"

佟贵妃也不禁微微脸红，虽觉得此事确是不寻常，但到底二人都年轻，不好老了脸讲房闱中事，便微微咳嗽了一声，拣些旁的闲话来讲。

晚上佟贵妃去给太皇太后请安，比平日多坐了片刻。正依依膝下，讲些后宫的趣事来给太皇太后解闷，宫女笑盈盈地进来回："太皇太后，万岁爷来了。"

佟贵妃连忙站起来。

皇帝虽是每日晨昏定省，但见了祖母，自然十分亲热，请了安便站起来。

太皇太后道："到炕上坐，炕上暖和。"又叫佟贵妃，"你也坐，一家子关起门来，何必要论规矩。"

佟贵妃答应着，侧着身子坐下。

太皇太后细细端详着皇帝，道："外面又下雪了？怎么也不叫他们打伞？瞧你这帽上还有雪。"

皇帝笑道："我原兜着风兜，进门才脱了，想是他们手重，拂在了帽子上。"

太皇太后点点头,笑道:"我瞧你这阵子气色好,必是心里痛快。"

皇帝笑道:"老祖宗明鉴。图海进了四川,赵良栋、王进宝各下数城,眼见四川最迟明年春上,悉可克复。咱们就可以直下云南,一举荡平吴藩。"

太皇太后果然欢喜,笑容满面,连声说:"好,好。"

佟贵妃见语涉朝政,只是在一旁微笑不语。

祖孙三人又说了会子话,太皇太后因听窗外风雪之声愈烈,道:"天黑了,路上又滑,我也倦了,你们都回去吧。尤其是佟佳氏,身子不好,晚上雪风冷,别受了风寒。"

皇帝与佟贵妃早就站了起来,佟贵妃道:"谢太皇太后关爱,我原是坐暖轿来的,并不妨事。"与皇帝一同行了礼,方告退出来。

皇帝因见她穿了件香色斗纹锦上添花大氅,娇怯怯立在廊下,寒风吹来,总是不胜之态。他素来对这位表妹十分客气,便道:"如今日子短了,你身子又不好,早些过来给太皇太后请安,也免得冒着夜雪回去。"

佟贵妃低声道:"谢皇上体恤。"心里倒有一腔的话,只是默默低头。

皇帝问:"有事要说?"

佟贵妃道:"没有。"低声道,"皇上珍重,便是臣妾之福。"

皇帝见她不肯说,也就罢了,转身上了明黄暖轿。佟贵妃目送太监们前呼后拥,簇着御驾离去,方才上了自己的轿子。

皇帝本是极精细的人,回到乾清宫下轿,便问梁九功:"今儿佟贵妃有没有打发人来?"

梁九功怔了一怔，道："回皇上的话，贵主子并没打发人来过。只是上午恍惚听见说，贵妃宫里传了敬事房当值的太监过去问话。"

皇帝听了，心下已经明白几分，便不再问，径直进了西暖阁。换了衣裳方坐下，一抬头瞧见琳琅进来，不由微微一笑。琳琅见他目光凝视，终究脸上微微一红，过了片刻，方故作从容地抬起头来。

皇帝神色温和，问："我走了这半晌，你在做什么呢？"

琳琅答："万岁爷不是说想吃莲子茶，我去叫御茶房剥莲子了。"

皇帝"唔"了一声，说："外面又在下雪。"因见炕桌上放着广西新贡的香橙，便拿了一个递给她。琳琅正欲去取银刀，皇帝随手抽出腰佩的珐琅嵌金小刀给她，她低头轻轻划破橙皮。

皇帝只闻那橙香馥郁，夹在熟悉的幽幽淡雅香气里，只觉她的手温软香腻，握在掌心，心中不禁一荡，低声吟道："并刀如水，吴盐胜雪，纤指破新橙。"

灯下只见她双颊胭红酡然如醉，明眸顾盼，眼波欲流。过了良久，方低低答："马滑霜浓，不如休去，直是少人行。"

皇帝轻轻笑了一声，禁不住揽她入怀。因暖阁里笼着地炕，她只穿着小袖掩衿银鼠短袄。皇帝只觉纤腰不盈一握，软玉幽香袭人，熏暖欲醉，低声道："朕比那赵官家可有福许多。"

她满面飞红，并不答话。

皇帝只听窗外北风尖啸，拍着窗扇微微咯吱有声，听她呼吸微促，一颗心却是怦怦乱跳，鬓发轻软贴在她脸上，似乎只愿这样依偎着，良久良久。

琳琅听那熏笼之内炭火燃着哔剥微声，皇帝臂怀极暖，御衣袍袖间龙涎熏香氤氲，心里反倒渐渐安静下来。

皇帝低声道："宫里总不肯让人清净，等年下封了印，咱们就上南苑去。"声音愈来愈低，渐如耳语，那暖暖的呼吸回旋在她耳下，轻飘飘的又痒又酥。

身侧烛台上十数红烛滟滟流光，映得一室皆春。

直到十二月丁卯，大驾方出永定门，往南苑行宫。

这一日却是极难得晴朗的天气，一轮红日映着路旁积雪，泛起耀眼的一层淡金色。官道两侧所张黄幕，受了霜气浸润，早就冻得硬邦邦的。扈从的官员、三营将士大队人马，簇拥了十六人相异木质髹朱的轻步舆御驾，缓缓而行，只听晨风吹得行列间的旌旗辂伞猎猎作响。

颇尔盆领着内大臣的差事，骑着马紧紧随在御驾之后。忽见皇帝掀起舆窗帷幕，招一招手，却是向着纳兰容若示意。

纳兰忙驱马近前，隔着象眼舆窗，皇帝沉吟片刻，吩咐他说："你去照料后面的车子。"

纳兰领旨，忙兜转了马头纵马往行列后去。后面是宫眷所乘的骡车，纳兰见是一色的宫人所用青呢朱漆轮大车，并无妃嫔主位随驾的舆轿，心里虽然奇怪，但皇帝巴巴儿打发了自己过来，只得勒了马，不紧不慢地跟在车队之侧。

因着天气晴暖，路上雪开始渐渐融了，甚是难走，车轮马蹄之下只见脏雪泥泞飞溅。御驾行得虽慢，骡车倒也走不快。纳兰信马由缰地跟着，不由怔怔出了神。恰在此时路面有一深坑，本已填壅过黄土，但大队人马践踏而过，雪水消融，骡车行过时车身一侧，朱轮却陷在了其中。掌车的太监连声呼喝,那骡马几次使力,车子却没能起来。

纳兰忙下马,招呼了扈从的兵丁帮忙推车,十余人轻轻松松便扶了那骡车起来。纳兰心下一松,转身正待认镫上马,忽然风过,吹起骡车幔帐,隐隐极淡薄的幽香,却是魂牵梦萦,永志难忘的熟悉。

他心下惊痛,蓦然掉回头去,怔怔地望着骡车幔帐,仿佛要看穿那厚厚的青呢毡子似的。这一路之下忽左忽右跟着骡车,纵马由缰,便如掉了魂似的,只听车轮辘辘,辗得路上积雪残冰沙沙微声,更似辗在自己心房上,寸寸焦痛,再无半分安生处。

南苑地方逼仄,自是比不得宫内。驻跸关防是首要,好在丰台大营近在咫尺,随扈而来的御营亲兵驻下,外围抽调丰台大营的禁旅八旗。颇尔盆领内大臣,上任不久即遇上这样差事,未免诸事有些抓忙。纳兰原是经常随扈,知道中间的关窍,从旁帮衬一二,倒也处处安插得妥当。

这日天气阴沉,过了午时下起雪珠子,如椒盐,如细粉,零零星星撒落着。颇尔盆亲自带人巡查了关防,回到直房里,一双鹿皮油靴早沁湿了,套在脚上湿冷透骨。

侍候他的戈什哈忙上来替他脱了靴子,又移过炭盆来,道:"大人,直房里没脚炉,您将就着烤烤。"

颇尔盆本觉得那棉布袜子湿透了贴在肉上,连脚都冻得失了知觉,伸着脚让炭火烘着,暖和着渐渐缓过劲来。

忽见棉布帘子一挑,有人进来,正是南宫正殿的御前侍卫统领,身上穿着湿淋淋的油衣斗篷,脸上冻得白一块红一块,神色仓皇急促,打了个千儿,只吃力地道:"官大人,出事了。"

颇尔盆心下一沉，忙问："怎么了？"

那统领望了一眼他身后的戈什哈。

颇尔盆道："不妨事，这是我的心腹。"

那统领依旧沉吟。

颇尔盆只得挥一挥手，命那戈什哈退下去了。

那统领方开口，声调里隐着一丝慌乱，道："官大人，皇上不见了。"

颇尔盆只觉如五雷轰顶，心里悚惶无比，脱口斥道："胡扯！皇上怎么会不见了？"这南苑行宫里，虽比不得禁中，但仍是里三层外三层，跸防是滴水不漏，密如铁桶。而皇帝御驾，等闲身边太监宫女总有数十人，就算在宫中来去，也有十数人跟着侍候，哪里能有"不见了"这一说？

只听那统领道："皇上要赏雪，出了正殿，往海子边走了一走，又叫预备马。梁公公原说要传御前侍卫来侍候，皇上只说不用，又不让人跟着，骑了马沿着海子往上去了，快一个时辰了却不见回来。梁公公这会子已经急得要疯了。"

颇尔盆又惊又急，道："那还不派人去找？"

那统领道："南宫的侍卫已经全派出去了，这会子还没消息。标下觉得不妥，所以赶过来回禀大人。"

颇尔盆知他是怕担当，可这责任着实重大，别说自己，只怕连总责跸防的御前大臣、领侍卫内大臣也难以担当。只道："快快叫銮仪卫、上虞备用处的人都去找！"自己亦急急忙忙往外走。忽听那戈什哈追出来直叫唤："大人！大人！靴子！"这才觉得脚下冰凉，原来是光袜子踏在青砖地上。

他忧心如焚地接过靴子笼上脚,嘱咐那戈什哈:"快去禀报索大人!就说行在有紧要的事,请他速速前来。"

皇帝近侍的太监执着仪仗皆候在海子边上。那北风正紧,风从冰面上吹来,夹着雪霰子刷刷地打在脸上,呛得人眼里直流泪。

一拨一拨的侍卫正派出去,颇尔盆此时方自镇定下来,安慰神情焦灼的梁九功:"梁总管,这里是行宫,四面宫墙围着,外面有前锋营、护军营、火器营的跸防,里面有随扈的御前侍卫,外人进不来,咱们总能找着皇上。"话虽这样说,但心里惴惴不安,似乎更像是在安慰自己。又说:"苑里地方大,四面林子里虽有人巡查,但怎么好叫皇上一个人骑马走开?"话里到底忍不住有丝埋怨。

梁九功苦笑了一声,隔了半晌,方低声道:"官大人,万岁爷不是一个人——可也跟一个人差不多。"

颇尔盆叫他弄糊涂了,问:"那是有人跟着?"

梁九功点点头,只不作声。

颇尔盆越发地糊涂了,正想问个明白,忽听远处隐隐传来鸾铃声,一骑蹄声嗒嗒,信缰归来。飘飘洒洒的雪霰子里,只见那匹白马极是高大神骏,正是皇帝的坐骑。渐渐近了,看得清马上的人裹着紫貂大氅,风吹翻起明黄绫里子。

颇尔盆远远见着那御衣方许用的明黄色,先自松了口气,抹了一把脸上的雪水,这才瞧真切马上竟是二人共乘。当先的人裹着皇帝的大氅,银狐风兜掩去了大半张脸,瞧那身形娇小,竟似是个女子。皇帝只穿了绛色箭袖,腕上翻起明黄的马蹄袖,极是精神。

众人忙着行礼，皇帝含笑道："马跑得发了兴，就兜远了些，是怕你们着慌，打南边犄角上回来——瞧这阵仗，大约朕又让你们兴师动众了，都起来吧。"

早有人上来拉住辔头，皇帝翻身下马，回身伸出双臂，那马上的女子体态轻盈，几乎是叫他轻轻一携便娉娉婷婷立在了地上。

颇尔盆方随众谢恩站起来，料必此人是后宫妃嫔，本来理应回避，但这样迎头遇上，措手不及，不敢抬头，忙又打了个千儿，道："奴才给主子请安。"

那女子却仓皇将身子一侧，并不受礼，反倒退了一步。

皇帝也并不理会，一抬头瞧见纳兰远远立着，脸色苍白得像是屋宇上的积雪，竟没有一丝血色。皇帝便又笑了一笑，示意他近前来，道："今儿是朕的不是，你们也不必吓成这样，这是在行苑里头，难道朕还能走丢了不成？"

纳兰道："奴才等护驾不周，请皇上治罪。"

皇帝见他穿着侍卫的青色油衣，依着规矩垂手侍立，那声音竟然在微微发抖，也不知是天气寒冷，还是适才担心过虑，这会子松下心来格外后怕。皇帝心中正是欢喜，也未去多想，只笑道："朕已经知道不该了，你们还不肯轻饶么？"

太监已经通报上来："万岁爷，索大人递牌子觐见。"

皇帝微微皱一皱眉，立刻又展颜一笑："这回朕可真有得受了。索额图必又要谏劝，什么'千金之子坐不垂堂'……"

纳兰恍恍惚惚听在耳中，自幼背得极熟的《史记》中的句子，此时皇帝说出来，一字一字却恍若夏日的焦雷，一声一声霹雳般在耳边

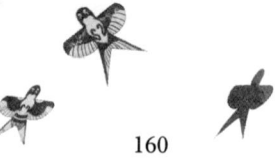

炸开,却根本不知道那些字连起来是何意思了。风夹着雪霰子往脸上拍着,只是麻木的刺痛。

皇帝就在南宫正殿里传见索额图。索额图行了见驾的大礼,果然未说到三句,便道:"皇上万乘之尊,身系社稷安危。袁盎曰:'千金之子坐不垂堂,百金之子不骑衡,圣主不乘危而徼幸……'"一开了头,便滔滔不绝地劝谏下去。

皇帝见自己所猜全中,禁不住微微一笑。他心情甚好,着实敷衍了这位重臣几句,因他正是当值大臣,又询问了京中消息,京里各衙门早就封了印不办差,倒也并没有什么要紧事。

等索额图跪安退下,皇帝方起身回暖阁。琳琅本坐在炕前小杌子上执着珠线打络子,神色却有些怔忡不宁,连皇帝进来也没留意,猛然间见那明黄翻袖斜刺里拂在络子上。

皇帝的声音很愉悦:"这个是打来做什么的?"却将她吓了一跳,连忙站起来,叫了声:"万岁爷。"

皇帝握了她的手,问:"手怎么这样凉?是不是才刚受了风寒?"

她轻轻摇了摇头,低声道:"琳琅在后悔——"语气稍稍凝滞,旋即黯然,"不该叫万岁爷带了我去骑马,惹得大臣们都担心。'三代末主乃有嬖女',是琳琅累及万岁爷有伤圣德。"

皇帝"唔"了一声,道:"是朕要带你去,不怨你。适才索额图刚刚引过《史书》,你又来了——'三代末主乃有嬖女',今欲同辇,得无近似之乎?王太后云:'古有樊姬,今有班婕妤。'朕再加一句:现有卫氏琳琅。"

她的笑容却是转瞬即逝,低声道:"万岁爷可要折琳琅的福,琳琅哪里能比得那些贤妃,况且成帝如何及得皇上万一?"

皇帝不由笑道:"虽是奉承,但着实叫人听了心里舒坦。我只是奇怪,你到底藏了多少本事,连经史子集你竟都读过,起先还欺君罔上,叫我以为你不识字。"

琳琅脸上微微一红,垂下头去说:"不敢欺瞒万岁爷,只是女子无才便是德,且太宗皇帝祖训,宫人不让识字。"

皇帝静默了片刻,忽然轻轻叹了口气:"六宫主位,不识字的也多。有时回来乏透了,想讲句笑话儿,她们也未必能懂。"

琳琅见他目光温和,一双眸子里瞳仁清亮,黑得几乎能瞧见自己的倒影,直要望到人心里去似的。心里如绊着双丝网,何止千结万结,纠葛乱理,竟不敢再与他对视,掉转脸去,心里怦怦直跳。

皇帝握着她的手,却慢慢地攥得紧了。距得近了,皇帝衣袖间有幽幽的龙涎香气,叫她微微眩晕,仿佛透不过气来。距得太近,仰望只见他清俊的脸庞轮廓,眉宇间却错综复杂,她不懂,更不愿去思量。

因依靠着,皇帝的声音似是从胸口深处发出的:"第一次见着你,你站在水里唱歌,那晚的月色那样好,照着河岸四面的新苇叶子——就像是做梦一样。我极小的时候,嬷嬷唱《悠车歌》哄我睡觉,唱着唱着睡着了,所以总觉得那歌是在梦里才听过。"

她一句话也说不出来,唇角微微发颤。

他却将她又揽得更紧些:"这些日子我一直在想,假若你替我生个孩子,每日唱《悠车歌》哄他睡觉,他一定是世上最有福气的孩子。"

琳琅心中思潮翻滚,听他低低娓娓道来,那眼泪在眼中滚来滚去,直欲夺眶而出,将脸埋在他胸前衣襟上。那襟上本用金线绣着盘龙纹，模糊的泪光里瞧去，御用的明黄色，狰狞的龙首，玄色的龙睛，都成了朦胧冰冷的泪光。唯听见他胸口的心跳，怦怦地稳然入耳。一时千言万语，心中不知是哀是乐，是苦是甜，是恼是恨，是惊是痛，心底最深处却翻转出最不可抑的无尽悲辛。柔肠百转，思绪千回，恨不得身如齑粉，也胜似如今的煎熬。

皇帝亦不说话，亦久久不动弹，脸庞贴着她的鬓发。过了许久，方道："你那日没有唱完，今日从头唱一遍吧。"

她哽咽难语，努力调匀了气息。皇帝身上的龙涎香，夹着紫貂特有微微的皮革膻气，身后熏笼里焚着的百合香，混淆着叫人渐渐沉溺。自己掌心指甲掐出深深的印子，隐隐作痛，慢慢地松开来，又过了良久，方轻轻开口唱：

"悠悠扎，巴布扎，狼来啦，虎来啦，马虎跳墙过来啦。

悠悠扎，巴布扎，小阿哥，快睡吧，阿玛出征伐马啦。

大花翎子，二花翎子，挣下功劳是你爷俩的。

小阿哥，快睡吧，挣下功劳是你爷俩的。

悠悠扎，巴布扎，小夜嗬，小夜嗬，锡嗬孟春莫得多嗬。

悠悠扎，巴布扎，小阿哥，睡觉啦。

悠悠扎，巴布扎，小阿哥，睡觉啦……"

她声音清朗柔美，低低回旋殿中。窗外的北风如吼，纷纷扬扬的雪花飞舞，雪却是下得越来越紧，直如无数的雪帘幕帷，将天地尽笼其中。

第九章 鉴取深盟

散帙坐凝尘,吹气幽兰并。茶名龙凤团,香字鸳鸯饼。
玉局类弹棋,颠倒双栖影。花月不曾闲,莫放相思醒。

——纳兰容若《生查子》

皇帝虽然在南苑,每日必遣人回宫向太皇太后及皇太后请安。这日是赵有忠领了这差事,方请了安从慈宁宫里退出来,正遇上端嫔来给太皇太后请安。端嫔目不斜视往前走着,倒是扶着端嫔的心腹宫女栖霞向赵有忠使了个眼色。

赵有忠心领神会,便不忙着回南苑,径直去咸福宫中,顺脚便进了耳房,与太监们围着火盆胡吹海侃了好一阵子,端嫔方才回宫。赵有忠忙迎上去请安,随着端嫔进了暖阁。

端嫔在炕上坐下,又道:"请赵谙达坐。"

赵有忠连声地道"不敢"。栖霞已经端了小机子上来,赵有忠谢了恩,方才在小机子上坐下。

端嫔接了茶在手里,拿那碗盖撇着茶叶,慢慢地问:"万岁爷还好么?"

赵有忠连忙站起来,道:"圣躬安。"

端嫔轻轻吁了口气，说："那就好。"

赵有忠不待她发问，轻声道："端主子让打听的事，奴才眼下也没法子。万岁爷身边的人个个噤口，像是嘴上贴了封条一般，只怕再让万岁爷觉察。说是万岁爷上回连梁九功梁谙达都发落了，旁人还指不定怎么收梢呢。"

端嫔道："难为你了。"向栖霞使个眼色，栖霞便去取了一张银票来。

赵有忠斜睨着瞧见，嘴上说："奴才没替端主子办成差事，怎么好意思再接主子的赏钱？"

端嫔微笑道："我这个人你还不知道，只要你有心，便是已经替我办事了。"

赵有忠只得接过银票，往袖中掖了，满脸堆笑道："主子宽心，我回去再想想法子。"

他回到南苑天色已晚，先去交卸了差事，才回自己屋里去。开了炕头的柜子，取出自己偷藏的一小坛烧酒，拿块旧包袱皮胡乱裹了，夹在腋下便去寻内奏事处的太监王之富。

冬日苦寒，王之富正独个儿在屋里用炭盆烘着花生，一见了他，自是格外亲热："老哥，这回又替我带什么好东西来了？"

赵有忠微微一笑，回身拴好了门，方从腋下取出包袱。

王之富见他打开包袱，一见着是酒，不由馋虫大起，"嘟"地吞了一口口水，忙去取了两只粗陶碗来，一面倒着酒，一面就嚷："好香！"

赵有忠笑道："小声些，莫叫旁人听见。这酒可来得不容易，这

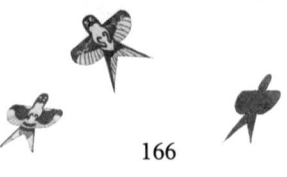

要叫人知道了，只怕咱们两个都要到慎刑司去走一趟。"

王之富笑嘻嘻地将炭盆里烘得焦糊的花生都拨了出来，两人剥着花生下酒，虽不敢高声，倒也喝得解馋。坛子空了大半，两个人已经面红耳赤，话也多了起来。

王之富大着舌头道："无功不受禄，老哥有什么事，但凡瞧得起兄弟，只管说就是了。我平日受老哥的恩惠，也不是一日两日了。"

赵有忠道："你是个爽快人，我也不绕圈子。兄弟你在内奏事处当差，每日都能见着皇上，有桩纳闷的事儿，我想托兄弟你打听。"

王之富酒意上涌，道："我也不过每日送折子进去，递上折子就下来，万岁爷瞧都不瞧我一眼。能见着皇上，可跟皇上说不上话。"

赵有忠哈哈一笑，说道："我也不求你去跟万岁爷回奏什么。"便凑在王之富耳边，密密地嘱咐了一番。

王之富笑道："这可也要看机缘的，现下御前的人嘴风很紧，不是那么容易。但老哥既然开了口，兄弟我就算上刀山下火海，也要替老哥交差。"

赵有忠笑道："那我可在这里先谢过了。"

两人直将一坛酒吃完，方才尽兴而散。

那王之富虽然拍胸脯答应下来，只是没有机会。可巧这日是他在内奏事处当值，时值隆冬，天气寒冷，只坐在炭火盆边打着瞌睡。时辰已经是四更天了，京里兵部着人快马递来福建的六百里加急折子。

王之富不敢耽搁，因为驿递是有一定规矩的，最紧急用"六百里加急"，即每日严限疾驰送出六百里，除了奏报督抚大员在任出缺之外，只用于战时城池失守或是克复。这道六百里加急是福建水师提督万正色火票拜发,盖着紫色大印,想必是奏报台湾郑氏的重大军情。

所以王之富出了内奏事处的直房,径直往南宫正殿。那北风刮得正紧,直冻得王之富牙关咯咯轻响,一手提着灯笼,一手捧了那匣子,两只手早冻得冰凉麻木,失了知觉。天上无星无月,只是漆黑一片,远远只瞧见南宫暗沉沉的一片殿宇,唯寝殿之侧直房窗中透出微暗的灯光。

王之富叫起了值夜太监开了垂花门,一层层报进去。进至内寝殿前,当值的首领太监赵昌,亲自持了灯出来。

王之富道:"赵谙达,福建的六百里加急,只怕此时便要递进去才好。"

赵昌"哦"了一声,脱口道:"你等一等,我叫守夜的宫女去请驾。"

王之富听了这一句,只是一怔,这才觉出异样来。按例是当值首领太监在内寝,若是还有宫女同守夜,里面必是有侍寝的妃嫔。只是皇帝往南苑来,六宫嫔妃尽皆留在宫里。

赵昌也觉察出冲口之下说错了话,暗暗失悔,伸手便在那暖阁门上轻轻叩了两下。

只见锦帘一掀,暖气便向人脸上拂来,洋洋甚是暖人,上夜的宫女蹑手蹑脚走出来。

赵昌低声道:"有紧要的奏折要回万岁爷。"那宫女便又蹑手蹑脚进了内寝殿。

王之富听她唤了数声,皇帝方才醒了,传令掌灯。

便在此时,却听见殿内深处另有女子的柔声低低说了句什么,可恨听不真切。只听见皇帝的声音甚是温和:"不妨事,想必是有要紧的折子,你不必起来了。"

王之富在外面听得清楚,心里猛然打了个突。

皇帝却只穿着江绸中衣便出了暖阁,外面虽也是地炕火盆,到底比暖阁里冷许多。皇帝不觉微微一凛,赵昌忙取了紫貂大氅替皇帝披上。宫女移了灯过来,皇帝就着烛火看了折子,脸上浮起一丝笑意,王之富这才磕了头告退出去。

皇帝回暖阁中去,手脚已经冷得微凉,但被暖褥馨,只渥了片刻便暖和起来。琳琅这一被惊醒,却难得入眠,又不便辗转反侧,只闭着眼罢了。

皇帝自幼便是嬷嬷谙达卯初叫醒去上书房,待得登基,每日又是卯初即起身视朝,现下却也睡不着了,听着她呼吸之声,问:"你睡着了么?"

她闭着眼睛答:"睡着了。"自己先忍不住"唧"地一笑,睁开眼瞧,皇帝含笑舒展双臂,温存地将她揽入怀中。她伏在皇帝胸口,只听他稳稳的心跳声,长发如墨玉流光,泻展在皇帝襟前。

皇帝却握住一束秀发,低声道:"宿昔不梳头,丝发披两眉。婉伸郎膝上,何处不可怜。"

她并不答言,却捋了自己的一茎秀发,轻轻拈起皇帝的发辫,将那根长发与皇帝的一丝头发系在一处,细细打了个同心双结。殿深极远处点着烛火,朦朦胧胧地透进来,却是一帐的晕黄微光漾漾。

皇帝看着她的举动,心中欢喜触动到了极处,虽是隆冬,却恍若三春胜景,旖旎无限。只执了她的手,贴在自己心口上,只愿天长地久,永如今时今日,忽而明了前人信誓为盟,在天愿做比翼鸟,在地愿为连理枝,所谓只羡鸳鸯不羡仙,却原来果真如此。

眼睁睁年关一日一日逼近,却是不得不回銮了。六部衙门百官群臣年下无事,皇帝却有着诸项元辰大典,祀祖祭天,礼庆繁缛。又这些年旧例,皇帝亲笔赐书"福"字,赏与近臣。

这日皇帝祫祭太庙回来,抽出半晌工夫,却写了数十个"福"字。琳琅从御茶房里回来,见太监一一捧出来去晾干墨迹,正瞧着有趣,忽听赵昌叫住她,道:"太后打发人,点名儿要你去一趟。"

她不知是何事,但太后传唤,自然是连忙去了。

进得暖阁,只见太后穿着家常海青团寿宁纹袍,靠着大迎枕坐在炕上。一位贵妇身穿香色百蝶妆花缎袍,翠玉嵌金扁方外两端各插累丝金凤,金凤上另垂珠珞,显得雍容华贵,正斜着身子坐在下首,陪太后摸骨牌接龙作耍。

琳琅虽不识得,但瞧她衣饰,已经猜到便是佟贵妃。当下恭恭敬敬行了礼,跪下道:"奴才给太后请安。"磕了头,稍顿又道,"奴才给贵妃请安。"再磕下头去。

太后却瞧了她一眼,问:"你就是琳琅?姓什么?"并不叫她起来回话。

她跪在那里轻声答:"回太后的话,奴才姓卫。"

太后慢慢拨着骨牌,道:"是汉军吧。"

琳琅心里微微一酸,答:"奴才是汉军包衣。"

太后面无表情,又瞧了她一眼,道:"皇帝这些日子在南苑,闲

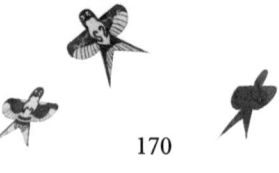

下来都做什么?"

琳琅答:"回太后的话,奴才侍候茶水,只知道万岁爷有时写字读书,旁的奴才并不知道。"

太后却冷笑一声,道:"皇帝没出去骑马么?"

琳琅早就知道不好,此时见她当面问出来,只得道:"万岁爷有时是骑马出去遛弯儿。"

太后又冷笑了一声,回转脸只拨着骨牌,却并不再说话。殿中本来安静,只听那骨牌偶然相碰,清脆的"啪"一声。

她跪在那里良久,地下虽笼着火龙,但那金砖地极硬,跪到此时,双膝早就隐隐发痛。

佟贵妃有几分尴尬起来,抹着骨牌赔笑道:"皇额娘,臣妾又输了,实在不是皇额娘您的对手,今儿这点金瓜子,又要全孝敬您老人家了。臣妾没出息,求太后饶了臣妾,待臣妾明儿多历练几回合,再来陪您。"

太后笑道:"说得可怜见儿的,我不要彩头了,咱们再来。"

佟贵妃无奈,又望了琳琅一眼,但见她跪在那里,却是平和镇定。

却说佟贵妃陪着太后又接着摸骨牌,太后淡淡地对佟贵妃道:"如今你是六宫主事,虽没有皇后的位分,但是总该拿出威仪来,下面的人才不至于不守规矩,弄出猖狂的样子来。"

佟贵妃忙站起来,恭声应了声"是"。

太后道:"我也只是交待几句家常话,你坐。"

佟贵妃这才又斜着身子坐下。

太后又道:"皇帝日理万机,这后宫里的事,自然不能再让他操心。我原先觉着这几十年来，宫里也算太太平平，没出什么乱子。眼下瞅着，倒叫人担心。"

佟贵妃忙道："是臣妾无能，叫皇额娘担心。"

太后道："好孩子，我并不是怪你。只是你生得弱，况你一双眼睛，能瞧得到多少地方？指不定人家就背着你弄出花样来。"只摸着骨牌，"嗒"一声将牌碰着，又摸起一张来。

琳琅跪得久了，双膝已全然麻木，只垂首低眉。

又过了许久，听太后冷笑了一声，道："只不过有额娘替你们瞧着，谅那狐媚子兴不起风浪来。哼，先帝爷在的时候，太皇太后如何看待我们，如今我依样看待你们，担保你们周全。"

佟贵妃越发窘迫，只得道："谢皇额娘。"

正在此时，太监进来磕头道："太后，慈宁宫那边打发人来，说是太皇太后传琳琅去问话。"

太后一怔，但见琳琅仍是纹丝不动跪着，眉宇间神色如常，心中一腔不快未能发作，厌恶已极，但亦无可奈何，只掉转脸去冷冷道："既然是太皇太后传唤，还不快去？"

琳琅磕了个头，恭声应"是"。欲要站起，跪得久了，双膝早失了知觉。咬牙用手在地上轻轻按了一把，方挣扎着站起来，又请了个安，道："奴才告退。"

太后心中怒不可遏，只"哼"了一声，并不答话。

她退出去，步履不由有几分艰难，方停了一停，身侧有人伸手搀了她一把，正是慈宁宫的太监总管崔邦吉。

她低声道："多谢崔谙达。"

崔邦吉微笑道:"姑娘不必客气。"

一路走来,腿脚方才筋血活络些了,待至慈宁宫中,进了暖阁,行礼如仪:"奴才给太皇太后请安。"稍稍一顿,又道,"奴才给万岁爷请安。"

太皇太后甚是温和,只道:"起来吧。"

她谢恩起身,双膝隐痛,秀眉不由微微一蹙。抬眼瞧见皇帝正望着自己,目光中甚是关切,忙垂下眼帘去。

太皇太后道:"才刚和你们万岁爷说起杏仁酪来,那酪里不知添了些什么,叫人格外受用,所以找你来问问。"

琳琅见是巴巴儿叫了自己来问这样一句不相干的话,已经明白来龙去脉,只恭恭敬敬地答:"回太皇太后的话,那杏仁酪里,加了花生、芝麻、玫瑰、桂花、葡萄干、枸杞子、樱桃等十余味,和杏仁碾得碎了,最后兑了奶子,加上洋糖。"

太皇太后"哦"了一声,道:"好个精致的吃食,必是精致的人想出来的。"直说,"近前来让我瞧瞧。"琳琅只得走近数步。

太皇太后牵着她的手,细细打量了一番,道:"可怜见儿的,好个心思玲珑的孩子。"又顿了顿,道,"只是上回皇帝打发她送酪来,我就瞧着眼善。只记不起来,总觉得这孩子像是哪里见过。"

太皇太后身侧的苏茉尔赔笑道:"太后见着生得好的孩子,总觉得眼善,上回二爷新纳的侧福晋进宫来给您请安,您不也说眼善?想是这世上的美人,叫人总觉得有一二分相似吧。"

皇帝笑道:"嬷嬷言之有理。"

太皇太后又与皇帝说了数句闲话,道:"我也倦了,你又忙,这就回去吧。"

皇帝离座请了个安，微笑道："谢皇祖母疼惜。"

太皇太后微微一笑，轻轻颔首，皇帝方才跪安退出。

御驾回到乾清宫，天色已晚。皇帝换了衣裳，只剩了琳琅在跟前，皇帝方才道："没伤着吧？"

琳琅轻轻摇了摇头，道："太后只是叫奴才去问了几句话，并没有为难奴才。"

皇帝见她并不诉苦，不由轻轻叹了口气。过了片刻，方才道："朕虽富有四海，亦不能率性而为。"解下腰际所佩的如意龙纹汉玉佩，道，"这个给你。"

琳琅见那玉色晶莹，触手温润，玉上以金丝嵌着四行细篆铭文，乃是"情深不寿，强极则辱。谦谦君子，温润如玉"。

只听皇帝道："朕得为咱们的长久打算。"

她听到"长久"二字，心下微微一酸，勉强笑道："琳琅明白。"

皇帝见她灵犀通透，心中亦是难过。正在此时，敬事房送了绿头签进来。皇帝凝望着她，见她仍是容态平和，心中百般不忍，也懒得去看，随手翻了一只牌子。只对她道："今天你也累了，早些歇着去，不用来侍候了。"

她应了"是"便告退，已经却行退至暖阁门口，皇帝忽又道："等一等。"

她住了脚步。

皇帝走至面前，凝望着她良久，方才低声道："我心匪石，不可转也。"

她心中刹那悸动,眼底里浮起朦胧的水汽。面前这长身玉立的男子,明黄锦衣,紫貂端罩,九五之尊的御用服色,可是话语中挚诚至深,竟让人毫无招架之力。心中最深处瞬间软弱,竭力自持,念及前路漫漫,愁苦无尽,只是意念萧条,未知这世上情浅情深,原来都叫人辜负。从头翻悔,心中哀凉,低声答:"我心匪席,不可卷也。"

皇帝见她泫然欲泣,神色凄婉,叫人怜爱万千,待欲伸出手去,只怕自己这一伸手,便再也把持不住,喟然长叹一声,眼睁睁瞧着她退出暖阁去。

她本和画珠同住,梁九功却特别加意照拂,早就命人替她单独腾出间屋子来,早早将她的箱笼挪过来,还换了一色簇新的铺盖。她有择席的毛病,辗转了一夜,第二日起来,未免神色间略有几分倦怠憔悴。偏是年关将近,宫中诸事烦琐,只得打起精神当着差事。

可巧这日内务府送了过年新制的衣裳来,一众没有当差的宫女都在庑下廊房里围火闲坐。

画珠正剥了个朱橘,当下撂开橘子便解了包袱来瞧,见是青缎灰鼠褂,拎起来看时,便说:"旁的倒罢了,这缎子连官用的都不如,倒叫人怎么穿?"

那送衣裳来的原是积年的老太监余富贵,只得赔笑道:"画珠姑娘,这个已经是上好的了,还求姑娘体恤。"

另一个宫女荣喜笑了一声,道:"他们哪里就敢马虎了你,也不瞅瞅旁人的,尽说些得了便宜还卖乖的话来。"

画珠的脾气本来就不好,当下便拉长了脸:"谁得了便宜还卖乖?"

芳景便道:"虽说主子不在,可你们都是当差当老了的,大节下竟反倒在这里争起嘴来，一人少说一句罢。"

画珠却冷笑一声，向荣喜道："我知道你为什么，不过就是前儿我哥哥占了你父亲的差事，你心里不忿。一样都是奴才，谁有本事谁得脸，你就算眼红那也是干眼红着。"

荣喜立时恼了，气得满脸通红："谁有本事谁得脸——可不是这句话，你就欺我没本事么？我是天生的奴才命，这辈子出不了头，一样的奴才，原也分三六九等，我再不成器，那也比下五旗的贱胚子要强。也不拿镜子照照自己个儿，有本事争到主子的位分去，再来拿我撒气不迟。"

画珠原是镶蓝旗出身，按例上三旗的包衣才可在御前当差，她是太后指来的，殊为特例，一直叫御前的人排挤，听荣喜如是说，直气得浑身乱颤。

芳景忙道："成日只见你们两个打口舌官司，说笑归说笑，别扯到旁的上头。"

荣喜笑道："芳姐姐不知道，咱们这些嘴拙人笨的，哪里比得上人家千伶百俐，成日只见她对万岁爷下功夫，可惜万岁爷连拿眼角都不曾瞥她一下。呸，我偏瞧不上这狐媚样子，就她那副嘴脸，还想攀高枝儿，做梦！"

画珠连声调都变了："你说谁想攀高枝？"

芳景已经拦在中间对荣喜呵斥："荣喜！怎么越说越没谱了？万岁爷也是能拿来胡说的？"她年纪既长，在御前时日已久，荣喜本还欲还嘴，强自忍了下去。

画珠却道："还指不定是谁想攀高枝儿。昨儿见了琳琅，左一声姑娘,右一声姑娘,奉承得和什么似的,我才瞧不惯你这奴才样儿。"

荣喜冷笑道:"待你下辈子有琳琅那一日,我也左一声姑娘,右一声姑娘,好生奉承奉承您这位不是主子的主子娘娘。"

芳景眼见拦不住,连忙站起来拉画珠:"咱们出去,不和她一般见识。"

画珠气得一双妙目睁得大大的,推开芳景,直问荣喜:"你就欺我做一辈子的奴才?难道这宫里人人生来就是主子的命不成?"

荣喜冷笑道:"我就是欺你八字里没那个福分!"

芳景一路死命地拉画珠,画珠已经气得发怔。可巧帘子一响,琳琅走进来,笑问:"大年下的,怎么倒争起嘴来?"

她一进来,屋子里的人自然皆屏息静气。

芳景忙笑道:"她们哪一日不是要吵嚷几句才算安逸?"一面将簇新的五福捧寿鹅绒软垫移过来,说:"这熏笼炭已经埋在灰里了,并不会生火气,姑娘且将就坐一坐。"

荣喜亦忙忙地斟了碗茶来奉与琳琅,笑着道:"哪里是在争嘴,不过闲话两句罢了。"

那余富贵也就上前打了千儿请安,赔笑道:"琳姑娘的衣裳已经得了,回头就给您送到屋子里去。"

琳琅见画珠咬着嘴唇,在那里怔怔出神,她虽不知首尾,亦听到一句半句,怕她生出事来,便说:"不吃茶了,我回屋里试衣裳去。"拉着画珠的手道,"你跟我回房去,替我看看衣裳。"

画珠只得跟她去了。待到了屋里,余富贵身后的小太监捧着四个青绸里哆罗呢的包袱。

琳琅不由问:"怎么有这些?"

余富贵满脸是笑,说道:"除了姑娘的份例,这些个都是万岁爷另外吩咐预备的。这包袱里是一件荔色洋绉挂面的白狐腋,一件玫瑰紫妆缎狐肷褶子。这包袱里是大红羽纱面猞猁皮鹤氅。我们大人一奉到口谕,立时亲自督办的。这三件大毛的衣裳都是从上用的皮子里拣出最好的来赶着裁了,挑了手艺最好的几个师傅日夜赶工,好歹才算没有耽搁。姑娘的衣服尺寸,我们那里原也有,还请姑娘试试,合身不合身。"因见画珠到里间去斟茶,又压低了声音悄道,"这包袱里是一件织锦缎面的灰背,一件里外发烧的藏獭褂子,是我们大人特意孝敬姑娘的。"

琳琅道:"这怎么成,可没这样的规矩。"

余富贵恭声道:"我们大人说,若是姑娘不肯赏脸收下,那必是嫌不好,要不然,就必是我们脸面不够。日后咱们求姑娘照应的地方还多着呢,姑娘若是这样见外,我们下回也不敢劳烦姑娘了。"

琳琅忙道:"我绝无这样的意思。"她明知若不收下,内务府必然以为她日后会挑剔差事,找寻他们的麻烦。宫里的事举凡如此,说不定反惹出祸来。

那余富贵又道:"我们大人说,请姑娘放心,另外还有几样皮毛料子,就送到姑娘府上去,虽然粗糙,请姑娘家里留着赏人吧。"

琳琅再三推辞不了,只得道:"回去替我谢谢总管大人,多谢他费心了。"又开抽屉取了一把碎银给余富贵,"要过节了,谙达拿着喝两杯茶吧。"

余富贵眉开眼笑,连忙又请了安,道:"谢姑娘赏。"

一时琳琅送了他出去，回来看时，画珠却坐在里屋的炕上，抱膝默默垂泪，忙劝道："好端端的，这又是怎么了？"

　　画珠却胡乱地揩一揩眼角，说："一时风迷了眼罢了。"

　　琳琅道："荣喜的嘴坏，你又不是不知道，别与她争就是了。"

　　画珠冷笑道："不争？在这宫里，若是不争，只怕连活的命都没有。"说到这里，怔怔地又流下眼泪来。

　　琳琅道："你今儿这是怎么了？平日里只见你说嘴好强，今儿倒只会哭了，大节下的，快别这样。"

　　画珠听她这样说，倒慢慢收了眼泪，忽然哧地一笑："可不是，就算哭出两大缸眼泪来，一样还是没用。"

　　琳琅笑道："又哭又笑，好不害臊。"见她脸上泪痕狼藉，说，"我给你打盆水来，洗洗脸吧。"

　　于是她去打了一盆热水来，画珠净过面，又重新将头发抿一抿。因见梳头匣子上放着一面玻璃镜子，匣子旁却搁着一只平金绣荷包，虽未做完，但针线细密，绣样精致。

　　画珠不由拿起来，只瞧那荷包四角用赤色绣着火云纹，居中用金线绣五爪金龙，虽未绣完，但那用黑珠线绣成的一双龙睛熠熠生辉，宛若鲜活，不由道："好精致的绣活，这个是做给万岁爷的吧？"

　　琳琅面上微微一红。

　　画珠道："现放着针线上有那些人，还难为你巴巴儿地绣这个。"

　　琳琅本就觉得难为情，当下并不答话，眉梢眼角微含笑意，并不言语，随手就将荷包收拾到屉子里去了。画珠见她有些忸怩，便也不再提此话。

这一日是除夕,皇帝在乾清宫家宴,后宫嫔妃、诸皇子皇女皆陪宴。自未正时分即摆设宴席,乾清宫正中地平南向面北摆皇帝金龙大宴桌,左侧面西坐东摆佟贵妃宴桌。乾清宫地平下,东西一字排开摆设内廷主位宴桌。申初时分,两廊下奏中和韶乐,皇帝御殿升座。乐上,后妃入座,筵宴开始。先进热膳。接着送佟贵妃汤饭一对盒。最后送地平下内庭主位汤饭一盒,各用份位碗。再进奶茶。后妃、太监总管向皇帝进奶茶。皇帝饮后,才送各内庭主位奶茶。第三进酒馔。总管太监跪进"万岁爷酒",皇帝饮尽后,就送妃嫔等位酒。最后进果桌。先呈进皇帝,再送妃嫔等。一直到戌初时分方才宴毕,皇帝离座,女乐起,后妃出座跪送皇帝,才各回住处。

这一套繁文缛节下来,足足两个多时辰,回到西暖阁里,饶是皇帝精神好,亦觉得有几分乏了,更兼吃了酒,暖阁中地炕暖和,只觉得烦躁。皇帝用热手巾擦了脸,还未换衣裳,见琳琅端着茶进来,这二三日来,此时方得闲暇,不由细细打量,因是年下,难得穿了一件藕色贡缎狐腋小袄,灯下隐约泛起银红色泽,衬得一张素面晕红。

皇帝心中一动,含笑道:"明儿就是初一了,若要什么赏赐,眼下可要明说。"伸手便去握她的手。

谁想她仓促往后退了一步,皇帝这一握,手生生僵在了半空中,心中不悦,只缓缓收回了手,见她神色凝淡,似是丝毫不为之所动,心中越发不快。

梁九功瞧着情形不对,向左右的人使个眼色,两名近侍的太监便跟着他退出去了。

琳琅这才低声道:"奴才不敢受万岁爷赏赐。"语气黯然,似一

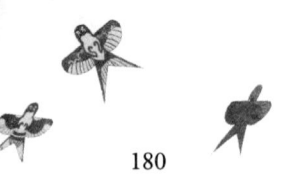

腔幽怨。

皇帝转念一想,不由唇角笑意浮现,道:"你这样聪明一个人,难道还不明白吗?"

她听了此话,方才说:"奴才不敢揣摩万岁爷的心思。"

皇帝见她粉颈低垂,亦嗔亦恼,说不出一种动人,忍不住道:"一日不见,如隔三秋,这两三日没见着,咱们可要慢慢算一算,到底是隔了多少秋了。"

琳琅这才展颜一笑。

皇帝心中喜悦,只笑道:"大过年的,人家都想着讨赏,只有你想着怄气。"一说到"怄气"二字,到底忍俊不禁。停了一停,又道:"凭你适才那两句话,就应当重重处置——罚你再给朕唱一首歌。"

她微笑道:"奴才不会唱什么歌了。"

皇帝便从案上取了箫来,说道:"不拘你唱什么,我来替你用箫和着。"

红烛滟滟,映得她双颊微微泛起红晕,只觉古人所谓琴瑟在御,莫不静好,亦不过如斯。琳琅微笑道:"万岁爷若是不嫌弃,我吹一段箫调给万岁爷听。"

皇帝不由十分意外,"哦"了一声,问:"你还会吹箫?"

她道:"小时候学过一点,吹得不好。"

皇帝笑道:"先吹来我听,若是真不好,我再拿别的罚你。"

琳琅不禁瞧了他一眼,笑意从颊上晕散开来,竖起长箫,便吹了一套《凤还巢》。

皇帝盘膝坐在那里，笑吟吟听着，只闻箫调清丽难言，心中却隐隐约约有些不安，仿佛有桩事情十分要紧，偏生总想不起来，是什么要紧事？

琳琅见他眉头微蹙，停口便将箫管放下。

皇帝不由问："怎么不吹了？"

她道："左右万岁爷不爱听，我不吹了。夜深了，万岁爷该安置了，奴才也该告退了。"

皇帝并不肯撒手，只笑道："你这促狭的东西，如今也学坏了。"

梁九功在外头，本生着几分担心，怕这个年过得不痛快，听着暖阁里二人话语渐低，后来箫声渐起，语声微不可闻，细碎如呢喃，一颗心才放下来。走出来交待上夜的诸人各项差事，道："都小心侍候着，明儿大早，万岁爷还要早起呢。"

皇帝翌日有元辰大典，果然早早就起身。天还没亮，便乘了暖轿，前呼后拥去太和殿受百官朝贺。乾清宫里顿时也热闹起来，太监宫女忙着预备后宫主位朝贺新年。

琳琅怕有闪失，先回自己屋里换了身衣裳，刚拾掇好了，外面却有人敲门。

琳琅问："是谁？"却是画珠的声音，道："是我。"

她忙开门让画珠进来。

画珠面上却有几分惊惶之色，道："浣衣房里有人带信来，说是玉姑姑犯了事。"

琳琅心下大惊，连声问："怎么会？"

画珠道："说是与神武门的侍卫私相传递，犯了宫里的大忌讳。

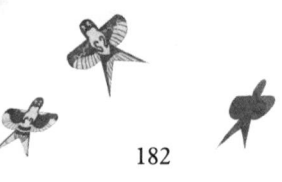

叫人回了佟贵妃。"

琳琅心中忧虑，问："如今玉姑姑人呢？"

画珠道："报信儿的人说锁到慎刑司去了，好在大节下，总过了这几日方好发落。"

琳琅心下稍安，道："有几日工夫。玉姑姑在宫中多年，与荣主子又交好，荣主子总会想法子在中间斡旋。"

画珠道："听说荣主子去向佟贵妃求情，可巧安主子在那里，三言两句噎得荣主子下不来台，气得没有法子。"

琳琅心下焦灼，知道荣嫔素来与安嫔有些心病，而佟贵妃署理六宫，懿旨一下，玉箸坐实了罪名，荣嫔亦无他法。忙问："那到底是传递什么东西，要不要紧？"

画珠道："浣衣房的人说，原是姑姑攒下的三十两月银，托人捎出去给家里，谁晓得就出了事。"眼圈一红，道，"往日在浣衣房里，姑姑对咱们那样好……"

琳琅忆起往昔在浣衣房里的旧事，更是思前想后心潮难安。

画珠道："浣衣房里的几个旧日姐妹都急得没有法子，想到了咱们，忙忙地叫人带信来。琳琅，咱们总得想个法子救救玉姑姑才好。"

琳琅道："佟贵妃那里，咱们哪里能够说得上话。连荣主子都没有法子，何况咱们。"

画珠急得泫然欲泣："这可怎么好……私相授受是大忌讳，安主子素来又和浣衣房有心病，只怕她们这回……只怕她们这是想要玉姑姑的命……"说到这里，捂着脸就哭起来。

琳琅知道私相授受此事可大可小，若是安嫔有意刁难，指不定会咬准了其中有私情，只消说是不规矩，便是一顿板子打死了事，外头的人都不能知晓，因为后宫里处置许多事情都只能含糊其辞。

她打了个寒噤："不会的，玉姑姑不会出那样的事。"

画珠哭道："咱们都知道玉姑姑不是那样的人，可他们若是想置玉姑姑于死地……给她随便安上个罪名……"

琳琅忧心如焚。

画珠道："琳琅，到如今玉姑姑只能指望你了。"

琳琅低头想了一会儿，说："我可实实没有半分把握，可是……"轻轻叹了口气，"不管怎么样，我们都得想法子帮一帮姑姑。"

第十章　白壁青蠅

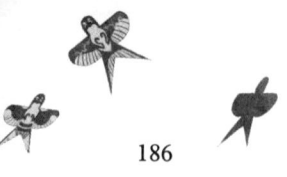

人生若只如初见,何事秋风悲画扇?等闲变却故人心,却道故人心易变。骊山语罢清宵半,泪雨零铃终不怨。何如薄幸锦衣郎,比翼连枝当日愿。

——纳兰容若《木兰花令》

太和殿大朝散后,皇帝奉太皇太后、皇太后在慈宁宫受后宫妃嫔朝贺,午后又在慈宁宫家宴,这一日的家宴,比昨日的大宴却少了许多繁琐礼节。皇帝为了热闹,破例命年幼的皇子与皇女皆去头桌相伴太皇太后,太皇太后由数位重孙簇拥,欢喜不胜。几位太妃、老一辈的福晋皆亦在座,皇帝命太子执壶,皇长子领着诸皇子一一斟酒,这顿饭,却像是其乐融融的家宴,一直到日落西山,方才尽兴而散。

皇帝自花团锦簇人语笑喧的慈宁宫出来,在乾清宫前下了暖轿。只见乾清宫暗沉沉的一片殿宇,廊下皆悬着径围数尺的大灯笼,一溜映着红光暗暗,四下里却静悄悄的,庄严肃静。适才的铙钹大乐在耳中吵了半晌,这让夜风一吹,皇帝却觉得连心都静下来了,神气不由一爽。

敬事房的太监正待击掌,皇帝却止住了他。一行人簇拥着皇帝走至廊下，皇帝见直房窗中透出灯火，想起这日正是琳琅当值，信步便往直房中去。直房门口本有小太监，一声"万岁爷"还未唤出声，也叫他摆手止住了，将手一扬，命太监们都候在外头。

他本是一双黄獐绒鹿皮靴，落足无声，只见琳琅独个儿坐在火盆边上打络子，他瞧那金珠线配黑丝络，颜色极亮，底下缀着明黄流苏，便知道是替自己打的，不由心中欢喜。她素性畏寒，直房中虽有地炕，却不知不觉倾向那火盆架子极近。

他含笑道："看火星子烧了衣裳。"

琳琅吓了一跳，果然提起衣摆，看火盆里的炭火并没有燎到衣裳上，方抬起头来，连忙站起身来行礼，微笑道："万岁爷这样静悄悄地进来，真吓了我一跳。"

皇帝道："这里冷浸浸的，怨不得你靠火坐着。仔细那炭气熏着，回头嚷喉咙痛。快跟我回暖阁去。"

西暖阁里笼的地炕极暖，琳琅出了一身薄汗。皇帝素来不惯与人同睡，所以总是侧身向外。那背影轮廓，弧线似山岳横垣，明黄宁绸的中衣缓带微褪，却露出肩颈下一处伤痕。虽是多年前早已结痂愈合的伤，但直至今日疤痕仍长可寸许，显见当日受伤之深。

她不由自主伸出手去，轻轻拂过那疤痕。不想皇帝还未睡沉，惺忪里握了她的手，道："睡不着么？"

她低声道："吵着万岁爷了。"

皇帝不自觉伸手摸了摸那旧伤："这是康熙八年戊申平叛时所伤，幸得曹寅手快，一把推开我，才没伤到要害，当时一众人都吓得魂飞魄散。"他轻描淡写说来，她的手却微微发抖。

皇帝微笑道:"吓着了么?我如今不是好生生地在这里。"

她心中思绪繁乱,怔怔地出了好一阵子的神,方才说:"怨不得万岁爷对曹大人格外看顾。"

皇帝轻轻叹了口气,道:"倒不是只为他这功劳——他是打小跟着我,情分非比寻常。"

她低声道:"万岁爷昨儿问我,年下要什么赏赐,琳琅本来不敢——皇上顾念旧谊,是性情中人,所以琳琅有不情之请……"说到这里,又停下来。

皇帝只道:"你一向识大体,虽是不情之请,必有你的道理,先说来我听听,只有一样——后宫不许干政。"

她道:"琳琅不敢。"将玉箸之事略略说了,道,"本不该以私谊情弊来求万岁爷恩典,但玉箸虽是私相传递,也只是将攒下的月俸和主子的赏赐托了侍卫送去家中孝敬母亲。万岁爷以诚孝治天下,姑念她是初犯,且又是大节下……"

皇帝已经蒙胧欲睡,说:"这是后宫的事,按例归佟贵妃处置,你别去蹚这中间的浑水。"

琳琅见他声音渐低,睡意渐浓,未敢再说,只轻轻叹了口气,翻身向内。

因连日命妇入朝,宫中自然是十分热闹。这一日是初五,佟贵妃一连数日忙着节下诸事,到了此日,方才稍稍消停下来。

宫女正侍候她吃燕窝粥,忽听小太监满面笑容地来禀报:"主子,万岁爷瞧主子来了。"

皇帝穿着年下吉服,身后只跟了随侍的太监,进得暖阁来见佟贵妃正欲下炕行礼，便道："朕不过过来瞧瞧你，你且歪着就是了，这几日必然累着了。"

佟贵妃到底还是让宫女搀着，下炕请了个双安，方含笑道："谢万岁爷惦记，臣妾身上好多了。"

皇帝便在炕上坐了，又命佟贵妃坐了。

皇帝因见炕围上贴的消寒图，道："如今是七九天里了，待出了九，时气暖和，定然就大好了。"

佟贵妃道："万岁爷金口吉言，臣妾……"说到这里，连忙背转脸去，轻轻咳嗽，一旁的宫女忙上来侍候唾壶，又替她轻轻拍着背。

皇帝听她咳喘不已，心中微微怜惜，道："你要好好将养才是，六宫里的事，可以叫惠嫔、德嫔帮衬着些。"随手接了宫女奉上的茶。

佟贵妃亦用了一口奶子，那喘咳渐渐缓过来。

皇帝道："朕想过了，慎刑司里还关着的宫女太监，尽都放了吧。大节下的，他们虽犯了错，只要不是大逆不道，罚他们几个月的月钱银子也就罢了。也算为太皇太后、皇太后还有你积一积福。"

佟贵妃忙道："谢万岁爷。"迟疑了一下，却道，"有桩事情，本想过了年再回万岁爷，既然这会子讲到开赦犯错的宫女太监。浣衣房的一名宫女与神武门侍卫私相传递，本也算不得大事，但牵涉到御前的人，臣妾不敢擅专。"

皇帝问："牵涉到御前的谁？"

佟贵妃道："那名宫女，欲托人传递事物给一名二等虾。"

二等虾即是二等侍卫。

皇帝素来厌恶私相授受，道："竟是二等侍卫也这样轻狂，枉朕平日里看重他们。是谁这样不稳重？"

佟贵妃微微一怔，道："是明珠明大人的长公子，纳兰大人。"

皇帝倒想不到竟是纳兰容若，心下微恼，只觉纳兰枉负自己厚待，不由觉得大失所望。

佟贵妃低声道："臣妾素来听人说纳兰大人丰姿英发，少年博才，想必为后宫宫人仰慕，以至有情弊之事。"

皇帝忆及去年春上行围保定时，夜闻箫声，纳兰虽极力自持，神色间却不觉流露向往之色，看来此人虽然博学，却亦是博情。只淡淡地道："年少风流，也是难免。"顿了一顿，道，"朕听荣嫔说，那宫女只是传递俸银出宫，没想到其中还有私情。"

佟贵妃微有讶色，道："那宫女——"欲语又止。

皇帝道："难道还有什么妨碍不成？但说就是了。"

佟贵妃道："是。那宫女招认并不是她本人事主，她亦是受人所托私相传递，至于是受何人所托，她却缄口不言。年下未便用刑，臣妾原打算待过几日审问明白，再向万岁爷回话。"

皇帝听她说话吞吞吐吐，心中大疑，只问："她受人所托，传递什么出宫？"

佟贵妃见他终究问及，只得道："她受何人所托，臣妾还没有问出来。至于传递的东西——万岁爷瞧了就明白了。"叫过贴身的宫女，叮嘱她去取来。

却是一方帕子，并一双白玉同心连环。那双白玉同心连环质地寻常，瞧不出任何端倪，那方帕子极是素净，虽是寻常白绢裁纫，但用月白色玲珑锁边，针脚细密，淡缃色丝线绣出四合如意云纹。

佟贵妃见皇帝面无表情，一言不发，眼睛直直望着那方帕子，她与皇帝相距极近，瞧见他太阳穴上的青筋突突直跳，心下害怕，叫了声："万岁爷。"

皇帝瞧了她一眼，那目光凛冽如九玄冰雪，冷冷冽冽。她心里一寒，勉强笑道："请皇上示下。"

皇帝良久不语。

她心下窘迫，啜嚅道："臣妾……"

皇帝终于开口，声音倒是和缓如常："这两样东西交给朕，这件事朕亲自处置。你精神不济，先歇着吧。"便站起身来。

佟贵妃忙行礼送驾。

皇帝回到乾清宫，画珠上来侍候换衣裳，只觉皇帝手掌冰冷，忙道："万岁爷是不是觉着冷，要不加上那件紫貂端罩？"

皇帝摇一摇头，问："琳琅呢？"

梁九功一路上担心，到了此时，越发心惊肉跳，忙道："奴才叫人去传。"

琳琅却已经来了，先奉了茶，见皇帝神色不豫地挥一挥手，是命众人皆下去的意思。

梁九功飞快地向她递个眼色，她只不明白他的意思，稍一迟疑，果然听到皇帝道："你留下来。"

她便垂手静侍，见皇帝端坐案后，直直地瞧着自己，不知为何不自在起来，低声道："万岁爷去瞧佟主子，佟主子还好吧？"

皇帝并不答话，琳琅只觉他眉宇间竟是无尽寂寥与落寞，心下微微害怕。

皇帝淡淡地道："朕心里烦,你吹段箫来给朕听。"

琳琅却再也难以想到中间的来龙去脉,只觉皇帝今日十分不快,只以为是从佟贵妃处回来,必是佟贵妃病情不好。未及多想,只想着且让他宽心,回房取了箫来御前,见皇帝仍是端坐在原处,竟是纹丝未动,见她进来,倒是向她笑了一笑。

她便微笑问："万岁爷想听什么呢?"

皇帝眉头微微一蹙,旋即道:"《小重山》。"

她本想年下大节,此调不吉,但见皇帝面色凝淡,未敢多言,只竖起箫管,细细吹了一套《小重山》。

春到长门春草青,江梅些子破,未开匀。碧云笼碾玉成尘,留晓梦,惊破一瓯春。花影压重门,疏帘铺淡月,好黄昏。二年三度负东君,归来也,著意过今春。

惊破一瓯春……惊破一瓯春……

皇帝心中思潮起伏,本有最后三分怀疑,却也销匿殆尽,心中只道,原来如此,原来如此。

这四个字翻来覆去,直如千钧重,沉甸甸地压在心头。目光扫过面前御案,案上笔墨纸砚,诸色齐备,笔架上悬着一管管紫毫,珐琅笔杆,尾端包金,嵌以金丝为字,盛墨的匣子外用明黄袱,刀纸上压着前朝碾玉名家陆子岗的白玉纸镇,砚床外紫檀刻金……

无人可以僭越的九五之尊,心中却只是翻来覆去地想,原来如此,原来如此……

琳琅吹完了这套曲子,停箫望向皇帝,他却亦正望着她,那目光却是虚的，仿佛穿透了她，落在某个不知名的地方。她素来未见过皇帝有此等神情，心中不安。

皇帝却突兀开口，道："把你的箫拿来让朕瞧瞧。"

她只得走至案前，将箫奉与皇帝。

皇帝见那箫管寻常，却握以手中，怔怔出神。又过了良久，方问："上次你说，你的父亲是阿布鼐？"见她答"是"，又问，"如朕没有记错，你与明珠家是姻戚？"

琳琅未知他如何问到此话，心下微异，答："奴才的母亲是明大人的妹妹。"

皇帝"嗯"了一声，道："那么你说自幼寄人篱下，便是在明珠府中长大了？"

琳琅心中疑惑渐起，只答："奴才确是在外祖家长大。"

皇帝心中一片冰冷，最后一句话却也是再不必问了。那一种痛苦恼悔，便如万箭相攒，绞入五脏深处。过了片刻，方才冷冷道："那日你求了朕一件事，朕假若不答应你，你待如何？"

琳琅心中如一团乱麻，只抓不住头绪。皇帝数日皆未曾提及此事，自己本已经绝了念头，此时一问，不知意欲如何，但事关玉箸，一转念便大着胆子答："衣不如新，人不如故。奴才尽力而为，若求不得天恩高厚，亦是无可奈何。"

皇帝又沉默良久，忽然微微一哂："衣不如新，人不如故。好，这句话，甚好。"

琳琅见他虽是笑着，眼中却殊无欢喜之意，心中不禁突地一跳。

便在此时，冯四京在外头磕头，叫了声"请万岁爷示下"。皇帝答应了一声,冯四京捧了大银盘进来。他偏过头去,手指从绿头签上抚过,每一块牌子,幽碧湛青的漆色,仿佛上好的一汪翡翠,用墨漆写了各宫所有的妃嫔名号,整整齐齐排列在大银盘里。

身旁的赤金九龙绕足烛台上,一支烛突然爆了个烛花,"噼啪"一声火光轻跳,在这寂静的宫殿里,却让人听得格外清晰。

他猛然扬手就将盘子"轰"一声掀到了地上,绿头签牌啪啪落了满地,吓得冯四京打个哆嗦,连连磕头却不敢作声。暖阁外头太监宫女见了这情形,早呼啦啦跪了一地。

琳琅也连忙跪下去,人人都是大气也不敢出,殿中只是一片死寂。只听那只大银盘落在地上,"嗡嗡嗡……"响着,愈转愈慢,渐响渐低,终究无声无息,静静地停在她的足边。

她悄悄捡起那只银盘,却不想一只手斜刺里过来握住她手腕,那腕上覆着明黄团福暗纹袖。她只觉得身子一轻,不由自主站起来,目光低垂,只望着他腰际的明黄色佩带、金圆版嵌珊瑚、月白吩、金嵌松石套褉、珐琅鞘刀、燧、平金绣荷包……荷包流苏上坠着细小精巧的银铃……

他却迫得她不得不抬起头来,他直直望着她,眼中似是无波无浪的平静,最深处却闪过转瞬即逝的痛楚:"你不过仗着朕喜欢你!"

她的双手让他紧紧攥着,腕骨似要碎裂一般。他的眼中幽暗,清晰地倒映出她的影子。

他却蓦然松开手,淡然唤道:"梁九功!"

梁九功进来磕了个头,低声道:"奴才在。"

皇帝只将脸一扬,梁九功会意,轻轻两下击掌,暖阁外的宫女太监瞬间全都退了个干净。梁九功亦慢慢垂手后退。

皇帝却叫住他,口气依旧是淡淡的,只道:"拿来。"

梁九功瞧着含糊不过去,只得将那白玉连环与帕子取来,又磕了一个头,才退到暖阁外去。

只听"哐啷"一声,那白玉连环掷在她面前地上,四分五裂,玉屑狼藉。那帕子乃是薄绢,质地轻密,兀自缓缓飞落。

他眼中似有隐约的森冷寒意:"朕以赤诚之心待你,你却是这样待朕。"

她此时方镇静下来,轻声道:"琳琅不明白。"

皇帝道:"你巴巴儿替那宫女求情,怨不得她回护你,虽物证俱在,至今不肯招认是替你私相传递。"

琳琅瞧见那帕子,心下已自惊惧,道:"这帕子虽是琳琅的,但琳琅并没有让她私相传递给任何人。至于这连环,琳琅更是从未见过此物。琳琅虽愚笨,却断不会冒犯宫规,请万岁爷明鉴。"说罢,抬起眼来望着他。

皇帝只觉她眸子黑白分明,清洌如水,直如能望见人心底去,心头浮躁之意稍稍平复,淡然道:"你且起来说话,个中缘由,待将那宫女审问明白,自会分明。"顿了顿方道,"朕亦知道,众口铄金,积毁销骨。"

她只跪在那里,道:"入宫之初,玉箸便十分看顾琳琅,琳琅一时顾念旧谊,才斗胆替她向万岁爷求情。这方帕子虽是琳琅的,但奴才实实不知道是从哪里来的。事既已至此,可否让琳琅与玉箸当面对质,实情如何还请皇上明察。"

他慢慢道:"我信你,不会这样糊涂。朕定然彻查此事。"她只见他眼底冽凛一闪,"你与容若除了中表之亲,是否还有他念?"

琳琅万万未想到他此时突然提及纳兰,心下惊惶莫名,情不自禁便是微微一瑟。

皇帝在灯下瞧着分明。琳琅见他目光如冰雪寒彻,不由惶然惊恐,心中却是一片模糊,一刹那转了几千几百个念头,却没有一个念头抓得住,只怔怔地瞧着皇帝。

皇帝久久不说话,殿中本就极安静,此时更是静得似乎能听见他的呼吸声。他突兀开口,声调却是缓然:"你不能瞒我……"话锋一转,"也必瞒不过朕。"

她心下早就纠葛如乱麻,却是极力忍泪,只低声道:"奴才不敢。"

他心中如油煎火沸,终究只淡然道:"如今我只问你,是否与纳兰性德确无情弊?"

他目不转睛地瞧着她,但见她耳上的小小阑珠坠子,让灯光投映在她雪白的颈中,小小两芒幽暗凝伫,她却如石人一样僵在那里。只听窗外隐约的风声,那样遥远,那西洋自鸣钟嚓嚓地走针,那样细小的声音,听在他耳中,却是惊心动魄。每响过嚓的一声,心便是更往下沉一分,一路沉下去,一路沉下去,直沉到万丈深渊里去,就像是永远也落不到底的深渊。

她声音低微:"自从入宫后,琳琅与他绝无私自相与。"

他终究是转过脸去,如锐刺尖刀剜在心上。少年那一次行围,误被自己的佩刀所伤,刀极锋利,所以起初竟是恍若未觉,待得缓慢的钝痛泛上来,瞬间迸发竟连呼吸亦是锥心刺骨。

只生了悔,不如不问,不如不问。亲耳听着,还不如不问。

绝无私自相与——那一段过往,自是不必再问——却原来错了,从头就错了。两情缱绻的是她与旁人,青梅竹马,衣不如新,人不如故。却原来都错了。自己却是从头就错了。

她只是跪在那里,皇帝瞧着她,像是从来不认识她一般,又像根本不是在瞧她,仿佛只是想从她身上瞧见别的什么,那目光里竟似是沉沦的痛楚,夹着奇异的哀伤。她知是瞒不过,但总归是结束了,一切都结束了。

他八岁御极,十六岁铲除权臣,弱冠之龄出兵平叛,不过七八年间,三藩几近荡平——她如何瞒得过他,她亦不能瞒他——心中只剩了最后的凄凉。他是圣君,叫这身份拘住了,他便不会苛待她,亦不会苛待纳兰。

她终归是瞒不过,他终归是知悉了一切。他起初的问话,她竟未能觉察其间的微妙,但只几句问话,他便知悉了来龙去脉,他向来如此,以睿智临朝,臣工俱服,何况她这样渺弱的女子。

过了良久,只听那西洋自鸣钟敲了九下,皇帝似是震动了一下,梦呓一样喑哑低声:"竟然如此……"只说了这四个字,唇角微微上扬,竟似是笑了。

她唯有道:"琳琅枉负圣恩,请皇上处置。"

他重新注目于她,目光中只是无波无浪的沉寂。

他望了她片刻,终于唤了梁九功进来,声调已经是如常的平静如水,听不出一丝涟漪:"传旨,阿布鼐之女卫氏,贤德良淑,予赐答应位分。"

梁九功微微一愣，旋即道："是。"又道，"宫门已经下匙了，奴才明天就去内务府传万岁爷的恩旨。"见琳琅仍旧怔怔地跪在当地，便低声道，"卫答应，皇上的恩旨，应当谢恩。"

她此时方似回过神来，木然磕下头去："琳琅谢皇上隆恩。"规规矩矩行了三跪九叩的大礼。视线所及，只是他一角明黄色的袍角拂在机子上，机上鹿皮靴穿缀米珠与珊瑚珠，万字不到头的花样，取万寿无疆的吉利口彩。万字不到头……一个个的扭花，直叫人觉得微微眼晕，不能再看。

皇帝根本没有再望她，只淡然瞧着那鎏金错银的紫铜熏笼，声音里透着无可抑制的倦怠："朕乏了，乏透了，你下去吧。明儿也不必来谢恩了。"

她无声无息地再请了个安，方却行而退。

皇帝仍是纹丝不动盘膝坐在那里，他性子镇定安详，叫起听政或是批折读书，常常这样一坐数个时辰，依旧端端正正，毫不走样。眼角的余光里，小太监打起帘子，她莲青色的身影一闪，却是再也瞧不见了。

梁九功办事自是妥帖，第二日去传了旨回来，便着人帮琳琅挪往西六宫。

乾清宫的众宫人纷纷来向她道喜。

画珠笑逐颜开地说："昨儿万岁爷发了那样大的脾气，没想到今儿就有恩旨下来。"连声地道恭喜。

琳琅脸上笑着，只是怔忡不宁地瞧着替自己收拾东西的宫女太监。正在此时，远远听见隐约的掌声，却是御驾回宫的信号。当差的宫女太监连忙散了，画珠当着差事，也匆匆去了。

屋里顿时只剩了梁九功差来的两名小太监。琳琅见收拾得差不多了，便又最后检点一番。他们二人抱了箱笼铺盖，随着琳琅自西边小角门里出去。

方出了角门，只听见远处敬事房太监"吃吃"的喝道之声，顺着那长长的宫墙望去，远远望见前呼后拥簇着皇帝的明黄暖轿，径直进了垂花门。

她早领了旨意，今日不必面见谢恩，此时遥相望见御驾，轻轻叹了口气。那两名太监本已走出数丈开外，远远候在那里，她掉转头忙加紧了步子，垂首默默向前。

正月里政务甚少，唯蜀中用兵正在紧要。皇帝看完了赵良栋所上的折子——奏对川中诸军部署方略，洋洋洒洒足有万言。头低得久了，昏沉沉有几分难受，随口便唤："琳琅。"

却是芳景答应着："万岁爷要什么？"

他略略一怔，方才道："去沏碗酽茶来。"

芳景答应着去了。

他目光无意垂下，腰际所佩的金嵌松石套裰，裰外结着金珠线黑丝络，却还是那日琳琅打的络子，密如丝网，千千相结。

四下里静悄悄的，暖阁中似乎氤氲着熟悉的幽香。

他忽然生了烦躁，随手取下套裰，撂给梁九功："赏你了。"

梁九功诚惶诚恐忙请了个安："谢万岁爷赏，奴才无功不敢受。"

皇帝心中正不耐，只随手往他怀中一掷，梁九功手忙脚乱地接在手中。只听皇帝道:"这暖阁里气味不好,叫人好生焚香熏一熏。起驾,朕去瞧佟贵妃。"

佟贵妃却又病倒了,因操持过年的诸项杂事,未免失之调养,挣扎过了元宵节,终究是不支,六宫里的事只得委了安嫔与德嫔。那德嫔是位最省心省力的主子,后宫之中,竟有一大半的事是安嫔在拿着主意。

这日安嫔与德嫔俱在承乾宫听各处总管回奏,说完了正事,安嫔便叫宫女:"去将荣主子送的茶叶取来,请德主子尝尝。"

德嫔笑道:"你这里的茶点倒精致。"

安嫔道:"这些个都是佟贵妃打发人送来的,我专留着让妹妹也尝尝呢。"

当下大家喝茶吃点心,说些六宫中的闲话。德嫔忽想起一事来,道:"昨儿我去给太后请安,遇上个生面孔,说是新封赐的答应,倒是好齐整的模样,不知为何惹恼了太后,罚她在廊下跪着呢。大正月里,天寒地冻,又是老北风头上,待我请了安出来,瞧着她还跪在那里。"

安嫔不由将嘴一撇,说:"还能有谁,就是原先闹得翻天覆地的那个琳琅。万岁爷为了她,发过好大的脾气,听说连牌子都掀了。如今好歹是撂下了。"

德嫔听着糊涂,道:"我可闹不懂了,既然给了她位分,怎么反说是撂下了。"

安嫔却是想起来便觉得心里痛快,只哧地一笑,道:"说是给了答应位分,这些日子来,一次也没翻过她的牌子,可不是撂下了?"

又道,"也怪她原先行事轻狂,太后总瞧她不入眼,不甚喜欢她。"

德嫔叹道:"听着也是怪可怜的。"

安嫔道:"妹妹总是一味心太软,所以才觉得她可怜。叫我说,她是活该,早先想着方儿狐魅惑主,现在有这下场,还算便宜了她。"

德嫔是个厚道人,听她说得刻薄,心中不以为然,便讲些旁的闲话来。又坐了片刻,方起身回自己宫里去。

安嫔送了她出去,回来方对自己的贴身宫女笑道:"这真是个老实人。你别说,万岁爷还一直夸她淳厚,当得起一个'德'字。"

那宫女赔笑道:"这宫里,凭谁再伶俐,也伶俐不过主子您。先前您就说了,这琳琅是时辰未到,等到了时辰,自然有人收拾,果然不错。"

安嫔道:"万岁爷只不声不响将那狐媚子打发了,就算揭过不提。依我看这招棋行得虽险,倒是有惊无险。这背后的人,才真正是厉害。"

那宫女笑道:"就不知是谁替主子出了这口恶气?"

安嫔笑道:"凭她是谁,反正这会子大家都痛快,且又牵涉不到咱们,不像上次扳指的事,叫咱们无端端替人背黑锅。今儿提起来我还觉得憋屈,都是那丫头害的!"又慢慢一笑,"如今可好了,总算叫那丫头落下了,等过几日万岁爷出宫去了巩华,那才叫好戏在后头。"

第十一章 玉壶红泪

> 锦样年华水样流，鲛珠迸落更难收。病余常是怯梳头。
> 一径绿云修竹怨，半窗红日落花愁。惜惜只是下帘钩。
> ——纳兰容若《浣溪纱》

壬子日銮驾出京，驻跸巩华城行宫，遣内大臣赐奠昭勋公图赖墓。

这日天气晴好，皇帝在行宫中用过晚膳，带了近侍的太监，信步踱出殿外。方至南墙根下，只听一片喧哗呼喝之声，皇帝不由止住脚步，问："那是在做什么？"

梁九功忙叫人去问了，回奏道："回万岁爷的话，是御前侍卫们在校射。"

皇帝听了，便径直往校场上走去，御前侍卫们远远瞧见前呼后拥的御驾，早呼啦啦跪了一地。

皇帝见当先跪着的一人，着二品侍卫服色，盔甲之下一张脸庞甚是俊秀，正是纳兰容若。皇帝嘴角不由自主微微往下一沉，却淡然道："都起来吧。"

众人谢恩起身，皇帝望了一眼数十步开外的鹄子，道："容若，你射给朕瞧瞧。"

容若应了声"是",拈箭搭弓,屏息静气,一箭正中红心,一众同袍都不由自主叫了声好。

皇帝脸上却瞧不出是什么神色,只吩咐:"取朕的弓箭来。"

皇帝的御弓弓身以朱漆缠金线,以白犀为角,弦施上用明胶,弹韧柔紧。此弓有十五引力,比寻常弓箭要略重。

皇帝接过梁九功递上的白翎羽箭,搭在弓上,将弓开满如一轮圆月,缓缓瞄准鹄心。

众人屏住呼吸,只见皇帝唇角浮起一丝不易觉察的冷笑,却是转瞬即逝,众人目光皆望在箭簇之上,亦无人曾留意。

弓弦"嘣"的一声,皇帝一箭已经脱弦射出。

只听羽箭破空之势凌利,竟发出尖啸之音,只听"啪"一声,却紧接着又是嗒嗒两声轻微暴响,却原来皇帝这一箭竟是生生劈破纳兰的箭尾,贯穿箭身而入,将纳兰的箭劈爆成三簇,仍旧透入鹄子极深,正正钉在红心中央,箭尾白翎兀自颤抖不停。

众人目瞪口呆,半晌才轰然一声喝彩如雷。

纳兰亦脱口叫了声好,正巧皇帝的目光扫过来,只觉如冰雪寒彻,心下顿时一激灵。抬头再瞧时,几疑适才只是自己眼花。

皇帝神色如常,道:"这几日没动过弓箭,倒还没撂下。"缓缓说道,"咱们大清乃是马背上打下的江山万里,素重骑射。"淡然望了他一眼,道,"容若,你去替朕掌管上驷院。"

纳兰一怔,只得磕头应了一声"是"。以侍卫司上驷院之职,名义虽是升迁,但自此却要往郊外牧马,远离禁中御前。皇帝待他素来亲厚,纳兰此时亦未作他想。

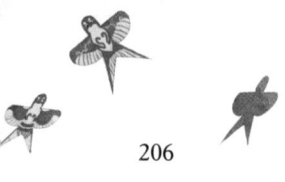

便在此时,忽远远见着一骑,自侧门直入,遥遥望见御驾的九曲黄柄大伞,马上的人连忙勒马滚下鞍鞯,一口气奔过来,丈许开外方跪下行见驾的大礼,气呼呼地道:"奴才给万岁爷请安。"

皇帝方认出是太皇太后跟前的侍卫总管杜顺池,时值正月,天气寒冷,竟然是满头大汗,想是从京城一骑狂奔至此。

皇帝心下不由一沉,问:"太皇太后万福金安?"

杜顺池答:"太皇太后圣躬安。"

皇帝这才不觉松了口气,却听那杜顺池道:"太皇太后打发奴才来禀报万岁爷,卫主子出事了。"

皇帝不由微微一怔,这才反应过来是琳琅,口气不觉淡淡的:"她能出什么事?小小一个答应,竟惊动了太皇太后打发你赶来。"

杜顺池重重磕了个头,道:"回万岁爷的话,卫主子小产了。"

言犹未落,只听"啪"的一声,却是皇帝手中的御弓落在了地上。

皇帝犹若未闻,只问:"你说什么?"

杜顺池只得又说了一遍。

只见皇帝脸上的神色渐渐变了,苍白得没一丝血色,蓦地回过头去:"朕的马呢?"

梁九功见他似连眼里都要沁出血丝来,心下也乱了方寸,忙着人去牵出马来。待见皇帝认蹬上马,方吓得抱住皇帝的腿:"万岁爷,万万使不得,总得知会了扈驾的大营沿途关防,方才好起驾。"

皇帝只低喝一声:"滚开。"见他死命地不肯松手,回手就是重重一鞭抽在他手上。

梁九功手上剧痛难当,本能地一松手,皇帝已经纵马驰出。

梁九功又惊又怕，大声呼喝命人去禀报扈驾的领侍卫内大臣。御前侍卫总管闻得有变，正巧赶到，忙领着人快马加鞭，先自追上去。谏阻不了皇帝，数十骑人马只得紧紧相随，一路向京中狂奔而去。

至京城城外，九门已闭，御前侍卫总管出示关防，命启匙开了城门，扈驾的骁骑营、前锋营大队人马此时方才赶到，簇拥了御驾快马驰入九城。只闻蹄声隆隆，响声雷动。

皇帝心下却是一片空白，眼际万家灯火如天上群星，扑面而至，街市间正在匆忙地关防宵禁，只闻沿街商肆皆是"扑扑"关门上铺板的声音。那马驰骋甚疾，一晃而过，远远望见禁城的红墙高耸，已经可以见着神武门城楼上明亮的灯火。

大驾由神武门返回禁中，虽不合规矩，领侍卫内大臣亦只得从权。待御驾进了内城，悬着的一颗心方才放下。外臣不能入内宫，在顺贞门外便跪安辞出。皇帝只带了近侍返回内宫，换乘舆轿，往慈宁宫而去。

太皇太后听闻皇帝回宫，略略一愕，怔忡了半晌，方才长长叹了口气，对身侧的人道："苏茉尔，没想到太平无事了这么些年，咱们担心的事终究还是来了。"

苏茉尔默然无语。

太皇太后声音里却不由透出几分微凉之意："顺治十四年，董鄂氏所出皇四子，福临竟称'朕之第一子也'，未己夭折，竟追封和硕荣亲王。"

苏茉尔道："太皇太后望安，皇上英明果毅，必不至如斯。"

太皇太后沉默半晌，"嘿"了一声，道："但愿如此吧。"

只听门外轻轻的击掌声，太监进来回话："启禀太皇太后，万岁爷回来了。"

皇帝还未及换衣裳，依旧是一身蓝色团福的缺襟行袍，只领口袖口露出紫貂柔软油亮的锋毛，略有风尘行色，眉宇间倒似是镇定自若，先行下礼去："给太皇太后请安。"

太皇太后亲手搀了他起来，牵着他的手凝视着，过了片刻心疼地道："瞧这额头上的汗，看回头让风吹着着了凉。"

苏茉尔早亲自去拧了热手巾把子递上来。太皇太后瞧着皇帝拭去额上细密的汗珠，方才淡然问道："听说你是骑马回来的？"

皇帝有些吃力，叫了一声："皇祖母。"

太皇太后眼里却只有淡淡的冷凝："我瞧当日在奉先殿里、列祖列宗面前，对着我发下的誓言，你竟是忘了个干干净净！"语气已然凛冽，"竟然甩开大驾，以万乘之尊轻骑简从驰返数十里，途中万一有闪失，你将置自己于何地？将置祖宗基业于何地？难道为了一个女人，你连列祖列宗、江山社稷、大清的天下都不顾了吗？"

皇帝早就跪下去，默然低首不语。

苏茉尔悄声道："太皇太后，您就饶过他这遭吧。皇上也是一时着急，方才没想得十分周全，您多少给他留些颜面。"

太皇太后长长叹了口气："行事怎能这样轻率？若是让言官们知道，递个折子上来，我看你怎么才好善了。"

皇帝听她语气渐缓，低声道："玄烨知道错了。"

太皇太后又叹了一口气。

苏茉尔便道："外头那样冷，万岁爷骑马跑了几十里路，再这么跪着……"

太皇太后道:"你少替他描摹。就他今天这样轻浮的行止,依着我,就该打发他去奉先殿,在太祖太宗灵前跪一夜。"

苏茉尔笑道:"您打发皇上去跪奉先殿倒也罢了,只是改日若叫几位小阿哥知道,万岁爷还怎么教训他们?"

一提及几位重孙,太皇太后果然稍稍解颐,说:"起来吧。平日只见他教训儿子,几个阿哥见着跟避猫鼠似的。"可那笑容只是略略一浮,旋即便黯然,"琳琅那孩子,真是……可惜了。御医说才只两个来月,唉……"

皇帝刚刚站起来,灯下映着脸色惨白没一丝血色。

太皇太后道:"也怪琳琅那孩子自己糊涂,有了身子都不知道,还帮着太后宫里挪腾重物,最后闪了腰才知道不好了。你皇额娘这会子也懊恼后悔得不得了,适才来向我请罪,方叫我劝回去了,你可不许再惹你皇额娘伤心了。"

皇帝轻轻咬一咬牙,过了片刻,方低声答:"是。"

太皇太后点一点头,温言道:"琳琅还年轻,你们的日子长远着呢。我瞧琳琅那孩子是个有福泽的样子,将来必也是多子多福。这回的事情,你不要太难过。"顺手捋下自己腕上笼着的佛珠,"将这个给琳琅,叫她好生养着,不要胡思乱想,佛祖必会保佑她的。"

那串佛珠素来为太皇太后随身之物,皇帝心下感激,接在手中又行了礼:"谢皇祖母。"道,"夜深了,请皇祖母早些安置。"

太皇太后知道他此时恨不得胁生双翼,点点头道:"你去吧,也要早些歇着,保重自个儿的身子,也就是孝顺我这个皇祖母了。"

皇帝自慈宁宫出来,梁九功方才领着近侍的太监赶到。十余人走

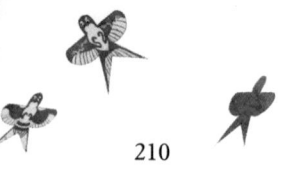

得急了,都是气息未均。

皇帝见着梁九功,只问:"怎么回事?"

梁九功心下早料定了皇帝有此一问,所以甫一进顺贞门,就打发人去寻了知情的人询问,此时不敢有丝毫隐瞒,低低地答:"回万岁爷的话,说是卫主子去给太后请安,可巧敬事房的魏总管进给太后一只西洋花点子哈巴狗,太后正欢喜得不得了。那狗认生从暖阁里跑出来,卫主子走进来没留神,踢碰上那狗了。太后恼了,以为卫主子是存心,便要传杖,亏得德主子在旁边帮忙求了句饶,太后便罚卫主子去廊下跪着。跪了两个时辰后,卫主子发昏倒在地下,眼瞧着卫主子下红不止,太后这才命人去传御医。"

梁九功说完,偷觑皇帝的脸色,迷茫的夜色里看不清楚,只一双眼里似燃着两簇幽暗火苗,在暗夜里也似有火星飞溅开来。他在御前当差已颇有年头,却从未见过皇帝有这样的神色,心里打个哆嗦。

过了半晌,方听见皇帝似从齿缝里挤出两个字来:"起驾。"一众人簇拥了皇帝的暖轿,径直往西六宫去。

皇帝一路上都是沉默不语,直至下了暖轿,梁九功上前一步,低声道:"万岁爷,奴才求万岁爷——有什么话,只管打发奴才进去传。"

皇帝不理他,径直进了垂华门。

梁九功亦步亦趋地紧紧相随,连声哀求:"万岁爷,万岁爷,祖宗立下的规矩,圣驾忌讳。您到了这院子里,卫主子知道,也就明白您的心意了。"见皇帝并不停步,心中叫苦不迭。

数名御医、敬事房的总管并些太监宫女,早就迎出来了,黑压压跪了一地。见皇帝步履急促已踏上台阶,敬事房总管魏长安只得磕了一个头，硬着头皮道："万岁爷，祖宗家法，您这会子不能进去。"

皇帝目光冷凝，只瞧着那紧闭着的门窗，道："让开。"

魏长安重重磕了一个头，道："万岁爷，奴才不敢。您这会子要是进去，太后非要了奴才的脑袋不可。只求万岁爷饶奴才一条狗命。"

皇帝正眼瞧也不瞧他，举起一脚便向魏长安胸口重重踹出，只踹得他闷哼一声，向后重重摔倒，后脑勺磕在那阶沿上，暗红的血缓缓往下淌，淋淋漓漓的一脖子，半晌挣扎爬不起来。

余下的人早吓得呆了。

皇帝举手便去推门，梁九功吓得魂飞魄散，抢上来抱住皇帝的腿："万岁爷，万岁爷，奴才求您替卫主子想想——奴才求万岁爷三思，这会子坏了规矩事小，要是叫人知道，不更拿卫主子作筏子？"

他情急之下说得露骨直白，皇帝一怔，手终于缓缓垂下来。

梁九功低声道："万岁爷有什么话，让奴才进去传就是了。"

皇帝又是微微一怔，竟低低地重复了一遍："我有什么话……"瞧着那紧闭的门扇，镂花朱漆填金，本是极艳丽热闹的颜色，在沉沉夜色里却是殷暗发紫，像是凝伫了的鲜血，映在眼里触目刺心。

只隔着这样一扇门，里面却是寂无声息，寂静得叫人心里发慌，恍惚里面并没有人。他心里似乎生出绝望的害怕来，心里只翻来覆去地想，有什么话……要对她说什么话……自己却有什么话……便如乱刀绞着五脏六腑，直痛不可抑。更有一种前所未有的惊惧，背心里竟虚虚地生出微凉的冷汗来。

屋里并不宽敞，一明一进的屋子，本是与另一位答应同住，此时

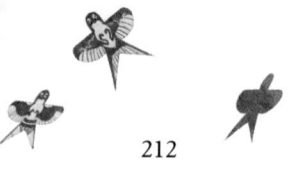

出了这样的事,方仓促挪了那人出去。旁的人都出去接驾了,只余了慈宁宫先前差来的一名宫女留在屋里照料。

那宫女起先听外面磕头声说话声不断,此时却突兀地安静下来。正不解时,忽听炕上的琳琅低低地呻吟了一声,忙俯近身子,低声唤道:"主子,是要什么?"

琳琅却是在痛楚的昏迷里,毫无意识地又呻吟了一声,大颗的眼泪却顺着眼角直渗到鬓角中去。

那宫女手中一条手巾,半晌工夫一直替她拭汗拭泪,早浸得湿透了,心下可怜,轻声道:"主子,万岁爷瞧主子来了。规矩不让进来,这会子他在外面呢。"

琳琅只蹙着眉,也不知听见没有,那眼泪依旧像断了线的珠子似的往下掉着。

梁九功见皇帝一动不动伫立在那里,直如失了魂一样,心里又慌又怕。

过了良久,皇帝方才低声对他道:"你进去,只告诉她说我来了。"顿了一顿,道,"还有,太皇太后赏了这个给她。"将太皇太后所赐的那串佛珠交给梁九功。

梁九功磕了一个头,推门进去,不过片刻即退了出来:"回万岁爷的话,卫主子这会子还没有醒过来,奴才传了太皇太后与万岁爷的旨意,也不知主子听到没有。主子只是在淌眼泪。"

皇帝听了最后一句,心如刀割。他心急如焚驰马狂奔回来,盛怒之下惊痛悔愤交加,且已是四个时辰滴水未进,此时竟似脚下虚浮,扶在那廊柱上,定了定神,但见院子里的人都直挺挺跪着,四下里一片死寂，唯有夜风吹过，呜咽有声。

那魏长安呻吟了两声，皇帝蓦地回过头来，声音里透着森冷的寒意："来人，将这狼心狗肺的东西给我叉下去！狠狠地打！"

忙有人上来架了魏长安下去。

慎刑司的太监没有法子，上来悄声问梁九功："梁谙达，万岁爷这么说，可到底要打多少杖？"

梁九功不由将足一顿，低声斥道："糊涂！既没说打多少杖，打死了再算数！"

琳琅次日午间才渐渐苏醒过来，身体虚弱，瞧出人去，只是模糊的影子，吃力地喃喃低问："是谁？"

那宫女屈膝请了个安，轻声道："回主子话，奴才叫碧落，原是太皇太后宫里的人。"软语温言地问，"都过了晌午了，主子进些细粥吧？佟贵妃专门差人送来的。还说，主子若是想吃什么，只管打发人问她的小厨房要去。"

琳琅微微地摇一摇头，挣扎着想要坐起来，另一名宫女忙上前来帮忙，琳琅这才认出是乾清宫的锦秋。锦秋取过大迎枕，让她斜倚在那枕上，又替她掖好被子。

琳琅失血甚多，唇上发白，只是微微哆嗦，问："你怎么来了？"

锦秋道："万岁爷打发奴才过来，说这里人少，怕失了照应。"

琳琅听见她提及皇帝，身子不由微微一颤，问："万岁爷回来了？"

锦秋道："万岁爷昨儿晚上回来的，一回来就来瞧主子，还在外头院子里站了好一阵工夫呢。"说到这里，想起一事，便走到门口处，双掌轻

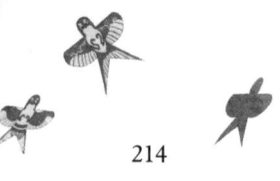

轻一击，唤进小太监来，道，"去回禀万岁爷，就说主子已经醒了。"

碧落又将佛珠取了过来："主子您瞧，这是太皇太后赏的。太皇太后说了，要主子您好生养着，不要胡思乱想，佛祖必会保佑您呢。"

琳琅手上无力，碧落便将佛珠轻轻捧了搁在枕边。

外面小宫女低低叫了声："姑姑。"锦秋便走出去。

那小宫女道："端主子宫里的栖霞姐姐来了。"

那栖霞见着碧落，悄声道："这样东西，是我们主子送给卫主子的。"

碧落打开匣子，见是一柄紫玉嵌八宝的如意，华光流彩，宝光照人，不由"哎哟"了一声，道："端主子怎么这样客气。"

栖霞道："我们主子原打算亲身过来瞧卫主子，只听御医说，卫主子这几日要静静养着，倒不好来了。我们主子说，出了这样的事，想着卫主子心里定然难过，必是不能安枕。这柄如意给卫主子压枕用的。"又往锦秋手中塞了一样事物，道，"烦姐姐转呈给卫主子，我就不上去烦扰主子了。"

锦秋不由微微一笑，道："主子这会子正吃药，我就去回主子。"

栖霞忙道："有劳姐姐了，姐姐忙着，我就先回去了。"

碧落侍候琳琅吃完了药，锦秋便原原本本将栖霞的话向琳琅说了。

琳琅本就气促，说话吃力，只断断续续道："难为……她惦记。"

锦秋笑道："这会子惦记主子的，多了去了，谁让万岁爷惦记着主子您呢。"

琳琅听了这句话，怔怔地，唯有两行泪，无声无息地滑落下来。

碧落忙道："主子别哭，这会子断然不能哭，不然再过几十年，会落下迎风流泪的毛病的。"

琳琅中气虚弱,喃喃如自语:"再过几十年……"

碧落一面替她拭泪,一面温言相劝:"主子还这样年轻,心要放宽些,这日后长远着呢。"又讲些旁的话来说着开解着她。

过了片刻,梁九功却来了。一进来先请了安,道:"万岁爷听说主子醒了,打发奴才过来。"便将一缄芙蓉笺双手呈上。

琳琅手上无力,碧落忙替她接了,打开给她瞧。

那笺上乃是皇帝御笔,只写了寥寥数字,正是那句:"我心匪石,不可转也。"墨色凝重,衬着那清逸俊采的思白体。

她怔怔地瞧着,大大的一颗眼泪便落在那笺上,墨迹顿时洇开了来,紧接着第二颗眼泪又溅落在那泪痕之上。

碧落不识字,还道笺上说了什么不好的话,只得向梁九功使个眼色。

梁九功本来一肚子话,见了这情形,倒也闷在了那里,过了半响,方才道:"万岁爷实实惦着主子,只碍着宫里的规矩,不能来瞧主子。昨儿晚上是奴才当值,奴才听着万岁爷翻来覆去,竟是一夜没睡安生,今天早上起来,眼睛都深陷下去了。"见她泪光泫然,不敢再说,只劝道,"主子是大福大贵之人,日后福祚绵长,且别为眼下再伤心了。"

碧落也劝道:"主子这样子若让万岁爷知道,只怕心里越发难过。就为着万岁爷,主子也要爱惜自己才是。"

琳琅慢慢抬手捋过长发,终究是无力,只得轻轻喘了口气,方顺着那披散的头发摸索下来,揉成轻轻小小的一团,夹在那笺中,低声道:"梁谙达,烦你将这笺拿回去。"

梁九功回到乾清宫,将那芙蓉笺呈给皇帝。

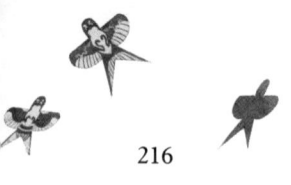

皇帝打开来,但见泪痕宛然,中间夹着小小一团秀发,忆起南苑那一夜的"结发",心如刀绞,痛楚难当,半晌说不出话来,良久才问:"还说了什么?"

梁九功想了想,答:"回万岁爷的话,卫主子身子虚弱,奴才瞧她倒像有许多话想交待奴才,只是没有说出来。"

那软软的一团黑发,轻轻地浮在掌心里,仿佛一点黑色的光,投到心里去,泛着无声无息黑的影。他将手又攥得紧些,只是发丝轻软,依旧恍若无物。

晚上皇帝去向太皇太后请安,正巧太后亦在慈宁宫里。见着皇帝,太后不免有些不自在,皇帝倒仍是行礼如仪:"给太后请安。"

太皇太后笑道:"你额娘正惦记着你呢,听说你今儿晚膳进得不香,我说必是昨儿打马跑回来累着了,所以懒怠吃饭。"

皇帝道:"谢太后惦记。"

太皇太后又道:"快坐下来,咱们祖孙三个,好好说会子话。"

皇帝谢了恩,方才在下首炕上坐了。

太皇太后道:"适才太后说,琳琅那孩子,真是可怜见儿的。"

太后这才道:"是啊,总要抬举抬举那孩子才是。"

皇帝淡淡地道:"宫里的规矩,宫女封主位,不能逾制。"

太皇太后笑道:"不逾制就不逾制,她现在不是答应吗,就晋常在好了。位分虽还是低,好在过两个月就是万寿节了,到时再另外给个恩典晋贵人就是了。"

皇帝这才道:"谢皇祖母。"

太后此时方笑道:"可见这小两口恩爱,晋她的位分,倒是你替她谢恩。"

太皇太后当下便对苏茉尔道："你去瞧瞧琳琅,就说是太后的恩旨,晋她为常在。叫她好生养着,等大好了,再向太后谢恩吧。"

琳琅本睡着了,碧落与锦秋听见说苏茉尔来了,忙都迎出来。

锦秋悄声笑道："怎么还劳您老人家过来。主子这会子睡了,奴才这就去叫。"

苏茉尔忙道："她是病虚的人,既睡了,我且等一等就是了。"

锦秋道："那请嬷嬷里面坐吧,里面暖和。"说话便打起帘子。

苏茉尔进了屋子,屋里只远远点着灯,朦胧晕黄的光映着那湖水色的帐幔,苏茉尔猛然有些失神。

碧落低声问:"嬷嬷,怎么了?"

苏茉尔这才回过神来,道:"没事。"便在南面炕上坐了,见炕桌上放着细粥小菜,都只是略动了一动的样子,不由问:"卫主子没进晚膳么?"

锦秋道:"主子只是没胃口,这些个都是万岁爷打发人送来的,才勉强用了两口粥。这一整日工夫,除了吃药,竟没有吃下旁的东西去。"

苏茉尔不由轻轻叹了口气,低声道:"真真作孽。"又叹了口气,"当日董鄂皇贵妃,就是伤心荣亲王……"自察失言,又轻轻叹了一声,转脸去瞧桌上滟滟的烛光。

她回到慈宁宫中,夜已深了。她一面打发太皇太后卸妆,一面将琳琅的情形讲了,道:"我瞧那孩子是伤心过度,这样下去只怕熬不住。"

太皇太后道:"如今咱们能做的都做了,还能怎么样呢?"

苏茉尔道:"今儿我一进去,直打了个寒噤,就想起那年荣亲王夭折,您打发我去瞧董鄂皇贵妃时的情形来。"

太皇太后沉默片刻,道:"你是说——"

苏茉尔道:"像与不像都不打紧,只是董鄂皇贵妃当年,可就为着荣亲王的事伤心过度,先帝爷又是为着董鄂皇贵妃……您瞧瞧如今万岁爷那样子,若是这琳琅有个三长两短……"

太皇太后叹了口气,道:"晋她的位分,给她脸面,赏她东西,能抬举的我都抬举了。只是这件事情,也怨不得她伤心。"

苏茉尔道:"总得叫人劝劝她才好。再不然,索性让万岁爷去瞧瞧她,您只装个不知道就是了。"

太皇太后又沉默了片刻,道:"若是玄烨想见她,谁拦得住?"

苏茉尔道:"奴才可不懂了。"

太皇太后道:"玄烨这孩子是你瞧着长大的,他的性子你难道不知道?将她一撂这么些日子,听见出事,才发狂一样赶回来,这中间必然有咱们不知道的缘故。不管这缘故是什么,他如今是'近乡情怯',只怕轻易不会去见她。"

苏茉尔想了想,道:"奴才倒有个主意。不如太皇太后赏个恩典,叫她娘家的女眷进宫来见上一面,说不定倒可以劝劝她。"

太皇太后道:"也罢。想她进宫数年,见着家里人,必然会高兴些。"又笑道,"你替她打算得倒是周到。"

苏茉尔道:"奴才瞧着她委实是伤心,而且奴才大半也是为了万岁爷。"

太皇太后点一点头:"就是这句话。他们汉人书本上说,前车之鉴,又说,亡羊补牢,未为晚矣。"

第十二章 休说生生

记绾长条欲别难,盈盈自此隔银湾。便无风雪也摧残。
青雀几时裁锦字,玉虫连夜剪春幡。不禁辛苦况相关。

——纳兰容若《浣溪纱》

这日天气阴沉,到了下半晌,下起了小雪。纳兰自衙门里回家,见府中正门大开,一路的重门洞开直到上房正厅,便知道是有旨意下来。

他依旧从西角门里进去,方转过花厅,见着上房里的丫头,方问:"是有上谕给老爷吗?"

那丫头道:"是内务府的人过来传旨,恍惚听见说是咱们家娘娘病了,传女眷进宫去呢。"

纳兰便径直往老太太房里去,远远就听见四太太的笑声:"您没听着那王公公说,是主子亲口说想见一见您,也不枉您往日那样疼她。"

紧接着又是三太太的声音道:"那孩子到底也是咱们府里出去的,所以不忘根本。没想到咱们这一府里,竟能出了两位主子。"

老太太却说:"只是说病着,却不知道要不要紧,我这心里可七上八下的。"

四太太笑道:"我猜想并不十分要紧,只看那王公公的神色就知道了。您才刚不是也说了，琳琅这孩子，打小就有造化……"话犹未完，却听丫头打起帘子道："老太太，大爷回来了。"

屋中诸人皆不由一惊。见纳兰进来，老太太道："我的儿，外面必是极冷，瞧你这脸上冻得青白，快到炕上来暖和暖和。"

纳兰这才回过神来，行礼给老太太请了安。老太太却笑道："来挨着我坐。咱们正说起你琳妹妹呢。"

纳兰夫人不由担心，老太太却道："才刚内务府的人来，说咱们家琳琅晋了后宫主位。因她身子不好，要传咱们进宫去呢。这是大喜事，叫你也高兴高兴。"

纳兰过了半晌，方才低声说了个"是"。

老太太笑道："咱们也算是锦上添花——没想到除了惠主子，府里还能再出位主子。当年琳琅到了年纪，不能不去应选，我只是一千一万个舍不得，你额娘还劝我，指不定她是更有造化的，如今可真是说准了。"

纳兰夫人这才笑道："也是老太太的福气大，孙女儿那样有福分，连外孙女儿也这样有福分。"三太太、四太太当下都凑着趣儿，讲得热闹起来。

老太太冷眼瞧着纳兰只是魂不守舍的样子，到底是不忍，又过了会子就道："你必也累了，回房去歇着吧。过会子吃饭，我再打发人去叫你。"

纳兰已经是竭力自持，方不至失态，只应个"是"便去了。

屋里一下子又静下来，老太太道："你们不要怪我心狠，眼下是万万瞒不过的。不如索性挑明了，这叫'以毒攻毒'。"

屋中诸人皆静默不语。

老太太又叹了一声:"只盼着他从此明白过来吧。"

纳兰回到自己屋中,荷葆见他面色不好,只道是回来路上冻着了,忙打发人去取了小红炉来,亲自拿酒旋子温了一壶梅花酒。酒方烫热了,便端进暖阁里去,见纳兰负手立在窗前,庭中所植红梅正开得极艳。枝梢斜敧,朱砂绛瓣,点点沁芳,寒香凛冽。

荷葆悄声劝道:"大爷,这窗子开着,北风往衣领里钻,再冷不过。"

纳兰只是恍若未闻,荷葆便去关了窗子。

纳兰转过身来,拿起那乌银梅花自斟壶来,慢慢向那冻石杯中斟满了,却是一饮而尽。接着又慢慢斟上一杯,这样斟得极慢,饮得却极快,吃了七八杯酒,只觉耳醺脸热。

他摘下壁上所悬长剑,推开门到得庭中。

荷葆忙跟了出来,纳兰却拔出长剑,将剑鞘往她那方一扔,她忙伸手接住了。

只见银光一闪,纳兰舞剑长吟:"未得长无谓,竟须将、银河亲挽,普天一洗。麟阁才教留粉本,大笑拂衣归矣。如斯者、古今能几?"只闻剑锋嗖嗖,剑光寒寒,他声音却转似沉痛,"有限好春无限恨,没来由、短尽英雄气。暂觅个,柔乡避。"其时漫天雪花,纷纷扬扬,似卷在剑端,"东君轻薄知何意。尽年年、愁红惨绿,添人憔悴。两鬓飘萧容易白,错把韶华虚费。便决计、疏狂休悔。"说到悔字,腕下一转,剑锋斜走,削落红梅朵朵,嫣然翻飞,夹在白雪之中,殷红如血。梅香寒冽,似透骨入髓,氤氲袭人。

他自仰天长啸："但有玉人常照眼，向名花、美酒拼沉醉。天下事，公等在。"吟毕脱手一掷，剑便生生飞插入梅树之下积雪中，剑身兀自轻颤。

四下悄无声息，唯天地间雪花漫飞，无声无息地落着，绵绵不绝。

其时风过，荷葆身上一寒，却禁不住打了个激灵。但见他黯然伫立在风雪之中，雪花不断地落在他衣上，却是无限萧索，直如这天地之间，只剩他一人孤零零。

荷葆为着此事焦心了半日，等到了晚上，见屋子里没有人，方才相机劝道："大爷的心事我都明白。荷葆自幼侍候大爷，自打琳姑娘进了宫，大爷就一直郁郁不乐，可如今姑娘成了主子，大爷也要再娶亲了，这缘分真是尽了。大爷且看开些，姑娘晋了主位，那是莫大的喜事啊。"

纳兰这才知道她想岔了，心中酸涩难言："难道如今连你也不明白我了——我只是不知她病得如何，若是不碍事，何用传女眷进宫？"

荷葆亦知道此等事殊为特例，琳琅的病只怕十分凶险，口中却道："老太太们特意问了宫里来的人，都说不要紧的，只是受了些风寒。"忽道，"大爷既惦记着姑娘如今的病，何不想法子，与姑娘通个信，哪怕只问个安，也了结大爷一桩心事。"

纳兰闻言只是摇头："宫禁森严，哪里能够私相传递，我断断不能害了她。"

荷葆赔笑道："原是我没见识，可太太总可以进宫去给惠主子请安，常有些精巧玩意儿进给主子，惠主子每回也赏出东西来。大爷何不托太太呈给琳姑娘，也算是大爷的一片心。"

纳兰终究只是摇头:"事到如今,终有何益?"这么多年来,终究是自己有负于她。茫然抬起眼来,窗外雪光莹然,映在窗棂之上有如月色一般,这样的清辉夜里,但不知沉沉宫墙之内,她终究是何种情形。

这一年却是倒春寒,过了二月初二"龙抬头"的日子,仍旧下着疏疏密密的小雪。

赵昌从西六宫里回来,在廊下掸了掸衣上的雪。如今他每日领着去西六宫的差事,回来将消息禀报皇帝,却是好一日,坏一日。他掸尽了衣上的雪,又在那粗毡垫子上将靴底的雪水蹭了,方进了暖阁,朝上磕了一个头。

皇帝正看折子,执停着笔,只问:"怎么样?"

赵昌道:"回万岁爷的话,今儿早起卫主子精神还好,后来又见了家里人,说了好一阵子的话,还像是高兴的样子。中午用了半碗粥,太皇太后赏的春卷,主子倒用了大半个。到了下半晌,就觉得不受用,将吃的药全呕出来了。"

皇帝不由搁下笔,问:"御医呢,御医怎么说?"

赵昌道:"已经传了太医院当值的李望祖、赵永德两位大人去了。两位大人都对奴才说,主子是元气不足,又伤心郁结,以致伤了脾胃肝腑。既不能以饮食补元气,元气既虚,更伤脏腑,脏腑伤,则更不能进饮食,如是恶恶因循。两位大人说得文绉绉的,奴才不大学得上来。"

皇帝是有过旨意,所用的医案药方都要呈给他过目的,赵昌便将所抄的医案呈上给皇帝。皇帝看了，站起来负着手，只在殿中来回踱着步子，听那西洋大自鸣钟嚓嚓地响着。

梁九功侍立在那里，心里只是着急。

皇帝吁了一口气，吩咐道："起驾，朕去瞧瞧。"

梁九功只叫了声："万岁爷……"

皇帝淡淡地道："闭嘴，你要敢啰唆，朕就打发你去北五所当秽差。"

梁九功哭丧着脸道："万岁爷，若叫人知道了，只怕真要开销奴才去涮马桶，到时候万岁爷就算想再听奴才啰唆，只怕也听不到了。"

皇帝心中焦虑，也没心思理会他的插科打诨，只道："那就别让人知道，你和赵昌陪朕去。"

梁九功见劝不住，只得道："外面雪下得大了，万岁爷还是加件衣裳吧。"便去唤画珠，取了皇帝的鸦青羽缎斗篷来。

赵昌擎了青绸大伞，梁九功跟在后头，三人却是无声无息就出了乾清宫。

一出垂花门，雪大风紧，风夹着雪霰子往脸上刷来，皇帝不由打了个寒战。梁九功忙替他将风兜的绦子系好。三个人冲风冒雪，往西六宫里去。

雪天阴沉，天黑得早，待得至储秀宫外，各宫里正上灯。储秀宫本来地方僻静，皇帝抬头瞧见小太监正持了蜡扦点灯，耳房里有两三个人在说话，语声隐约，远远就闻着一股药香，却是无人留意他们三人进来。

因这两日各宫里差人来往是寻常事，小太监见着，只以为是哪宫里打发来送东西的。见他们直往上走,便拦住了道:"几位是哪宫里当差的?主子这会子歇下了。"

皇帝听到后一句话,微微一怔。

梁九功却已经呵斥道:"小猴儿崽子,跟我来这一套。我是知道你们的,但凡有人来了,就说主子歇下了。"

那小太监这才认出他来,连忙打个千儿,道:"梁谙达,天黑一时没认出您来。这两日来的人多,是御医吩咐主子要静养,只好说歇下了。"只以为梁九功是奉旨过来,也未尝细看同来的二人,便打起了帘子。

梁九功见皇帝迟疑了一下,于是也不吱声,自己伸手掀着那帘子,只一摆头,示意小太监下去,皇帝却已经踏进了槛内。

本来过了二月二,各宫里都封了地炕火龙,独独这里有太皇太后特旨,还笼着地炕。屋里十分暖和。皇帝一进门,便觉得暖气往脸上一扑,却依旧夹着药气。外间屋内无人,只炉上银吊子里熬着细粥,却煮得要沸出来了。

皇帝一面解了领下的绦子,赵昌忙替他将斗篷拿在手里。皇帝却只是神色怔忡,瞧着那大红猩猩毡的帘子。

梁九功抢上一步,却已经将那帘子高高打起。

皇帝便进了里间,里面新铺的地毯极厚,皇帝脚上的鹿皮油靴踩上去,软软绵绵陷下寸许来深,自是悄无声息,不知为何,一颗心却怦怦直跳。

雪渐渐地停了,那夜风刮在人脸上,直如刀割一般。

赵昌站在檐下,冻得直呵手,远远瞧见一盏瓜皮灯进了院门,待得近了,借着廊下风灯朦胧的光,方瞧见是宫女扶着一个人,一身大红羽缎的斗篷,围着风兜将脸挡去大半。

赵昌怔了一下,这才认出是谁来,忙打个千儿:"给惠主子请安。"

惠嫔见是他,以为是皇帝差他过来,便点一点头,径直欲往殿内去。

赵昌却并不起身,直挺挺跪在那里,又叫了一声:"惠主子。"

惠嫔这才起了疑心。

梁九功已经打里面出来了,只默不作声请了个安。

惠嫔见着他,倒吃了一惊,怔了怔才问:"万岁爷在里面?"

梁九功并不答话,微笑道:"主子若有要紧事,奴才这就进去回一声。"

惠嫔道:"哪里会有要紧事,不过来瞧瞧她——我明儿再来就是了。"扶着宫女的手臂,款款拾阶而下。

梁九功目送她走得远了,方转身进殿内去,在外间立了片刻,皇帝却已经出来了。

梁九功见他面色淡然,瞧不出是喜是忧,心里直犯嘀咕,忙忙跟着皇帝往外走,方走至殿门前,眼睁睁瞅着皇帝木然一脚踏出去,忙低叫一声:"万岁爷,门槛!"

亏得他这一声,皇帝才没有绊在那槛上。

他抢上一步扶住皇帝的手肘,低声道:"万岁爷,您这是怎么啦?"

皇帝定了定神,口气倒似是寻常:"朕没事。"目光便只瞧着廊外黑影幢幢的影壁,廊下所悬的风灯极暗,梁九功只依稀瞧见他唇角略略往下一沉,旋即面色如常。

赵昌见着他二人出来，上来替皇帝围好了风兜。待出了垂花门，顺着长长的永巷走着，赵昌这才觉出不妥来。皇帝的步子却是越走越快，他与梁九功气喘吁吁地跟着，那冷飕飕的夜风直往口鼻中灌，喉咙里像是钝刀子割着似的，剌剌生剌了一般。

梁九功见皇帝径直往北去，心下大惊，连赶上数步，喘着气低声道："万岁爷，宫门要下钥了。"

皇帝默不作声，脚下并未停步，夜色朦胧里也瞧不见脸色。

他二人皆是跟随御前多年的人，心里七上八下，交换了一个眼色，只得紧紧随着皇帝。

一直穿过花园，至顺贞门前。顺贞门正在落钥，内庭宿卫远远瞧见三人，大声喝问："是谁？宫门下钥，闲杂人等不得走动。"

梁九功忙大声叱道："大胆，御驾在此。"

内庭宿卫这才认出竟然是皇帝，直吓得扑腾跪下去行礼。

皇帝却只淡淡说了两个字："开门。"

内庭宿卫"嚓"了一声，命数人合力，推开沉重的宫门。

梁九功心里隐隐猜到了五六分，知万万不能劝，只得跟着皇帝出了顺贞门。

神武门的当值统领见着皇帝步出顺贞门，只吓得率着当值侍卫飞奔迎上，老远便呼啦啦全跪下去。

那统领硬着头皮磕头道："奴才大胆，请皇上起驾回宫。"

皇帝淡淡地道："朕出来走一走就回去，别大惊小怪的。"

那统领只得"嚓"了一声，率人簇拥着皇帝上了城楼。

雪虽停了，那城楼之上北风如吼，吹得皇帝身上那件羽缎斗篷扑扑翻飞。

赵昌只觉得风吹得寒彻入骨,直打了个哆嗦,低声劝道:"万岁爷,这雪夜里风贼冷贼冷,万岁爷万金之躯,只怕万一受了风寒,还是起驾回去吧。"

皇帝目光却只凝望着那漆黑的城墙深处,过了许久,方才道:"朕去走一走再回去。"

梁九功无法可想,只得向赵昌使个眼色。

赵昌道:"那奴才替万岁爷照着亮。"

皇帝默不作声,只伸出一只手来。

赵昌无可奈何,只得将手中那盏鎏银玻璃灯双手奉与皇帝,见皇帝提灯缓步踱向夜色深处,犹不死心,亦步亦趋地跟出数步。

皇帝蓦然回过头来,双眼如寒星微芒,那目中森冷,竟似比夜风雪气更寒。他打了个寒噤,只得立在原处,眼睁睁瞧着那玻璃灯的一星微光,渐去渐远。

众人伫立在城楼之上,寒风凛冽,直吹得人冻得要麻木了一般。

梁九功心中焦灼万分,双眼直直盯着远处那星微光。赵昌也一瞬不瞬死死盯着,那盏小小的灯火,在夜风中只是若隐若现。众人皆是大气也不敢出,唯闻北风呜咽,吹着那城楼檐角所悬铜铃,在风中哐啷哐啷响着。

那盏灯光终于停在了极远深处,过了良久,只是不再移动。

梁九功觉得全身上下都麻木了,那寒风似乎一直在往胸腔子里灌着,连眨一眨眼睛也是十分吃力,先前还觉得冷,到了此时,连冷也不觉得了,似乎连脑子都被冻住了一般,只听自己的一颗心在那里扑通扑通跳着,尽管跳着,却没有一丝暖意泛出来。

就在此时,却瞅着那盏灯光突然飞起划过夜幕,便如一颗流星一样直坠飞下,刹那间便跌下城墙去了。

梁九功大惊失色,只吓得脱口大叫一声:"万岁爷!"便向前飞奔。

众人皆吓得面无人色,那统领带着侍卫们,向那城墙上飞奔而去,直一口气奔出两箭之地,方瞧见皇帝好端端立在雉堞之前,这才放下心来。

梁九功背心里的衣裳全都汗湿透了,只连连磕头,道:"万岁爷,您可吓死奴才了。奴才求万岁爷保重圣躬。"

皇帝微微一笑,侍卫们手里皆提着羊角风灯,拱围在他身侧。

那淡淡的光亮照着,皇帝的脸色倒似泰然自若:"朕不是好端端的么?"极目眺望,寒夜沉沉,九城寥寥的人家灯火尽收眼底。皇帝唇角上扬,倒似笑得十分舒畅:"你瞧,这天下全是朕的,朕为什么不保重朕躬?"

梁九功听他口气中殊无半分喜怒之意,心里只是惶然到了极点,只得又磕了一个头,耳中却听皇帝道:"起驾回宫吧。"

待回到乾清宫,梁九功怕皇帝受了风寒,忙命人备了热水,亲自侍候皇帝洗了澡。皇帝换了衣裳,外头只穿了团寿倭缎面子的狐腋。

梁九功赔笑道:"这暖阁里虽不冷,万岁爷刚洗完澡,身上的汗毛都是松的。夜已经深了,万岁爷若是还看折子,再加上件大毛的衣服吧。"

皇帝懒怠说话,只挥了挥手。梁九功就叫画珠去取了件玄狐来,侍候皇帝穿上。

皇帝随口问:"有什么吃的没有?"

皇帝本没有用晚膳,想必此时饿了。

梁九功不觉松了口气:"回万岁爷的话,备的有克食,有奶酪,有南边刚进的粳米熬的粥。"

皇帝道:"那就点心和酪吧。"

梁九功道:"是。"又问,"万岁爷还是用杏仁酪吗?"

皇帝道:"朕吃腻了,换别的。"

梁九功又应了个"是",走出去叫尚膳的太监预备。

过不一会儿,就送了来四样点心,乃是鹅油松瓤卷、榛仁栗子糕、奶油芋卷、芝麻薄脆,并一碗热气袅袅的八宝甜酪。

皇帝执了银匙,只尝了一口酪,就推开碗去。

梁九功赔笑道:"万岁爷是不是觉得不甜?奴才再加上些糖。"打开大红雕漆盘中搁的小银糖罐子,又加了半匙雪花洋糖。

皇帝抬起头来,看见画珠站在地下,便向她招了招手。

画珠上前来,皇帝指了指面前的那碟鹅油松瓤卷,说:"这个赏你了。"

画珠既惊且喜,忙笑吟吟请了个安,道:"谢万岁爷。"

皇帝见她双颊晕红,十分欢欣的样子,问:"你进宫几年了?"

"奴才进宫三年了。"

皇帝"嗯"了一声,又问:"宫里好不好?"

她答:"宫里当然好。"

皇帝却笑了,那样子像是十分愉悦,只是眼睛却望着远处的烛火:"你倒说说,宫里怎么个好法?"

她答:"在宫里能侍候万岁爷,当然好。"

皇帝又"嗯"了一声,自言自语一样:"在宫里能侍候朕,原来是好。"

画珠道:"能够侍候万岁爷,那是奴才几辈子才能修来的福分。"因她站在纱灯之下,照着她穿的青绸一斗珠羔皮袄子,身姿楚楚。

皇帝忽然道:"你钮子上系的手绢,解下来给朕瞧瞧。"

画珠怔了一下,忙解下来双手奉与皇帝。

皇帝见那素白绢子,四角绣着四合如意云纹,手心里虚虚地生了汗意,不由自主攥得紧了,过了好一会子,方问:"这手绢是你绣的?"

画珠道:"回万岁爷的话,这绢子原是卫主子的。卫主子还在乾清宫当差的时候,奴才原来和她好,所以给了奴才这个。"

皇帝脸上神色十分恍惚,过了好一会子,向她伸出手去。她受宠若惊,又有几分诚惶诚恐,迟疑了片刻,终于怯怯地将自己的手交给皇帝。

皇帝握着她的手,她只觉得皇帝的手心滚烫,指尖却是微凉的,并不甚用力地捏着自己的手,仿佛随时都会松开。她心中惶惑,身侧的烛台上烛焰跳了一跳,就像是在梦境里一样。

皇帝的声音听起来十分遥远:"朕册封你做贵人吧。"

她吓了一跳,立时答:"奴才不敢。"便欲跪下去。

皇帝手上却加了劲,她不知是挣开好,还是不挣扎好,就这么一迟疑，已经被皇帝揽入怀中。御衣袖襟间的龙涎薰香，夹杂着清雅的西洋夷皂的味道，还有皇帝身上那种陌生的男子气息。

她头晕目眩，本能地想挣开去，皇帝的气息却暖暖地拂在脸上："别动。"

她身子一软，再无半分气力。

皇帝的声音就在头顶上，听起来既陌生，又熟悉，很低，语音零乱并不清楚："就这样……别动……"

她素来胆大，此时手足酸软，脑中竟然是一片茫然，浑身的力气都像是突然被抽光了，连移动一个小指头也不能。

皇帝就那样静静地揽着她，窗外风声萧瑟，吹得那绵厚的窗纸微微鼓起。远远听到坼声，笃笃的一声，又一声，像敲在极远的荒野一般。

她的手臂渐渐地发了麻，痹意酸酸地顺着手肘蹿上去。

皇帝却依旧一动不动，仿佛过了许久，才听到他的声音，似透着无尽的倦意："这么久以来，朕以为你懂得……"

他的呼吸拂在她的颈间，她抬起脸来，双唇颤抖着，像是不知道说什么才好。

皇帝迟疑了一下，终于吻在她的唇上，他的唇冰冷不带丝毫温度。她脸上滚烫，身上也似燃着一把火，慢慢地伸出手去，回抱住皇帝的身躯。

琳琅调养了月余，方渐渐有了起色，这日终于可以下地走动。方吃过了药，琳琅见碧落进来，神气不同往日，便问："怎么了？"

碧落欲语又止,可是依着规矩,主子问话是不能不答的,想了一想,说道:"奴才打慈宁宫回来,听崔谙达说起皇上……"

她这样吞吞吐吐,琳琅问:"皇上怎么了?"

碧落道:"说是万岁爷圣躬违和。"

琳琅一怔,过了片刻方问:"圣躬违和,那太医们怎么说?"

圣躬不豫已经不是一日两日,太医院院判刘胜芳的脉案,起初不过脉象浮紧,只是外感风寒,积消不郁,吃了两剂方子,本已经见汗发透了,皇帝便出宫去了南苑。路上弃舆乘马,至南苑后略感反复,却仍未听御医的劝阻,于丙子日抱恙大阅三军,劳累之下,当晚便发起高热,数日不退,急得太皇太后又打发李颖滋、孙之鼎二人赶赴南苑。

三位太医院院史商量着开方,依着规矩,脉案除了呈与太皇太后、太后,只得昭告阁部大臣圣躬违和。除了依旧脉象浮紧,形寒无汗之外,又有咳嗽胸胁引痛,气逆作咳,痰少而稠,面赤咽干,苔黄少津,脉象弦数。

碧落从崔邦吉口中辗转听来,本就似懂非懂,琳琅再听她转述,只略略知道是外感失调,病症到了此时程度,却是可大可小,既然昭告群臣,必然已经是病到不能理政,默默坐在那里,心中思绪繁杂,竟没有一个念头抓得住。

碧落只得劝道:"主子自己的身子才好了些,可不能过于着急。万岁爷乃万乘之尊,自是百神呵护,且太医院那些院史御医寸步不离地守在南苑,必是不要紧的。"见琳琅仍是怔忡不安的样子,也只有一味地讲些宽心话。

琳琅坐在那里,出了半晌的神,却道:"我去给太皇太后请安。"

碧落道:"天气虽然暖和,主子才调养起来,过几日再去也不妨。"

琳琅轻轻摇一摇头,道:"拿大衣裳来吧。"

她身体犹虚,至慈宁宫外,已经是一身薄汗,略理了妆容衣裳,方进去先行了礼。

太皇太后端坐在炕上,依旧是慈爱平和,只叫人:"快挽起来。"又道,"可大好了?总该还养几日才是,瞧你说话中气都还不足。"

琳琅谢了恩,太皇太后又赐了座,她这才见着佟贵妃陪坐在西首炕上,眼圈微红,倒似哭过一般。

太皇太后放下茶盏,对琳琅道:"瞧着你好了,也叫人安心。"

忽闻太监通传:"启禀太皇太后,太子爷来了。"

太子年方七岁,比起寻常孩子,略显少年老成,毕恭毕敬地向太皇太后行了礼,又向佟贵妃见了礼,见着琳琅,只略一迟疑,乌黑明亮的眼睛里透出一丝疑惑。

太皇太后已经伸手道:"保成,来跟着我坐。"

太子挨着她依依在膝下坐了,太皇太后道:"听说你想去南苑,难得你有这份孝心,你皇阿玛身子不豫,南苑那边,本来就不比宫里周全。"

太子道:"太皇太后,您就让我去吧。我去侍候皇阿玛汤药,担保不给皇阿玛添乱。"

太皇太后不由笑道:"好孩子,难得你有这份心,你皇阿玛知道一定欢喜。"

太子闻她语中有应允之意,只喜滋滋起身打了个千儿:"谢太皇太后。"

太皇太后便嘱咐苏茉尔:"告诉跟着太子的人,要好好地侍候着。还有太子的舆轿,要严严实实的,虽然天气暖和,但路上风大。再告诉他们,路上的关防可要仔细了,若有什么事,我第一个不饶他们。"

苏茉尔一一答应着。

太皇太后又问太子:"保成,你独个儿走那样远的路,怕不怕?"

太子摇摇头,道:"不怕,有谙达嬷嬷跟着,还有师傅们呢。"

太皇太后点一点头,道:"真是好孩子。"向琳琅道,"其实南苑地方安静,倒便于养病。你身子才好,过去歇两天,比在宫里自在,就跟太子一块儿过去,路上也好有个照应。"

琳琅只得站起身来,应了个"是"。

却说佟贵妃回到自己宫中,正巧惠嫔过来说话,惠嫔见她略有忧色,只道:"也不知道皇上如何可大安了,南苑来的信儿,一时这样说,一时又那样讲,直说得我这心里七上八下的。"

佟贵妃道:"今儿听见太皇太后答应太子,让他过去给皇上请安。"

惠嫔道:"难为太子,年纪虽小,真正懂事。"顿了顿,又道,"姐姐何不也请了太皇太后懿旨,去瞧瞧皇上?顺便也好照应太子。他到底是孩子,南苑虽近,这一路总是不放心。"

佟贵妃轻轻叹了口气,道:"太皇太后想得自是周到。"

惠嫔听她似是话中有话,但素知这位贵妃谨言慎行,不便追问,回到自己宫中才叫人去打听,这才知道太皇太后命琳琅去南苑。

惠嫔只是坐卧不宁。承香见着她的样子,便顺手接了茶自奉与惠嫔，又悄悄地命众人都下去了，方低声道："主子别太焦心。"

惠嫔道："你叫我怎么不焦心。"顿了顿又道，"瞧那日咱们去储秀宫的情形，必然是万岁爷在屋里——竟连规矩忌讳都顾不得了，这琳琅……"说到名字，又轻轻咬一咬牙，"皇上如今病成这样子，不过是为了——"到底忍住了话，只说，"如今太皇太后，又还在中间周全。"

承香道："主子且宽心，凭她如何，也越不过主子您去。何况如今瞧这情形，万岁爷不是终究恼了她么？"

惠嫔道："就算这回是真恼了她，不怕一万，就怕万一。她若知道卫家当日是如何坏的事，必生嫌隙。她万一得了机会，在皇上面前稍稍挑拨两句，咱们的日子可就难过了。"

承香道："主子不是常说，万岁爷素来将前朝与后宫分得极清，不徇私情么？"

惠嫔道："这话如何能说得准，就算皇上那里她泼不进什么坏水去，底下人奉承她，明的暗的总会让我们吃亏。你瞧瞧如今这情形，连太皇太后都在旁边维护她，还不是因为皇上心中有她的缘故？当日阿玛的意思，送她来应选，以为她必是选得上，待放出去，也是二十多岁的老姑娘了，嫁不到什么好人家，没想到反倒弄巧成拙。如今倒叫我们大费手脚。"

承香想了想，道："那日老太太不是进宫来——只可惜四太太没来，不然也有个商量。"

惠嫔只管出神，过了许久方道："老太太这么些年是蒙在鼓里，这样的事，总不好叫她老人家知道。"伸手接了茶，轻轻叹口气，

237

"走一步算一步吧,若是万岁爷始终不肯撂开手,咱们可没法子。但万岁爷曾那样看重她,自然有人恨得牙痒痒。咱们只管往后瞧,到时四两拨千斤,可就省心省力了。"

天气暖和,官道两旁的杨柳依依,只垂着如碧玉妆成,轻拂在那风里,熏风里吹起野花野草的清香,怡人心脾。

太子只用了半副仪仗,亦是从简的意思。琳琅的舆轿随在后列,只闻扈从车马声辘辘,心如轮转,直没个安生。

锦秋数年未出宫,此番出来自是高兴,虽碍着规矩未敢说笑,但从象眼窗内偶然一瞥外间景物,那些稼轩农桑,那些陌上人家,眼里不禁闪过一丝欢喜。

琳琅瞧着她的样子,心里却微微生出难过来,柔声问:"锦秋,你就要放出去了吧?"

锦秋道:"回主子话,奴才是今年就要放出去了。"

琳琅轻轻叹了口气,低声道:"今年就要放出去了——可以家去了。"只望着象眼格窗外,帘帷让风吹得微微拂动,那碧蓝碧蓝的天,并无一丝云彩,望得久了,叫人只想胁下生翼,能飞入那晴霄深处去。

天气晴好,官道宽阔笔直,寻常来往的行人车马早就被关防在数里之外,所以行得极快,未至晌午,便到了南苑。

琳琅大病初愈,半日车轿劳顿,未免略有几分疲乏。南苑的总管早就派人洒扫了偏殿,太子进殿中更衣,琳琅也去下处换过衣裳,自有人去知会梁九功禀报皇帝。

皇帝发着高热已有数日,这日略觉稍好了些,挣扎起来见了索额图与明珠,问四川的战事。徐治都大败叛将杨来嘉,复巫山,进取夔州。杨茂勋复大昌、大宁。

皇帝听了,心中略宽。

明珠又呈上福建水师提督万正色败海寇于海坛的报捷折子,皇帝这才道:"这个万正色,到底没辜负朕。"

明珠道:"皇上知人善用,当日万正色外放,皇上曾道此人兵法精妙,性情刚毅,可防郑患。如今看来,皇上真是明见万里,独具慧眼。"

皇帝欲待说话,却是一阵大咳,梁九功忙上来侍候,皇帝咳嗽甚剧,明珠与索额图本来皆蒙赐座,此时不由自主都从小杌子上站了起来。

一旁宫女手忙脚乱,奉上热奶子,皇帝却挣扎着摆手示意不用,过了半晌才渐渐平复下来,极力地压抑咳喘:"朕都知道了,你们先下去办差吧。"

明珠与索额图跪下磕了头,皆道:"请皇上保重圣躬。"却行后退。

皇帝突然又唤:"明珠,你留下来。"

明珠忙"嗻"了一声,垂手侍立。

皇帝却许久未说话,太监宫女做事皆是轻手轻脚,殿中只闻皇帝时时咳嗽数声。

明珠心中纳闷,皇帝却拾起枕畔那柄白玉如意,在手中把玩,道:"你昨儿递的这柄如意,朕瞧着甚是喜欢。"又咳嗽几声,道,

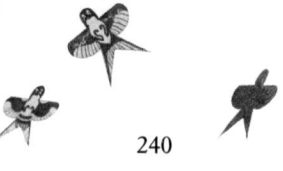

"朕记得见过的那柄紫玉如意,容若是否赠给人了?"

明珠不知首尾,只道:"奴才这就去问——想是赠予友人了吧。"

皇帝道:"朕不过白问一句,你若回去一提,若叫旁人知道,岂不以为朕想着臣子的东西。"

明珠悚然冷汗,只连声道:"是,是。奴才愚钝。"

皇帝又咳嗽起来,强自挥手,明珠忙磕头跪安。

梁九功侍候皇帝半卧半躺下,觑见皇帝精神犹可,便回道:"太子爷请了太皇太后懿旨,来给万岁爷您请安呢。"

皇帝果然略略欢喜:"难为他——他那几个师傅,确实教得好。"又咳起来,只说,"他既来了,就叫他来。"

皇帝见了太子,先问太皇太后与太后是否安好,再问过功课,太子一一答了。皇帝本在病中,只觉得身上焦灼疼痛,四肢百骸如在炭火上烤着,自己知道又发热起来,勉强又问了几句话,便叫太子跪安了。

太监上来侍候皇帝吃药,梁九功想了一想,终于还是道:"万岁爷,卫主子也来了。"

皇帝将那一碗药一口饮尽,想是极苦,微微皱一皱眉头。方漱了口,又咳嗽不止,直咳得似是要掏心挖肺一般,全身微微发颤,半伏在那炕几之上,梁九功忙替他轻轻抚着背心。

皇帝终于渐渐忍住那咳喘,却道:"叫她回去,朕……"又咳了数声,道,"朕不见她。"

梁九功只得赔笑道:"卫主子想是大好了,这才巴巴儿请了旨来给万岁爷请安。万岁爷就瞧她这么老远……"话犹未落,皇帝已经拿起枕畔的如意,只闻"砰"一声,那如意已经被皇帝击在炕几上,四溅开来，落了一地的玉碎粉屑，直吓得太监宫女全都跪了一地。

梁九功打个哆嗦也跪了下去。

皇帝道："朕说不见……"言犹未毕，旋即又伏身大咳，直咳得喘不过气来。

因着天气暖和，殿前的海棠开了，如丹如霞，娇艳欲滴，花枝斜出横逸，在微风中轻轻摇曳，映在那素白的窗纱上，花影一剪便如描画绣本。

梁九功轻轻咳嗽一声，道："万岁爷既然有这样的旨意，主子明儿就回宫去吧。主子身子才好，回去静静养着也好。"

琳琅瞧着窗纱上的海棠花影，缓缓问："万岁爷还说了什么？"

梁九功道："万岁爷并没有说旁的。"想了一想，又说，"按理说咱们当奴才的，不应该多嘴，可是那次万岁爷去瞧主子……"又顿了一顿，不知该如何措辞。

琳琅略一扬脸，锦秋屈膝行了个礼，便退下去了。

她微微生了忧色，说："梁谙达，上次皇上去瞧我，我正吃了药睡着，十分失仪，醒来皇上已经走了。我问过锦秋，她说是万岁爷不让叫醒的。不知是不是我梦中无状，御前失仪。"

梁九功本担心她失子伤痛之下说出什么话来与皇帝决裂，以至闹成如今局面，听她这样讲，不禁微松了口气，道："主子好好想想当日的情形，是不是哪里无意冲撞了圣意。奴才的话，也只能说这么多了。"

琳琅道："谙达一直照顾有加，我心里都明白，可这次的事，我实实摸不着首尾。"

梁九功是何等的人物,只是这中间牵涉甚广,微一犹豫。

琳琅已经从炕上站起来,望着他缓缓道:"这一路来的事端,谙达都看在眼里,谙达一直都是全心全意替皇上打算。皇上既巴巴儿打发谙达过来叫我回去,必有深意。琳琅本不该问,可是实实地不明白,所以还求谙达指点。"

梁九功听她娓娓道来,极是诚恳,心中却也明白,皇帝今日如此恼她,心底却实实最是看重她,日后这位主子的圣眷如何,自己可真估摸不准,眼下无论如何,不敢不为自己留着退步。

他当下赔笑说:"万岁爷的性子,主子还有什么不明白?奴才是再卑贱不过的人,万岁爷的心思,奴才万万不敢揣摩。"顿了顿道,"自打那天万岁爷去瞧过主子,一直没说什么。今儿倒有桩事,不知有没有干系——万岁爷突然问起纳兰大人的一柄紫玉如意。"

琳琅听到提及容若,心中却是一跳,心思纷乱,知道皇帝向来不在器皿珠玉上留神,心中默默思忖,只不知是何因由,百思不得其解。

待梁九功走后,她怔怔地出了半晌神,便叫过锦秋来问:"那日端主子打发人送来的紫玉如意,还说了什么?"

锦秋倒不防她巴巴儿想起来问这个,答:"端主子只说给主子安枕,并没说什么。"

琳琅想了想,又问:"那日万岁爷来瞧我,说了些什么?"

锦秋当日便回过她一遍,今日见她又问,只得又从头讲了一遍:"那日万岁爷进来,瞧见主子睡着,奴才本想叫醒主子,万岁爷说不用，奴才就退出去了。过了不大会子，万岁爷也出来了，并没说什么。"

琳琅问："皇上来时，如意是放在枕边吗？"

锦秋心中糊涂，说："是一直搁在主子枕边。"

她的心里渐渐生出寒意来，微微打了个寒噤。

锦秋见她唇角渐渐浮起笑意，那笑里却有一缕凄然的悲凉，心中微觉害怕，轻声问："主子，您这是怎么啦？"

琳琅轻轻摇一摇头，道："我没事，就是这会子倒觉得寒浸浸的，冷起来了。"

锦秋忙道："虽是大太阳的晴天，可是有风从那隔扇边转出来，主子才刚大好起来，添件衣裳吧。"取了夹衣来给她穿上。

她想了一想，说："我去正殿请旨。"

锦秋见她这样说，只得跟着她出来，一路往南宫正殿去。方走至庑房跟前，正巧遥遥见着一骑烟尘，不由立住了脚，只以为是要紧的奏折。近了才见着是数匹良骏，奔至垂华门外皆勒住了，唯当先的一匹枣红马奔得发兴，一声长嘶，这才看清马上乘者，大红洋绉纱斗篷一翻，掀开那风兜来，竟是位极俊俏的年轻女子。

小太监忙上前拉住了马，齐刷刷地打了个千儿："给宜主子请安。"

那宜嫔下得马来，一面走，一面解着颈中系着的嵌金云丝双绦，只说："都起来吧。"解下了斗篷，随手便向后一掷，自有宫女一曲膝接住，退了开去。

琳琅顺着檐下走着，口中问锦秋："那是不是宜主子？"

锦秋笑着答："可不就是她，除了她，后宫里还有谁会骑马？

万岁爷曾经说过,唯有宜主子是真正的满州格格。前些年在西苑,万岁爷还亲自教宜主子骑射呢。"说到这里,才自察失言,偷觑琳琅脸色,并无异样,只暗暗失悔。

已经来至正殿之前,小太监通传进去,正在此时,却听步声杂沓,数人簇拥而来。当先一人正是适才见着的宜嫔,原来已经换过衣裳,竟是一身水红妆缎窄衽箭袖,虽是女子,极是英气爽朗。

宜嫔见着琳琅,略一颔首,却命人:"去回皇上,就说太后打发我来给皇上请安。"

小太监答应着去了,宜嫔本立在下风处,却突然闻到一阵幽幽香气,非兰非麝,更不是寻常脂粉气,不禁转过脸来。只见琳琅目光凝视着殿前一树碧桃花,那花开得正盛,艳华浓彩,红霞灿烂,衬得廊庑之下皆隐隐一片彤色。她那一张脸庞直如白玉一般,并无半分血色,却是楚楚动人,令身后的桃花亦黯然失色。

却是梁九功亲自迎出来了,向宜嫔打了个千儿,道:"万岁爷叫主子进去。"

宜嫔答应了一声,早有人高高挑起那帘子来。

宜嫔本已经走到门口,忍不住又回过头去,只见琳琅立在原处,人却是纹丝未动,那目光依旧一瞬不瞬望在那桃花上。其时风过,正吹得落英缤纷,乱红如雨,数点落花飘落在她衣袂间,更有落在她乌亮如云的发髻之上,微微颤动,终于坠下。

宜嫔进了殿中,梁九功倒没有跟进去,回过头来见琳琅缓缓拂去衣上的花瓣。

又一阵风过,更多的红瓣纷扬落下,她便垂下手不再拂拭了,任由那花雨落了一身。

梁九功欲语又止，最后只说："主子还是回宫去吧。"

琳琅点一点头，走出数步，忽然又止住脚步，从袖中取出玉佩，道："梁谙达，烦你将这个交给皇上。"

梁九功只得双手捧了，见是一方如意龙纹汉玉佩，玉色晶莹，触手温润，玉上以金丝嵌着四行细篆铭文，乃是"情深不寿，强极则辱。谦谦君子，温润如玉"，底下结着明黄双穗，便知是御赐之物。

这样一个烫手山芋拿在手里，真是进退两难。梁九功只得赔笑道："主子，日子还长着呢，等过几日万岁爷大好了，您自个儿见了驾，再交给万岁爷就是了。"

琳琅见他不肯接，微微一笑，说："也好。"接回那玉拿在手中，对锦秋道，"咱们回去吧。"

宜嫔进得殿中，殿中本极是敞亮，新换了雪亮剔透的窗纱，透映出檐下碧桃花影，风吹拂动，夹着一丝若有若无的幽香。她脚上是麂皮小靴，落足本极轻，只见皇帝靠在大迎枕上，手中拿着折子，目光却越过那折子，直瞧着面前不远处的炕几上。

她见那炕几上亦堆着的是数日积下的奏折，逆料皇帝又是在为政事焦心，便轻轻巧巧请了个安，微笑唤了一声："皇上。"

皇帝似是乍然回过神来，欠起身来，脸上恍惚是笑意："你来了。"稍稍一顿，却又问她，"你怎么来了？"

宜嫔道："太后打发我来的。"见皇帝脸色安详，气色倒渐渐恢复寻常样子。

皇帝却咳嗽起来，她忙上前替他轻轻捶着背。他的手却是冰冷的，按在她的手背上。

她心里不知为何有些担心起来，又叫了一声："皇上。"

皇帝倒像是十分疲倦，说："朕还有几本折子看，你在这里静静陪着朕。叫他们拿香进来换上，这香不好，气味熏得呛人。"

地下大鼎里本焚着上用龙涎香，宜嫔便亲自去拣了苏合香来焚上，此香本是宁人心神之用。她见皇帝凝神看着折子，偶尔仍咳嗽两声。那风吹过，檐外的桃花本落了一地，风卷起落红一点，贴在了窗纱之上，旋即便轻轻又落了下去，再不见了。

宜嫔想起皇帝昔日曾经教过自己的一句诗："一片花飞减却春，风飘万点正愁人。"

那时是在西苑，正是桃花开时，她在灿烂如云霞的桃花林中驰马，皇帝含笑远远瞧着，等她喘吁吁翻身下马，他便念这句诗给她听，她只是璨然一笑："臣妾不懂。"皇帝笑道："朕知道你不懂，朕亦不期望你懂，懂了就必生烦恼。"

可是今日她在檐下，瞧着那后宫中议论纷纭的女子，竟然无端端就想到了这一句，心中不知是什么滋味，只觉得闷闷不好受。

她本坐在小杌子上，仰起脸来，却见皇帝似是无意间转过脸去，望着檐下那碧桃花，不过瞬息又低头瞧着折子，殿中只有那苏合香萦萦的细烟，四散开去。

第十三章　花冷回心

冷香萦遍红桥梦，梦觉城笳。月上桃花，雨歇春寒燕子家。
箜篌别后谁能鼓，肠断天涯。暗损韶华，一缕茶烟透碧纱。

——纳兰容若《采桑子》

一进三月里，便是花衣期。为着万寿节将近，宫里上上下下皆要换蟒袍花衣。佟贵妃春上犯了咳嗽，精神不济，只歪在那里看宫女们检点着内务府新呈的新衣。

宫女们七嘴八舌喜滋滋地说："主子您瞧，这些都是今年苏州织造新贡的，这绣活比湘绣、蜀绣更细密雅致呢。"

正说得热闹，德嫔与端嫔都来了。

端嫔甫进门便笑道："姐姐可大安了？今儿姐姐的气色倒好。"见摆了一炕的五光十色、光彩流离的绫罗绸缎，不由笑道，"这些个衣料摊在这里，乍一见着，还以为姐姐是要开绸缎铺子呢。"

佟贵妃略略欠起身来，淡淡地道："劳妹妹惦记，身上已经略好了些。这些衣服料子都是内务府呈进，皇上打发人送过来，叫我按例派给六宫。你们来得巧，先挑吧。"

端嫔笑道："瞧贵妃姐姐这话说的，您以副后署理六宫，哪有我们挑三拣四的道理，左不过你指哪样我就拿哪样呗。"

佟贵妃本欲说话，不想一阵急咳，宫女忙上来侍候巾栉。

德嫔见她咳得满面通红，不由道："姐姐要保重，这时气冷一阵，暖一阵，最易受寒。"

佟贵妃吃了茶，渐渐安静下来，向炕上一指，道："向来的规矩，嫔位妆花蟒缎一匹，织金、库缎亦各两匹。你们喜欢什么花样，自个儿去挑吧。"

正说着话，宫女来回："宜主子给贵妃请安来了。"

德嫔道："今儿倒巧，像是约好的。"

宜嫔已经走进来，时气暖和，不过穿着织锦缎福寿长青的夹衣，外面却套着香色琵琶襟坎肩。

端嫔笑道："你们瞧她，偏要穿得这样俏皮。"

宜嫔对佟贵妃肃了一肃，问了安好，佟贵妃忙命人搀起，又赐了座。

端嫔因见宜嫔那香色坎肩上一溜的珍珠扣子，粒粒浑圆莹白，不由轻轻"哎哟"了一声，道："妹妹衣裳上这几颗东珠真漂亮。皇上新赏的？"

她这一说，佟贵妃不由抬起头来。

宜嫔道："这明明是珍珠，哪里是东珠了。再借我十个胆子，我也不敢用东珠来做钮子啊。"

端嫔轻笑了一声："原是我见识浅，眼神又不好，看错了。"

宜嫔素来不喜她，不再搭腔。

佟贵妃命三人去挑了衣料，德、宜二人皆不在这类事上用心，倒是端嫔细细地挑着。

只听宜嫔忽然哧地一笑,德嫔便问:"妹妹笑什么?"

宜嫔道:"我笑端姐姐才刚说她自己眼神不好,果然眼神不好,就这么些料子,翻拣了这半晌了,还没拿定主意。"

端嫔不由动气,只碍着宜嫔在宫中资历既深,且新添了位阿哥,近来皇帝又日日翻她的牌子,眼见圣眷优隆,等闲不敢招惹,只得勉强笑了一声,道:"我原是没什么见识,所以半晌拿不定主意。"

三人又略坐了坐,知佟贵妃事情冗杂,方起身告辞。

忽听佟贵妃道:"宜妹妹留步,我还有件事烦你。"

宜嫔只得留下来。

佟贵妃想了一想,道:"过几日就是万寿节了,储秀宫的那一位,想着也怪可怜的。内务府里的人都是一双势利眼,未必就不敢欺软怕硬。我若巴巴儿地叫她来,或是打发人去,都没得醒目讨人厌。倒是想烦妹妹顺路,将这几件衣料带过去给她。"

宜嫔想了一想,才明白她是说琳琅。虽只在南苑见了一面,佟贵妃这么一提,她马上就想起那碧桃花里人面如玉,娉娉婷婷的一抹淡影,直如能刻在人心上似的。当下答应着,命人捧了那些衣料绫罗,向佟贵妃辞出。

她住长春宫,距储秀宫不远,一路走过去。琳琅最初本住在东厢,因地方狭窄,换到西厢暖阁里。

锦秋本在廊下做针线,见宜嫔来了,忙丢开了迎上来请安。

宜嫔问:"你们主子呢?"

锦秋不知是何事,惴惴不安道:"主子在屋里看书呢。"一面打起帘子。

宜嫔见屋中处处敞亮，十分洁净。向南的炕前放了一张梨花大案，琳琅穿着碧色缎织暗花竹叶夹衣，头上一色珠翠俱无，只横绾着碧玉扁方，越发显得面容白净单薄。

她本正低头写字，听见脚步声抬起头来，见是宜嫔进来，亦无意外之色，只从容搁下了笔。

宜嫔命人送上衣料，琳琅道了一声谢，命锦秋接了，却也殊无异色，仿佛那绫罗绸缎看在眼中便是素布白绢一般。

宜嫔听人背后议论，说她久蒙圣宠，手头御赐的奇珍异玩不胜其数，瞧她这样子，倒不像是眼高见得惯了，反倒似真不待见这等方物，心中暗暗诧异。

她因见那纸上密密麻麻写满了字，既不识得，更不知什么叫簪花小楷，只觉得整齐好看而已，不由问："这写的是什么？"

琳琅答："是庾子山的《春赋》。"知她并不懂得，稍停一停，便道，"就是写春天的词赋。"

宜嫔见案上博山炉里焚着香，那炉烟寂寂，淡淡萦绕。她神色安详，眉宇间便如那博山轻缕一样，飘渺若无。衣袖间另一种奇香，幽幽如能入人骨髓。不由道："你焚的是什么香？这屋里好香。"

琳琅答："不过就是寻常的沉水香。"目光微错，因见帘外繁花照眼，不自觉轻轻叹了口气，低声念道，"池中水影悬胜镜，屋里衣香不如花。"见宜嫔注目自己，便微微一笑，道，"这句话并无他意，不过是写景罢了。"

宜嫔只觉她平和安静，似乎帘外春光明媚、杂花乱莺皆若无物。

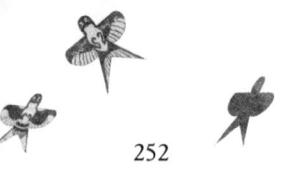

她素来是极爽朗通透的一个人，对着她，直如对着一潭秋水，静得波澜不兴，自己倒无端端怏怏不乐。

从储秀宫回到自己所居的长春宫，又歇了午觉起来，因太阳甚好，命人翻晒大毛衣裳，预备收拾到箱笼里，等夏至那一日再翻出来大晒。

正在检点，宫女突然喜滋滋地来报："主子，万岁爷来了。"

皇帝已经由十余近侍的太监簇拥着，进了垂花门，宜嫔忙迎出去接驾。日常礼仪只是请了个双安，口中说："给皇上请安。"

皇帝倒亲手扶她起来，微笑道："日子长了，朕歇了午觉起来，所以出来走一走。"

宜嫔侍候着进殿中，皇帝往炕上坐了，自有宫女奉上茶来。

她觉得满屋子皆有那种皮革膻腥，便命人："将那檀香点上。"

皇帝不由笑道："你素来不爱讲究那些焚香，今儿怎么想起来了。"

宜嫔道："才刚正检点大毛衣裳，只怕这屋子里气味不好。"

皇帝因见帘外廊下的山茶杜鹃开得正好，花团锦簇，光艳照人，不由随口道："池中水影悬胜镜，屋里衣香不如花。"

谁想宜嫔笑道："这个我知道，庾什么山的《春赋》。"

皇帝略略讶异，道："庾子山——庾信字子山。"问，"你读他的《春赋》？"

宜嫔璨然一笑："臣妾哪里会去念这文绉绉的词，是适才往储秀宫去，正巧听卫常在念了这一句……"她性格虽爽朗，但人却机敏，话犹未完，已经自知失言，悄悄往皇帝脸上瞧了一眼，见他并无异色，便笑逐颜开道，"皇上答应过臣妾，要和臣妾一块儿放风筝。皇上是金口玉言，可不许赖。"

皇帝笑道："朕几时赖过你？"

宜嫔便命人取出风筝来，小太监们难得有这样的特旨，可以肆意说笑，一边奔跑呼喝，一边就在院中开始放起。

皇帝命长春宫上下人等皆可玩赏，一时宫女们簇着皇帝与宜嫔立在廊下，见那些风筝一一飞起，渐渐飞高。一只软翅大雁，飞得最高最远，极目望去，只成小小黑点，依稀看去形状模糊，便如真雁一般。

皇帝只负手立在那里，仰着头望着那风筝，天气晴好，只淡淡几缕薄云。身畔宜嫔本就是爱说爱闹的人，一时嘈嘈切切，如大珠小珠落玉盘，只听她欢言笑语，如百灵如莺啭。

那些宫女太监，哪个不凑趣，你一言我一句，这个说这只飞得高，那个讲那只飞得远，七嘴八舌说得热闹极了。

宜嫔越发高兴，指点天上的数只风筝给皇帝看，皇帝随口应承着，目光却一瞬不瞬，只望着最远处的那只风筝。

天上薄薄的云，风一吹即要化去似的。头仰得久了，便有微微的眩晕。

这样的时节里，怎么会有雁？一只孤雁。天南地北双飞客，老翅几回寒暑？渺万里层云，千山暮雪，只影向谁去？

琳琅定了定神，才瞧出原来只是风筝。风筝飞得那样高那样远，也不过让一线牵着。欢乐趣，伤别苦，就中更有痴儿女。连这死物，竟也似向往自由自在地飞去。

碧落见她立在风口上，便道："主子站了这半晌了，还是进屋里歇歇吧。"

琳琅摇一摇头:"我不累。"

碧落抬头见高天上数只风筝飞着,不由笑道:"主子若是喜欢,咱们也做几只来放。做粗活的小邓最会糊风筝了,不论人物、禽鸟,扎得都跟活的似的。我这就叫他替主子去扎一只。"

琳琅轻轻叹口气,道:"何必没的再去招人讨厌。"

碧落道:"主子,这宫里都是您敬人一尺,人家倒欺您一丈,那些奴才越发会蹬鼻子上脸来。他们是最会捧高踩低,上回竟敢送了馊饭来,他们敢给宜主子送馊饭么?哪一位得宠,他们就和那西洋哈巴儿似的,最会讨好卖乖。"

琳琅微笑道:"跟了我这个没时运的,你们也受了不少连累。"停了停又说,"上回的银子还剩了一点儿,你记得拿去给内务府的秦谙达,不然分给咱们的绢子只怕又是腐的。我倒罢了,你们换季的衣裳,可都在这上头了。"

到了下半晌,荣嫔却打发人来叫碧落去替她打络子,于是琳琅遣锦秋悄悄去了趟内务府,寻着广储司管做衣的秦太监。

那秦太监听了她一番言语,似笑非笑,将那锭银子轻轻在手心掂了掂,说道:"无缘无故,主子的赏我可不敢收。"

锦秋赔笑道:"公公素日里照应我们,日后仰仗公公的地方更多,还望公公不嫌少。"

秦太监道:"咱们做奴才的,主子赏赐,哪敢嫌多嫌少。不过卫主子只是常在位分,前几个月咱们奉了皇上的口谕,一律按着嫔位的份例开销。如今内务府却翻脸不认账,硬是不肯照单核销,这笔银子只得我们自己掏腰包贴出来。这可是白花花上千两银子,咱们广储司上上下下几百号人,每个人都填还了自己两个月的月钱,个个都只骂娘。卫主子的赏,咱们可不敢领。"说完,就将银子往锦秋手中一塞,扬长而去。

锦秋气得几乎要哭出来,走回宫去,不敢对琳琅直说,只说道秦太监不肯收银子。

琳琅听了,说:"难为你了,既不肯收银子,必有十分难听的话,连累你也跟着受气。"

锦秋心中不忿:"主子再怎么说,也还是主子。这帮奴才,前几月他们是什么样的嘴脸?每日都来殷勤小心地奉承,到了今天就是这样狗眼看人低,难道真欺主子翻不了身么?"

琳琅淡淡地说:"他们捧高踩低,也是人之常情。"又安慰她,"不管说了什么话,你别往心里去就是了。既然他们有意为难,咱们再想法子。"

锦秋道:"眼瞧着就要到万寿节,咱们的衣裳可怎么办?"

琳琅道:"箱子里还有两匹绢子,先拿出来裁了,咱们自己缝制就是了。"

锦秋道:"他们送来的东西,没一样能用的,连胭脂水粉都是极粗劣的,样样都另外花钱买。不是这里勒克,就是那里填还,主子这个月的月钱,早用得一干二净。旁的不说,万寿节的寿礼,这偌大一样出项,主子可要早点拿主意才好。"

琳琅轻轻叹了口气,并不答话。

本来万寿节并无正经寿礼这一说,因皇帝年轻,且朝廷连年对三藩用兵,内廷用度极力拮据。不过虽然并无这样的规矩,但是后宫之中还是自有各宫的寿礼。有的是特贡的文房之物,有的是精制日常器皿,亦有亲手替皇帝所制的衣袍,种种色色,不一而足。

碧落见琳琅日来只是读书写字,或是闲坐,或是漫步中庭,心中暗暗着急。

这日天气晴好,春日极暖,庭中芍药初放,琳琅看了一回花,进屋中来,却见针黹搁在那炕桌上,便微微一停,说:"这会子翻出这个来做什么?"

碧落赔笑道:"各宫里都忙着预备万寿节的礼,主子若不随大流,只怕叫人觉得失礼。"

琳琅随手拾起其间的一只平金荷包,只绣得一半,荷包四角用赤色绣着火云纹,居中用金线绣五爪金龙,虽未绣完,但那用黑珠线绣成的一双龙睛熠熠生辉,宛若鲜活。她随手又撂下了。

碧落道:"就这只荷包也是极好,针脚这样灵巧,主子何不绣完了,也是心意。"

琳琅摇一摇头,道:"既然怕失礼,你去将我往日写的字都拿来,我拣一幅好的,你送去乾清宫就是了。"

碧落赔笑道:"万寿节就送幅字给万岁爷,只怕……"

琳琅望了她一眼。

她素知这位主子安静祥和,却是打定了主意极难相劝,当下便不再言语,将往日积攒下的字幅统统都抱了来。

琳琅却正打开看时,锦秋从外头进来,琳琅见她脸色有异,只问:"怎么了?"

锦秋道:"听说万岁爷命内务府颁了恩诏,册画珠为宁贵人。"

这句话一说,碧落诧异问:"哪个画珠?乾清宫的画珠?"

锦秋道："可不是她。"只说，"有谁能想到，竟然册为贵人。"说了这句，方想起这样议论不妥，只望了琳琅一眼。

因向例宫女晋妃嫔，只能从答应、常在逐级晋封，画珠本只是御前的一名宫女，此时一跃册为贵人，竟是大大的逾制。

碧落道："总有个缘故吧。"

锦秋道："我听人说，是因为新贵人有喜了，太后格外欢喜，所以皇上才有这样的特旨。"

碧落不由自主望向琳琅。

琳琅却是若无其事，阖上手中的卷轴，道："这些个字都写得不好，待我明儿重写一幅。"

皇帝对画珠的偏宠却是日日显出来，先是逾制册为贵人，然后赐她居延禧宫主位，这是嫔以上的妃嫔方能有的特权。这样一来，竟是六宫侧目，连佟贵妃都对其另眼相待，亲自拨选了自己宫中的两名宫女去延禧宫当差。

这日离万寿节不过十日光景了，宫里上上下下皆在预备万寿节的大宴。

琳琅去给佟贵妃问安，甫进殿门便听见宜嫔笑声朗朗："贵妃姐姐这个主意真好，咱们小厨房的菜比那御膳房强上千倍万倍。到时咱们自己排了菜，又好吃又热闹。"

佟贵妃含笑盈盈，见琳琅进来行礼，命人道："请卫主子坐。"琳琅谢过方坐下来，忽听人回："延禧宫的宁贵人和端主子一块儿来了。"

那端嫔是一身胭色妆花纳团福如意袍，画珠却穿着一身簇新宝蓝织金百蝶袍，头上半钿的赤金凤垂着累累的玉坠、翠环，真正是珠翠满头。因她们位分高，琳琅便站了起来。

画珠与端嫔皆向佟贵妃请了安，又见过了宜嫔、德嫔、安嫔，大家方坐下来。

画珠因夸佟贵妃的衣裳，德嫔原是个老实人，便道："我瞧你这衣裳，倒像是江宁新进的织金。"

画珠道："前儿万岁爷新赏的，我命人赶着做出来。到底是赶工，瞧这针脚，就是粗枝大叶。"

端嫔便道："你那个还算过得去，你看看我这件，虽不是赶工做出来，比你那针线还叫人看不进眼。"

正说话间，奶子抱了五阿哥来了。

佟贵妃微笑道："来，让我抱抱。"接了过去。

宜嫔自然近前去看孩子，德嫔本就喜欢孩子，也围上去逗弄。

胤祺方才百日，只睡得香甜沉酣。香色小锦被襁褓，睡得一张小脸红扑扑，叫人忍不住想去摸一摸他粉妆玉琢的小脸。

琳琅唇边不由浮起一丝微笑来，忽听画珠道："宜姐姐真是好福气，五阿哥生得这样好，长大了也必有出息。"

端嫔笑道："你倒不必急，等到了今年冬天，你定会替万岁爷再添个小阿哥。"

画珠娇脸晕红，却轻轻啐了她一口。

琳琅不觉望向她的腰腹，衣裳宽大，瞧不出来什么，她却觉得似有尖锐戳得刺心，只转过脸去，不愿再看。

大家坐了片刻，因万寿节将近，宫中事多，诸多事务各处总管皆要来请贵妃的懿旨,大家便皆辞出来。

琳琅本走在最后,画珠却遥遥立住了脚,远远笑着说:"咱们好一阵工夫没见了,一同逛园子去吧。"

琳琅道:"琳琅住得远,又不顺路,下回再陪贵人姐姐逛吧。"

画珠却眼圈一红,问:"琳琅,你是在怪我?"

她轻轻摇了摇头。

画珠与她视线相接,只觉得她眼中微漾笑意,道:"我怎么能怪你?"

画珠急急忙忙地说:"咱们当年是一块儿进宫,后来皇上待你那样,我真没作别的想头,真的。可是后来……是皇上他……如今你可是要与我生分了?"

琳琅不觉微微叹了口气,道:"我得回去了。"

画珠无奈,只得目送她渐去渐远。

那春光晴好,赤色宫墙长影横垣,四面里的微风扑到人脸上,也并不冷。

宫墙下阴凉如秋,过不多时,宜嫔从后头过来,见着琳琅便笑道:"你怎么才走到这里?我和德姐姐说了好一会子话呢。"

她这几日常去储秀宫闲坐,琳琅知她心思豁朗,待她倒是不像旁人。两人一同回去,讲些宫中闲话,宜嫔自然话题不离五阿哥,琳琅一路只是静静含笑听着。

碧落见琳琅回来,膳后侍候她歇午觉,见她阖眼睡着,替她盖好了丝棉锦被,方欲退出去,忽听她轻轻说了一句:"我想要个孩子。"

碧落怔了一下。

她睫毛轻轻扬起,便如蝶的翼,露出深幽如水的眼波。

碧落道:"主子还年轻,日后来日方长,必会替万岁爷添许多的小阿哥、小格格。"

她"嗯"了一声,似是喃喃自语:"来日方长……"又阖上眼去。

碧落久久不闻她再言语,以为她睡着了,方轻轻站起身来。

忽听她低低道:"我知道是奢望,只当是做梦吧。"

碧落心中一阵酸楚,只劝不得罢了。

琳琅歇了午觉起来,却命锦秋取了笔墨来,细细写了一幅字,搁在窗下慢慢风干了墨迹,亲手慢慢卷成一轴。

碧落看她缓缓卷着,终究是卷好了,怔怔地又出了一回神,方转过脸交到她手中,对她道:"这个送去乾清宫,对梁谙达说,是给万岁爷的寿礼,请他务必转呈。"想了一想,开了屉子。

碧落见是明黄色的绣芙蓉荷包,知是御赐之物。

琳琅却从荷包里倒出一把金瓜子给碧落,道:"只怕梁谙达不容易见着,这个你给乾清宫的小丰子,叫他去请梁谙达。"却将那荷包给碧落,道,"将这个给梁谙达瞧,就说我求他帮个忙。"唇角慢慢倒似浮起凄凉的笑意来。

碧落依言去了,果然见着梁九功。

梁九功接了这字幅在手里,不知上面写了什么,心中惴惴不安,斟酌了半晌,又将那荷包拿在手里细看,猛然就醒悟过来,心下不由一喜。晚间觐见皇帝得空,便道:"各宫里主子都送了礼来,万岁爷要不要瞧瞧?"

皇帝摇一摇头,说:"乏了,不看了。"

梁九功寻思了片刻,赔笑道:"宜主子送给万岁爷的东西倒别致,是西洋小琴。"

皇帝随口道:"那就拿来朕瞧瞧。"

梁九功轻轻拍一拍手,小太监捧入数只大方盘。

皇帝漫不经心地瞧去,不过是些玩器衣物之类,忽见打头的小太监捧的盘中有一幅卷轴,便问梁九功:"难得还有人送朕字画。这是谁送的?"

梁九功赔笑道:"各宫的主子陆陆续续打发人来,奴才也不记得这是哪位主子送来的,请万岁爷治罪。"

皇帝"唔"了一声,说:"你如今越发会当差了。"

吓得梁九功赶紧请了个安:"奴才不敢。"

皇帝一时倒未多想,只以为是哪位妃嫔为着投自己所好搜罗来的名人字画,于是示意小太监打开来。

这一打开,皇帝却怔在了那里。

梁九功偷眼打量他的脸色,只觉得什么端倪都瞧不出来。皇帝的神色像是极为平静,他在御前多年,却知道这平静后头只怕就是狂风骤雨,心中一哆嗦,不禁暗暗有几分失悔。只见皇帝目光盯着那字,那眼神仿佛要将那洒金玉版纸剜出几个透明窟窿,又仿佛眼底燃起一簇火苗,能将那纸焚为灰烬。

皇帝却慢慢在炕上坐下了,示意小太监将字幅收起,又缓缓挥了挥手,命人皆退了下去,终究是一言未发。

梁九功出来安排了各处当值,这一日却是他值守内寝,依旧在御榻帐前丈许开外侍候。

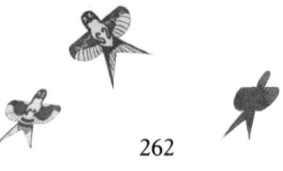

半夜里人本极其渴睡,他职守所在,只凝神细聆帐中的动静。外间的西洋自鸣钟敲过十二记,忽听皇帝翻了个身,问:"她打发谁送来的?"

梁九功吓了一跳,犹以为皇帝不过梦呓,过了片刻才反应过来是在问自己话,方答:"是差了碧落送来的。"

皇帝又问:"碧落说了什么?"

梁九功道:"碧落倒没说什么,只说卫主子打发她送来,说是给万岁爷的寿礼。"

皇帝心中思潮反复,又翻了一个身,帐外远处本点着烛,帐内映出晕黄的光来。他只觉得胸中焦渴难耐,禁不往起身命梁九功倒了茶来,滚烫的一盏茶吃下去,重新躺下,仍是没有半分睡意。

去去复去去,凄恻门前路。行行重行行,辗转犹含情。含情一回首,见我窗前柳;柳北是高楼,珠帘半上钩。昨为楼上女,帘下调鹦鹉;今为墙外人,红泪沾罗巾。墙外与楼上,相去无十丈;云何咫尺间,如隔千重山?悲哉两决绝,从此终天别。别鹤空徘徊,谁念鸣声哀!徘徊日欲绝,决意投身返。手裂湘裙裾,泣寄稿砧书。可怜帛一尺,字字血痕赤。一字一酸吟,旧爱牵人心。君如收覆水,妾罪甘鞭捶。不然死君前,终胜生弃捐。死亦无别语,愿葬君家土。傥化断肠花,犹得生君家。

她的字虽是闺阁之风,可是素临名家,自然带了三分台阁体的雍容遒丽,而这一幅字,却写得柔弱软沓,数处笔力不继。

皇帝思忖她写时不知是何等悲戚无奈,竟然以致下笔如斯无力。只觉心底汹涌如潮,猛然却幡然醒悟,原来竟是冤了她,原来她亦是这样待我，原来她亦是——这个念头一起，便再也抑不住，就像突然松了一口气。

她理应如此，她并不曾负他。倒是他明知蹊跷，却不肯去解那心结，只为怕答案太难堪。如今，如今她终究是表露了心迹，她待他亦如他待她。

心底最软处本是一片黯然，突然里却似燃起明炬来。仿佛那年在西苑行围突遇暴雪，只近侍的御前侍卫扈从着，寥寥数十骑，深黑雪夜在密林走了许久许久，终于望见行宫的灯火。又像是那年擒下鳌拜之后，自己去向太皇太后请安，遥遥见着慈宁宫庑下，苏茉尔嬷嬷熟悉慈和的笑脸。只觉得万事皆不愿去想了，万事皆是安逸了，万事皆放下来了。

琳琅本来每日去慈宁宫向太皇太后请安，太皇太后正命苏茉尔在检点庄子的春贡，见她来了，便微笑道："我正嘴馋呢，方传了这些点心。你替我尝尝，哪些好。"

琳琅听她如是说，便先谢了赏，只得将那些点心每样吃了一块。太皇太后又赐了茶，方命她坐下，替自己抄贡单。

琳琅方执笔抄了几行，忽听宫女进来禀报："太皇太后，万岁爷来了。"

她手微微一抖，笔下那一捺拖得过软，便搁下了笔，依规矩站了起来。

近侍的太监簇拥着皇帝进来，因天气暖和，皇帝只穿着宝蓝宁绸袍子，头上亦只是红绒结顶的宝蓝缎帽，先给太皇太后请下安去，方站起来。

琳琅屈膝请了个双安,轻声道:"琳琅见过皇上。"听他"嗯"了一声,便从容起立,抬起头来。

她本已经数月未见过皇帝,此时仓促遇上,只觉得他似是清减了几分,或许是时气暖和、衣裳单薄之故,越发显得长身玉立。

太皇太后笑道:"可见外头太阳好,瞧你这额上的汗。"叫琳琅,"替你们万岁爷拧个热手巾把子来。"

琳琅答应去了。

太皇太后便问皇帝:"今儿怎么过来得这么早?"

皇帝答:"今儿的进讲散得早些,就先过来给皇祖母请安。"

太皇太后笑道:"你可真会挑时辰。"顿了一顿,道,"可巧刚传了点心,有你最喜欢的鹅油松瓤卷。"

皇帝便道:"谢太皇太后赏。"方拣了一块松瓤卷在手中,慢慢尝了一口。

太皇太后抿嘴笑道:"上回你不是嫌吃腻了么?"

皇帝若无其事地答:"这会子孙儿又想着它了。"

太皇太后笑道:"我早就知道你撂不下。"

琳琅拧了热手巾进来,侍候皇帝擦过脸,皇帝这才仓促瞧了她一眼,只觉得她比病中更瘦了几分,脸色却依旧莹白如玉,唯纤腰楚楚,不盈一握,心中忆起前事种种,只觉得五味杂陈,心思起伏。

皇帝陪太皇太后说了半晌话,这才起身告退。

琳琅依旧上前来抄贡单。太皇太后却似是忽想起一事来,对琳琅道:"去告诉皇帝,后儿就是万寿节,那一天的大典、赐宴必然忙碌,叫他早上不必过来请安了。"

琳琅答应了一声。

太皇太后又道:"这会子御驾定然还未走远,你快去。"

琳琅便行礼退出,果然见着太监簇拥着的御驾方出了垂华门,她步态轻盈上前去,传了太皇太后的懿旨。

皇帝转脸对梁九功道:"你去向太皇太后复旨,就说朕谢皇祖母体恤。"

梁九功答应着去了,皇帝便依旧漫步向前,那些御前侍候的宫女太监,捧着巾栉、麈尾、提炉诸物迤逦相随。不过片刻,梁九功已经复旨回来。

皇帝似是信步走着,从夹道折向东,本是回乾清宫的正途,方至养心殿前,忽然停下来,说:"朕乏了,进去歇一歇。"

养心殿本是一处闲置宫殿,并无妃嫔居住,日常只作放置御用之物,正殿中洒扫得极干净。

皇帝跨过门槛,回头望了梁九功一眼,梁九功便轻轻将手一拍,命人皆退出院门外侍候,自己亲自在那台阶上坐下守着院门。

琳琅迟疑了一下,默默跨过门槛,殿中深远,窗子皆是关着,光线晦暗,走得近了,才瞧见皇帝缓缓伸出手来。她轻轻将手交到他手里,忽然一紧,已经让他攥住了。

只听他低声问:"那如意……"

"那如意是端主子送给我的。"她的眼睛在暗沉沉的光线里似隐有泪光闪烁,极快地转过脸去。

皇帝低声道:"你不要哭,只要你说,我就信你。"

他这样一说,她的眼泪却簌簌地落下来。

他默默无声将她揽入怀中,只觉得她微微抽泣,那眼泪一点一点,浸润自己的衣襟。满心里却陡然通畅,仿佛窒息已久的人陡然呼吸到新鲜的空气,心中欢喜之外翻出一缕悲怆,漫漫地透出来,只不愿再去想。

第十四章　当时只道

> 暖护樱桃蕊，寒翻蛱蝶翎。东风吹绿渐冥冥，不信一生憔悴，伴啼莺。素影飘残月，香丝拂绮棂。百花迢递玉钗声，索向绿窗寻梦，寄余生。
>
> ——纳兰容若《南歌子》

因着办喜事，明珠府上却正是热闹到了极处。

他以首辅之尊，圣眷方浓，府上宾客自是流水价涌来，连索额图亦亲自上门来道贺。他不比旁人，明珠虽是避客，却也避不过他去，亲自迎出滴水檐下。

宾主坐下说了几句闲话，索额图又将容若夸奖了一番，道："公子文武双全，甚得皇上器重，日后必是鹏程万里。"

明珠与他素来有些心病，只不过打着哈哈，颇为谦逊了几句，又道："小儿夫妇此时进宫谢恩去了，不然怎么样也得命小儿前来给索相磕头，以谢索相素来的照拂。"

纳兰与新妇芸初入宫去谢恩，至了宫门口，纳兰候旨见驾，芸初则入后宫去面见佟贵妃。佟贵妃因为是皇帝赐婚，而明珠又是朝中重臣，所以倒是格外客气，特意命惠嫔与琳琅都来相见。

芸初知琳琅新晋了良贵人，所以一见面便插烛似的拜下去："芸初给佟主子、惠主子、良主子请安。"

佟贵妃忙道："快起来。"

惠嫔满脸春风，亲手搀了她起来，紧紧执了她的手笑道："你如今也是朝廷的诰命夫人，再说了，咱们如今是一家人。"

佟贵妃笑道："这里没有外人，我特意叫她们来陪你，就因为你们是亲戚，是一家人，不要生分才好。"接着又命人赐座。

芸初再三地不肯，最后方斜着身子坐下。

佟贵妃问："你们老太太、太太都还好吗？"

芸初忙站起来，请了个安方道："谢主子垂问，老太太、太太都安好，今日奴才进宫来，还特意嘱咐奴才，要奴才替她们向贵妃主子还有宫里列位主子请安。"

佟贵妃点点头："烦老人家惦记，我还是今年春上，命妇入宫朝贺时见着过她，她老人家身子骨倒是极硬朗的。"

芸初又请了个安："都是托赖主子洪福。"

佟贵妃笑道："你们太太倒是常常入宫来，我们也是常常见着的。日后你也要常来，你可既是惠嫔的娘家人，又是良贵人的娘家人。"

芸初笑道："主子恩典能让奴才常常进宫来，给列位主子请安，那就是奴才的福分了。"

略坐了一坐，佟贵妃便道："你且去她们两个宫里坐坐，说两句体己话。"

芸初知佟贵妃署理后宫，琐事极多，亦是不敢久留，便磕头谢恩了出来，先随惠嫔回她的宫中去。

惠嫔待她倒是格外亲热，坐着说了好一会子的话，又赐了茶点，最后芸初告辞，又赏了诸多东西。芸初从她宫中出来，又往储秀宫去见琳琅。

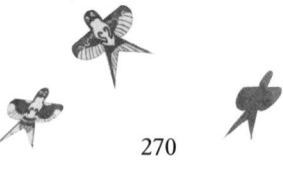

待到了储秀宫里，锦秋笑吟吟迎上来，请了个双安。芸初原曾在乾清宫当差，与锦秋是旧识，更因是琳琅面前的宫女，不敢怠慢，连忙搀住了不让行礼，见着锦秋的穿戴神色，已经觉得不凡。待进了屋子，只见琳琅已经换了家常六合长春宫缎夹衣，头上亦只是白玉攒珠扁方，不过疏疏几点珠翠。

琳琅见芸初磕下头去，忙亲手搀起来，一直拉着她的手，必要让她到炕上坐。

芸初诚惶诚恐："奴才不敢。"

琳琅心中酸楚，勉强笑道："当日咱们怎么好来着，如今你好容易来看我，咱们别拘那些虚礼，坐着好生说说话。"

芸初见她执意如此，只得谢恩后陪她坐下。一时碧落斟上茶来，她原是当过上差的人，只尝了一口，便知是今春杭州新贡的雨前龙井。这茶少产珍贵，每年进贡的不过区区数十斤，向例宫里除了太皇太后、太后、皇帝赏用之外，后宫之中罕少能得蒙赏赐。

琳琅道："今儿是你大喜的日子，你出宫的时候，我正病着，没有去送你。今日能见着，也不枉咱们相好一场。"

芸初听她这样说，心中感触，勉强笑道："主子当日对芸初就好，如今……"

一句未完，琳琅已经执了她的手："我说了别拘那些虚礼。"

芸初只觉得她指尖微冷，紧紧攥着自己的手，脸上恍惚是笑容，可是眼睛里却是自己看不懂的神色。她虽有满腔的话，亦不知从何说起。

过了片刻，琳琅终于道："大哥哥他是至情至性之人，必然会对你好。"

芸初听到她提及新婚,脸上不由微微一红。

琳琅道:"往日咱们两个总在一块儿淘气,如今竟成了一家人了……"说到这里,忽然又笑了,道,"好难得的,你进来一趟,可我竟不晓得该说什么才好。"

芸初心中亦是感伤。琳琅却就此撇开了话题,问了家里人好,又说了数句闲话。

因着天色已晚,怕宫门下钥,琳琅含笑道:"好在日后总有机会进来,今天是大喜的好日子,我不留你了。"一面说,一面就从头上拔了一支白玉簪子下来。

那簪子是羊脂白玉,温滑细腻通体莹亮,竟无半分瑕疵。

芸初忙行礼道:"不敢受主子的赏。"

琳琅却亲手替芸初簪在发间:"我原也没有什么好东西送你,这支簪子原是老太太旧时给我的,跟了我十几年了。我虽万分舍不得,你的那支既给了我,我这支便给你吧,也算是完璧归赵。"

芸初念及出宫之时,自己曾将一支旧银钗相赠琳琅留作念想,如今世事变幻,心中感慨万分,只得谢过恩。待告辞出来,琳琅另有赏家中女眷的表礼,皆是绸缎之物,物饰精美,上用的鹅黄签都并未拆去。小宫女一路捧了随她出了宫门,方交与芸初带来的丫头慧儿。

纳兰虽蒙皇帝召见,但君臣奏对极是简单,谢过恩便让跪安了,此时便在宫门外等候妻子。待芸初出来,依旧是纳兰骑了马,芸初和丫头乘了朱轮华盖车回府去。明珠府邸还在后海北沿,一路上只闻车轮辘辘。

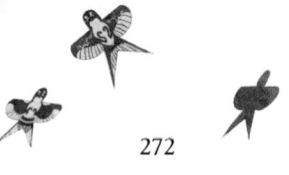

芸初自昨日起到现在,已经是十几个时辰没有合眼,兼之进宫又时时警醒礼仪,此刻悬着的一颗心才算放了下来。

这慧儿原是纳兰夫人房里的大丫头,为人极是机灵,自从芸初过门,纳兰夫人特意指派她去侍候新人。今日进宫谢恩,她自然跟来侍候。

慧儿见芸初精神倦怠,忙从车内带的食盒里取出抿子来,替芸初抿一抿头发,又赞:"大奶奶这支钗真好。"

芸初不觉摸了摸那支簪子,笑道:"是适才良贵人赏的。"

慧儿笑道:"奴才们在外头茶房里闲坐,几位公公都说,咱们府里出的两位主子都是大福之人。惠主子自不必说了,良主子竟也是这样得脸。"

芸初想起今日所见,不觉亦点了点头,亦觉得眼下琳琅的圣眷,只怕犹在皇长子的生母惠嫔之上。待回到府中,先去上房见过老太太、纳兰夫人并几位太太,将宫中赏赐之物呈上。

老太太忙命丫头取了西洋的水晶眼镜来看,那些绫罗绸缎、妆花一经展开,金银丝线耀眼,映得满室生辉。

老太太笑着点点头,说道:"宫里出来的东西,到底不一般。"又细看了衣料,说道,"这只怕是江宁织造今年的新花样子,难得惠主子这样疼你。"

芸初笑道:"回老太太的话,这几样是良主子赏的,那几匹宫缎是惠主子赏的。"

老太太"喔"了一声。

纳兰夫人笑道:"不管是谁赏的,一样都是咱们家娘娘,都是孝敬老太太的一片心。"

老太太一面摘了眼镜,一面笑道:"我也不怕你们说我偏心,琳琅这孩子虽只是我的外孙女,可是打小在我们家里长大,就和我的亲孙女一样。你们也看到了,或多或少,总归是她的一片心意。"

一时大家又坐着说了几句话,已经是掌灯时分,外头的喜宴并未散,老太太留芸初在这边用晚饭,道:"可怜见儿的,自打昨天进了门,今天又一早起来预备入宫,好生跟着我吃顿饭吧。"

纳兰夫人笑道:"我们都要出去陪客,老太太这样疼她,留她侍候老太太亦是应该。"又嘱咐芸初,"就在这边跟老太太吃饭吧。"

芸初便应了个"是"。

纳兰夫人与妯娌几个皆退出来。刚走到廊上,四太太就冷笑道:"掌心掌背都是肉,没得就这样偏心,不过就多赏了几匹缎子,倒夸了她一大篇话。论到赏东西,难道这些年来惠主子赏的还少吗?"

纳兰夫人笑道:"老太太不过白夸两句,再说了,这么些年来,老太太夸惠主子,夸得还少吗?"

大太太亦笑道:"我瞧老太太并不是偏心,不管哪位主子得宠,咱们家还不是都一样跟着得脸。连上回我进宫去请安,宫里的公公们一听说是良主子娘家人,都好生巴结。"

这么一说,自然更如火上浇油一般。四太太哼了一声,并不作声。

纳兰夫人知道大太太素来与四太太有些嫌隙,这么些年来因为惠主子的缘故,零零碎碎受了不少气,今日果然幸灾乐祸发作出来,忙忙地乱以他语,才算揭过不提。

芸初前一日过门,虽是洞房花烛夜,可是几乎整夜未睡,不过和衣躺了一个更次。这日又是亥末时分才回房去,纳兰容若却是过了子时方进来。

荷葆见他双颊微红,眼眉饧涩,问了方知在前头被逼迫不过,酒喝得沉了,忙与慧儿服侍他换了衣裳。

慧儿见房内一切妥当,便低低地道:"大爷与新奶奶早些歇着,明日还要早起。"与荷葆一起率了众人退了出去,倒拽上门。

容若酒后口渴,见桌上有茶,便自己斟了一杯来吃。

夜深人静,芸初乍然与他独处一室,犹觉有几分不自在,因见他喝茶,便道:"那茶是凉的,大爷仔细伤了胃。"便走过来,另倒了热的给他。

容若接过茶去,忽见她头上插着一支白玉簪,心中一恸,便如失魂落魄一般,只是怔怔地望着她。

芸初倒让他瞧得难为情起来,慢慢低下头,低声问:"大爷瞧什么呢?"

容若这才骤然回过神来,又过了片刻,方才道:"你头上的白玉簪子是哪里来的?"

芸初这才抬头道:"是今天进宫去,良主子赏的。"

容若又隔了好一会儿,才问:"良主子还赏了你些什么?"

芸初笑盈盈地道:"除了这个,还赏了时新的织锦、宫缎,另外还赏给家里老太太、太太们好些东西。"

容若道:"她待你倒真好。"

芸初答:"原先在宫里的时候,我就和她要好。今日良主子还说笑话,说我们不是一家人,不进一家门。"

容若听到"不是一家人,不进一家门"十个字,心中便如刀割一般，痛楚难当。原以为此生情思笃定，谁知造化弄人，缘错至此。思潮起伏，道："原先你在宫里，就和她要好？"

芸初答："我和她原是一年进的宫，在内务府的时候，又分在一间屋子里，所以特别亲厚些。如今她虽是主子，可今儿见了我，还是极亲和待人。"见容若目不转睛地望着自己，不禁脸上一红，脉脉地看着他。

容若却是极力自持，终于难以自禁，问："她如今可好？"

芸初道："我倒觉得样貌比原先仿佛清减了些。宫里都说良贵人如今最得皇上宠爱，照今儿的情形看，一应吃的穿的用的，皆是天下顶好的，那可是真没的比了。"

容若听她这样说，慢慢又喝了一口茶，那茶只是温热，只觉得又苦又涩，缓缓地咽下去，仿佛是自言自语："一应吃的穿的用的，皆是天下顶好的，那可是真没的比了……"

过了良久，方才道："歇着吧，明儿还要早起呢。"

第三日是新妇回门之期，所以两人极早就起身，预备回门，方修饰停当，又去上房向老太太请安。

老太太才刚起身，丫头正在侍候梳洗，见了芸初便笑道："今儿是回门，家去可要欢欢喜喜的。"

芸初笑道："老太太和太太们都待孙媳妇这样好，孙媳妇自然每日都欢欢喜喜的。"

正说笑时，却有丫头慌慌张张地进来回道："老太太，二门上传进话来，说是宫里打发人来，说咱们家娘娘不好了。"

老太太是上了年纪的人，听到这话，不觉像半空里打了个焦雷，吓得半晌说不出话来。

一旁老成的许嬷嬷忙斥责那丫头："到底怎么回事，别一惊一乍的，慢慢说，别吓着老太太。"

那丫头道："二门上只说，宫里来的公公在门上立等，说咱们家娘娘病了。"

老太太急道："咱们家两位娘娘，究竟是哪一位娘娘病了？"

那丫头亦不知晓，纳兰夫人亦听得了信儿，忙过来侍候，传了宫里来的人进来。

那太监神色极是恭谨，亦只道："奴才是内务府打发来的，因良主子身子不豫，所以传女眷进宫去。"

老太太见问不出个究竟，只得命人请下去用茶，这厢忙忙地装束起来，预备进宫去。

芸初见老太太神色焦虑，便道："老祖宗且放宽心，昨儿孙媳妇进宫去，还见着良主子气色极好，想是不碍事的。"

老太太不由牵了她的手，含泪道："我的儿，你哪里知道，那孩子打小儿三灾八难的。我虽有心疼她，禁不住如今君臣有别，如今她是主子，反不得经常相见，我这心里实实惦记。况且上回传咱们进宫去，我听说是小产，心里难过得和什么似的……"

纳兰夫人忙忙地道："贵人乃是有大福的人，吉人自有天相，老太太且不必多想。"一时侍候了老太太大妆，纳兰夫人妯娌自然亦要随着入宫去。

一列五乘轿子，从神武门入顺贞门，便下轿换了宫中的车子，走了许久，方又下车。早有一位内监率着小太监迎上来，方请下安去。

纳兰夫人因见是皇帝身边的赵昌，吓了一大跳，忙忙亲手去搀，道："公公如何这样多礼。"

赵昌满脸笑容，到底请了个安，道："奴才给老太太、列位太太道喜。"

见众人尽皆怔住，赵昌便笑道："太医已经请了脉，说良主子原是喜脉。"

老太太禁不住笑容满面，一时喜不自胜，禁不住连连念佛。

赵昌笑道："良主子昨儿夜里起来，突然发晕倒在地下。哎哟嗳，当时可把奴才们给吓坏了，万岁爷急得连脸色都变了，特旨开宫门，夤夜传了当值的太医进来。听说是喜脉，万岁爷十分欢喜，今儿一早便叫传列位太太进来陪良贵人说话解闷，命奴才这几日哪儿也不去，只在这里侍候良贵人。还说日后凡是良贵人想见家里人，便叫传列位太太进来呢。"

老太太欢喜得只顾念佛，纳兰夫人笑道："有劳公公。"

赵昌道："请诸位太太随奴才来。"便引着她们，自垂花门进去，入宫去见琳琅。

却说这日梁九功奉了皇帝的差使去给太后送东西，太后所居的宫中多植松柏，庭院之中杂以花木，因着时气暖和，牡丹芍药争奇斗妍，开了满院的花团锦簇。

端嫔与惠嫔陪着太后在院子里赏花，正说笑热闹，宫女禀报梁九功来了，太后便命他进来。

梁九功磕头请了安。太后便问："你们万岁爷打发你来的？"

277

梁九功满脸堆笑，道："今儿福建的春贡到了，万岁爷惦记着太后爱吃红茶，特意巴巴儿地打发奴才给太后送过来。"

太后听了，果然欢喜。小太监们忙捧着漆盘呈上来，太后见大红漆盘中一色尺许高的锡罐，映着日头银晃晃的，十分精致好看，随口又道："太皇太后倒不爱吃这茶，难为皇帝总惦记着我喜欢，每年总是特意命人进贡——我也吃不了这许多，叫皇帝看着也赏些给后宫里吧。"

梁九功便道："万岁爷吩咐奴才，说是先进给太后，余下的再分赏给诸宫里的主子呢。"

太后点点头，从专管抱狗的宫女手里接过那只西洋哈巴儿，抱在膝上逗弄着，又道："她们有的人爱吃这个，有的不爱吃，其实爱吃的倒不妨多赏些，反正搁在那里，也是白搁着。"

梁九功赔笑道："万岁爷也是这样吩咐的，万岁爷说，延禧宫的宁贵人就爱吃这个，命奴才回头就给多送些去呢。"

太后听了，犹未觉得什么，一旁的惠嫔不由望了端嫔一眼。果然端嫔手指里绞着手绢，结成了个结，又拆散开来，过不一会儿，又扭成一个结，只管将手指在那里绞着。

太后已经命梁九功下去了，端嫔心中不忿，转念一想，对太后道："皇额娘，说到宁贵人，这几日好像老没看见她来给您请安。"

太后漫不经心地抚着怀中的狗，道："许是身上不爽快吧，她是有身子的人，定是懒怠走动。"

惠嫔道："别不是病了吧。"

端嫔笑了一声，道："昨儿我去给太皇太后请安，还在慈宁宫里瞧见她，有说有笑地陪太皇太后解交绳玩儿呢，哪里就会病了。"

太后"哦"了一声,手里有一下没一下抚摸着那哈巴儿,谁知手上的玳瑁米珠团寿金护甲挂住了一绺狗毛,那狗吃痛,突然回过头来,就向太后手上狠狠咬去。

太后"哎哟"了一声,那狗"汪汪"叫着,跳下地去跑开了。

惠嫔与端嫔忙围过来,端嫔见伤口已经沁出血来,忙拿自己的绢子替太后按住,惠嫔忙命人去取水来给太后净手,又命人快去取药来。

太后骂道:"这作死的畜生,真不识抬举。"

惠嫔道:"就是因为太后平日对它恩宠有加,它才这样无法无天。"

端嫔在一旁道:"皇额娘平日就是对人的心太实了,对人太好了,好得那起不识好歹的东西竟敢忘恩负义,猖狂得一时忘了形。"

太后听了这句话,倒似是若有所思。传了御医来看了手伤,幸而并不要紧,又敷上了药。自然已经传得皇帝知晓,连忙过来请安,连太皇太后亦打发人来问,各宫里的主位亦连忙前来问安。

到了黄昏时分,宫女方进来通传:"宁贵人来给太后请安了。"

端嫔笑道:"可真便宜了她,晨昏定省,如今可又省了一头。"

太后哼了一声,道:"叫她进来吧。"

画珠已经进来,恭恭敬敬向太后请了安。

太后素来待她极亲热,这时却只淡淡地说:"起来吧。"

惠嫔却笑盈盈地道:"妹妹今儿的气色倒真是好,像这院子里的芍药花,又白又红又香。"

端嫔道:"珠妹妹的气色当然好了,哪里像我们人老珠黄的。"

画珠笑道:"姐姐们都是风华正茂,太后更是正当盛年,就好比这牡丹花开得正好,旁的花花草草,哪里及得上万一?"

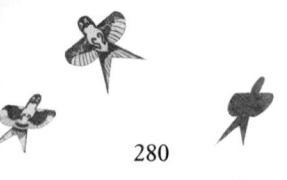

太后这才笑了一声,道:"老都老喽,还将我比什么花儿朵儿。"

端嫔笑道:"妹妹这张嘴就是讨人喜欢,怨不得哄得万岁爷对妹妹另眼相看,连万寿节也翻妹妹的牌子。可见在皇上心里,妹妹才是皇上最亲近的人。"

画珠嘴角微微一动,终于忍住,只是默然。

惠嫔向太后笑道:"您瞧端妹妹,仗着您老人家素来疼她,当着您的面连这样的话都说出来了。"

端嫔晕红了脸,嗔道:"太后知道我从来是口没遮拦,想到什么就说什么。"

太后道:"这才是皇额娘的好孩子,心事都不瞒我。"

惠嫔又指了花与太后看,端嫔亦若无其事地赏起花来,一时说这个好,一时夸那个艳。

过了片刻,太后微露倦色,说:"今儿乏了,你们去吧,明儿再来陪我说话就是了。"

三人一齐告退出来,惠嫔住得远,便先走了。

端嫔向画珠笑道:"还没给妹妹道喜。"

画珠本就有几分生气,面带不豫地问:"道什么喜?"

端嫔道:"皇上又新赏了妹妹好些东西,难道不该给妹妹道喜?"

画珠笑道:"皇上今儿也在赏,明儿也在赏,我都不觉得是什么大不了的事了。"

端嫔听了,自然不是滋味,忍不住道:"妹妹,皇上待你好,大家全能瞧见。只可惜这宫里,从来花无百日红。"

画珠听她语气不快,笑了一声,道:"姐姐素来是知道我的,因着姐姐一直照拂画珠，画珠感激姐姐，画珠得脸，其实也是姐姐一样得脸啊。咱们是一条船上的人，姐姐若将画珠当了外人，画珠可就不敢再替姐姐分忧解难了。"

端嫔轻轻地咬一咬牙，过了半晌，终于笑了："好妹妹，我逗你玩呢。你知道我是有口无心。"

画珠也笑逐颜开，说："姐姐，我也是和你闹着玩呢。"

画珠回到宫中，坐在那里只是生闷气，偏生宫女小吉儿替她斟茶，失手打破了茶碗，将她吓了一跳。她一腔怒气正好发作出来，随手拿了炕几上的犀拂劈头盖脸地就朝小吉儿打去，口里骂："作死的小娼妇，成心想吓死我来着？我死了你们可都称心如意了！"

另外的宫女们皆不敢劝，几个人都跪在地下。

画珠却是越想越生气，下手越发使力。

小吉儿被打得呜呜直哭，连声求饶："主子，主子息怒，奴才再不敢了，再不敢了！"

那犀拂小指来粗的湘妃竹柄，抽在人身上顿时一条条的红痕，小吉儿被打得满头满脸是伤。

另一个宫女容香原和小吉儿要好，见打得实在是狠了，大着胆子劝道："主子且消消气，主子自己的身子要紧，没得为个奴才气坏了，主子可仔细手疼。"

画珠犹发狠道："我告诉你们，你们谁也别想翻到天上去，就算我死了，我做鬼也不能让你们舒坦了！"几个人皆苦苦相劝。

正在此时，门外有人道："哟，这是闹的哪一出啊？"跟着帘子一挑，进来位衣饰整洁的太监。

281

画珠见是敬事房的大太监刘进忠,怔了一怔,容香忙接过犀拂去。

画珠方才笑了一笑:"倒叫谙达见笑了,奴才不听话,我正教训着呢。"

刘进忠打了个千儿,满脸笑容地道:"恭喜宁主子,今儿晚上,万岁爷又是翻的主子您的牌子。"

画珠嘴角微微一动,似是欲语又止。

刘进忠便道:"宁贵人,赶紧拾掇拾掇,预备侍候圣驾啊。"

容香连连向小吉儿使眼色,小吉儿这才躲出去了,容香忙上前来替画珠梳洗。

刘进忠退出宫外相候,同来的小太监不解地问:"刘谙达,旁的主子一听说翻牌子,都欢喜得不得了,怎么这宁贵人听说翻了牌子,倒是一脸的不快活?"

刘进忠嗤笑一声,道:"你们知道什么?"

另一位小太监道:"谙达当着上差,自然比我们要知道得多,谙达不指点咱们,咱们还能指靠着谁呢?"

刘进忠便笑道:"小猴儿崽子,算你小子会说话,这中间当然有缘故的——咱们当奴才的,最要紧的是什么?是知道上头的风向。在这宫里,同样是主子,是娘娘,可是得宠和不得宠,那可就是一个天上,一个地下了。我倒问问你们,如何看得出来哪位主子最得宠?"

小太监嘴快,道:"要照记档来看,宁贵人最得宠了,一个月三十天,万岁爷倒有二十天是翻她的牌子。赏她的东西也多,今儿也在赏,明儿也在赏。宫里都说,连新近得宠的良贵人也夺不了宁贵人的风头。"

刘进忠哈哈一笑，道："光看记档能明白个屁。"

小太监听他话里有话，便一味地缠着他，但刘进忠露了这么一下子，却再也不肯说了。

待他们回到乾清宫，梁九功正领着人等在暖阁之外，见他们送了画珠进来，便双掌互击，四名小监便上前来，接过包裹着画珠的锦被去。梁九功将嘴一努，他们便将画珠送入大殿之后的围房。

梁九功这才返身进了暖阁，皇帝盘膝坐在炕上看折子，梁九功悄悄上前，替换下侍候笔墨的小太监，觑见皇帝稍稍顿笔，便道："已经起更了，请万岁爷的示下，万岁爷是就歇着呢，还是往储秀宫去？"

皇帝想了一想，道："就歇着吧。"

梁九功"嚯"了一声，问："那奴才打发人去接良主子？"

皇帝道："如今战事正紧，只怕夜里又有折子来，她这几日老歇不好，今儿就不接她过来了，且让她安安心心睡一觉。"

梁九功赔笑道："每日里万岁爷若是不过去，便必打发人接她过来的，今儿要是不去，主子必要记挂着。上回万岁爷召见大臣，会议了一整夜，结果主子等到后半夜里才睡下，后来万岁爷知道了，将奴才一顿好骂，奴才可不敢忘了教训。"

皇帝便道："偏你有许多啰唆。"虽这样说，随手却摘下腰上的荷包，道，"拿这个去给她，就说是朕说的，叫她今日早些睡。"又叮嘱道，"她是有身子的人，叫她不必磕头谢恩了。"

按例接到御赏之物，皆要面北磕头谢恩，故而皇帝特意这样叮嘱。梁九功捧着荷包，"嚯"了一声，退出来亲自送往储秀宫。

待得他回来时,皇帝的折子亦瞧得差不多了,见到他便问:"她说了什么没有?"

梁九功道:"主子并没有说旁的话,只命奴才请万岁爷也早些安置。"

皇帝点一点头,说:"朕也倦了,就歇着吧。"

梁九功击掌命人进来侍候皇帝安置。因这日轮到魏珠守夜,梁九功率人一一检点了门窗,最后才退出去。方退出暖阁,却见小太监小和子正等在那里,见着他,便如见着救星一般,悄悄地对他道:"围房里的宁贵人闹着要见万岁爷呢。"

梁九功道:"告诉她万岁爷歇下了,有话明天再回奏吧。"

小和子哭丧着脸道:"宁贵人发了脾气,又哭又闹,谁劝就骂谁,她还怀着龙种呢,咱们可不敢去拉她。"

梁九功恨声道:"一帮无用的蠢材。"话虽这样说,到底怕闹出事来,于是跟着他往后面围房里去见画珠。

老远便见到围房之外,几名小太监在门口缩头缩脑,见着梁九功,纷纷地垂手侍立。

梁九功呵斥道:"都什么时辰了,还不去睡?只管在这里杵着,等着赏板子不成?"

小太监忙不迭都退走了。

梁九功踏进房内,只见地下狼藉一片,连茶壶茶杯都摔了,画珠坐在炕上抱膝流泪。

梁九功却请了个安,道:"夜深了,奴才请宁贵人早些歇着。"

画珠猛然抬起头来,直直地盯着他,一双眼睛虽然又红又肿,灯下只觉目光中寒意凛冽："我要见皇上。"

梁九功道："回主子的话，万岁爷已经歇着了。"

画珠却失了常态，连声音都变了调子："万岁爷歇着了，那他翻我的牌子做什么？"

梁九功微微一笑，慢吞吞地道："宁主子不妨拿这话去问万岁爷，奴才可不敢乱猜测万岁爷的意思。"

画珠冷笑道："打量着我傻么？他只管拿我来顶缸，我凭什么要枉担了这个虚名？"说到这里，眼泪不禁又流了下来。

梁九功赔笑道："宁主子向来聪明，怎么今儿反倒说起傻话来。您犯这样的糊涂不打紧，可这三更半夜，夜深人静的，您这么嚷嚷，搁着外人听见了，您可多没体面。"

画珠身体剧烈地颤抖着，半晌说不出一句话来。

梁九功道："跟万岁爷撕破脸面，宁主子您有什么好处？您还是安心歇着吧，万岁爷早歇下了，您闹也没有用。"

画珠热泪滚滚，哭道："我要见皇上，我什么都不要，我只要见皇上。"

梁九功道："宁主子，您怎么就不明白呢。万岁爷待您，已经是恩宠有加了，后宫里的主子们谁不想日日见到万岁爷，不独您一个儿。不过就是让您睡了几夜围房，现下万岁爷可是处处优待着主子您，吃的用的，一应儿皆是最好的分子，隔三岔五的另有赏赐，后宫里其他的主子们，眼红您还来不及呢，您干吗要和这福气过不去？"

画珠怔怔地只是流泪。

梁九功见她不再吵嚷，便道："您还是早些歇着吧，看哭肿了眼睛,明儿可见不了人了。"

画珠闻言,果然慢慢地拿绢子拭了眼泪。

梁九功便道:"奴才告退了。"打了个千儿,便欲退出去。

画珠却道:"梁谙达,我有一句话请教您。"

梁九功忙道:"不敢当。"

画珠眼中幽幽闪着光,声音里透着森冷的寒意:"求谙达让我死也做个明白鬼——皇上到底是不是因为琳琅?"

梁九功"哟"了一声,满脸堆笑,道:"宁主子,可不兴说这样不吉利的词儿,您还怀着身子,将来诞育了小格格、小阿哥,您的福气还在后头呢,可不兴说那个字。"

画珠死死地盯着他,问:"我只问你,是不是因为琳琅?"

梁九功道:"宁贵人这话奴才听不明白。奴才劝宁贵人别胡思乱想,好生将养着身子才是。"

画珠冷笑一声,答:"我自然会好好将养着身子。"

梁九功不再多说,告退出来。走到门外,招手叫过小和子,嘱咐道:"好生侍候着,留意夜里的动静,如果出了事,别怪我一顿板子打死你们算完。"

小和子连连应是。

梁九功又问:"宁贵人宫里是哪几个人在侍候?"

小和子道:"这可记不得,要去查档。"

梁九功道:"明儿打发人去回安嫔,就说我说的,听说宁贵人宫里几个使唤的人太笨,老是惹得贵人生气,请安嫔将他们都打发去别处,另外挑人来侍候宁贵人。"

第十五章

脉脉斜阳

燕归花谢,早因循、又过清明。是一般风景,两样心情。犹记碧桃影里、誓三生。乌丝阑纸娇红篆,历历春星。道休孤密约,鉴取深盟。语罢一丝香露、湿银屏。

——纳兰容若《红窗月》

因着天气一日暖和过一日,琳琅精神一日比一日倦怠。

锦秋便劝道:"这会子已经是申末时分,主子才歇了午觉起来,不如奴才陪主子去宜主子那里坐坐,说一会儿话,回来再用膳。"

琳琅记得太医的嘱咐,要她平日里多散散,不可思虑太过,于是便也答应了。

天气渐热,园子里翠柳繁花,百花开到极盛,却渐渐有颓唐之势。锦秋陪着她慢慢看了一回花,又逗了一回鸟,不知不觉走得远了,时值黄昏,起了微微的东风,吹在人身上颇有几分凉意。

锦秋便道:"这风吹在人身上寒浸浸的,要不奴才去给主子拿件氅衣来。"

琳琅道:"也好,顺便将里屋炕桌上那匣子里的花样子也拿来,原是我答应描了给宜主子的,刚才出来偏生又忘了。"

锦秋便答应着去了。

琳琅因见假山之下那一带芍药开得正好,斜阳余晖之下如锦如霞,一时贪看住了,顺脚随着青石子道一路走了下去。其时天色渐晚,各宫里正传膳,园中寂静并无人行,只见群鸟归林,各处神鸦啊啊有声。

琳琅看了一会儿花,回头又见落霞正映在宫墙之上,如浸如染,绚红如血,她走着走着,不觉转到了假山之后。这里本有小小两间屋子,原是专管打扫花园的花匠们放置锄锹畚箕之属的仓房所在,极是幽僻,素日甚少有人来。

她见走得远了,怕锦秋回来寻不着自己,正待顺路返回去,忽听那山墙之外有女子的声音嘤嘤地哭泣。跟着有人劝道:"咱们做奴才的,挨打受骂,那又有什么法子。"

琳琅料想必是有宫女受了委屈,故而躲在这里向同伴哭诉,心下不以为意,正待要走开,忽听那人哭道:"她的心也忒狠毒了,怨不得良主子那条命都几乎送在她手里。"

琳琅听到这句话,宛若晴天里一个霹雳,不知不觉就怔在那里。

但听另一个声音呵斥道:"你可别犯糊涂了,这话也是胡乱说得的?"

先前哭的那人似是被吓住了,过了半晌,才道:"好姐姐,我也只给你一个人说。那日端主子来瞧她,我在窗户外头听得的,原是她和良主子都还在乾清宫的时候,她和端主子商议好了,做下什么圈套陷害良主子,叫万岁爷恼了良主子,将良主子赶出了乾清宫,这才有后来的事。"哭道,"她一直疑心我听着了什么,借机总是又打又骂,如今我被放出来种花,她还不放过我,硬诬我偷了她的镯子,要赶我出去。好姐姐,我可该怎么办?"

另一人道:"快别说了,这样无凭无据的事情,谁敢信你,都只当你是胡说罢了。你快快将这事给忘了,忘得一干二净,我也只当从来没听说过。要叫别人听见,这可是抄家灭门的大祸。"

那人似被吓住了,只是嘤嘤地哭着。

琳琅身上寒一阵,热一阵,风扑在身上,便如害着大病一样,手足一阵阵只是发冷,过了好一阵子,才有力气转身往回走去。她脚下虚浮,慢慢走了好半晌,才随着假山走下来,一路走到了青石板的宫道上。

锦秋正在那里满面焦灼地东张西望,见着她便如得了凤凰一般,道:"主子往哪里去了,可叫奴才好找。园子里人少,连个问的人都没有,眼瞧着天色都黑下来了,可急死奴才了。"一面说,一面将手里的氅衣抖开,替琳琅穿上,一时触到她的手,吓了一跳,"主子的手怎么这样冷冰冰的,可别是受了凉寒。"

琳琅轻轻摇一摇头。锦秋见她脸上半分血色都没有,心里害怕,道:"天晚了,要不奴才先侍候主子回去,明儿再去长春宫吧。"

琳琅并不答话,随着青石板的大路,慢慢地往回走。锦秋搀扶着她,心里只是七上八下。

待回到储秀宫中,天色已晚,碧落正招呼了小太监传灯,灯下骤然见着琳琅进来,一张面孔雪白,神魂不属的样子。

碧落亦吓了一跳,忙忙上前来侍候,拿热毛巾把子擦过脸,又问:"主子可饿了,可想用点什么?"

琳琅轻轻摇一摇头，道："我倦了，想歪一歪。"

碧落见她声气不同寻常，忙收拾了炕上，服侍她睡下，又命小宫女进来，将地下的大鼎里换了安息香，这才蹑手蹑脚地走出去。她寻着锦秋，劈面就问："我的小祖宗，你引主子到哪里去了？梁谙达千交待万嘱咐，你全都当成耳旁风？我告诉你，你倘若是不想活了，可别连累着大家伙儿。"

锦秋几乎要哭出来，道："并没有往哪里去，就是说去宜主子那里坐坐，走到园子里，主子叫我回来拿氅衣和花样子，我拿了回去，半晌就没寻见主子，过了好一阵子，才瞧见主子从假山那头下来，便是这样子了。"

碧落道："你竟敢将主子一个人撂在园子里头，万一冲撞上什么，你担当得起吗？"

锦秋道："我也是一时没想得周全，原说快去快回的，不过一盏茶的工夫，而且平日里园子里人来人往的，总觉得不打紧的。"

碧落恨声道："不打紧？你瞧瞧主子的样子，这还叫不打紧？看让万岁爷知道了，梁谙达能饶得了谁？"

锦秋又怕又悔，抽泣着道："我也不是成心，谁知道就那么一会儿工夫，就出了差池……"

碧落见她这样子，也不好再埋怨，又怕琳琅有事叫自己，只得返身进去。碧落坐在小杌子上，见琳琅一动不动面朝里躺着，心里只是害怕。

等起了更，乾清宫的小太监悄悄地来回话："万岁爷就过来了，请主子预备接驾。"

碧落不敢说实话，只得进去炕前，轻声唤了声："主子。"

　　只见琳琅眸子清炯炯地望着帐顶，原来并未曾睡着，见她来，只说："我什么都不想吃。"

　　碧落只得道："那主子可觉得好些了？乾清宫说万岁爷就过来，若是主子身上不爽快，奴才就打发人去回万岁爷。"

　　琳琅知道若是回了皇帝，必要害得他着急，若不亲来瞧自己，必又打发人来，总之是不安心，于是挣扎着坐起来，道："不，不用。"说，"将镜子拿来我看看。"

　　碧落忙拿了镜子过来，琳琅照了一照，只觉得脸颊上皆是绯红的，倒比方才有了些颜色，又命锦秋进来替自己梳头，方收拾好了，皇帝已经到了。

　　皇帝的心情倒甚好，就着灯望一望她的脸上，说："你今儿精神像是不错。"

　　琳琅含笑道："我睡了大半晌，适才又歪了一会儿，这会子倒饿了。"

　　皇帝道："朕也饿了，今儿有南边贡来的糟鹌鹑，我已经打发人给你的小厨房送去了，叫他们配上粥，咱们一块儿吃。"

　　碧落便率人收拾了炕桌，又侍候皇帝宽了外头的衣裳，在炕上坐了，琳琅打横陪着他。

　　一时小厨房送了细粥来，八样小菜，糟鹌鹑、五绺鸡丝、胭脂鹅脯、炸春卷、熏干丝、风腌果子狸、熏肘花小肚、油盐炒枸杞芽儿，另外配了四样点心，倒是满满一桌子。

　　琳琅就着油盐炒枸杞芽儿，勉强吃了半碗粥，只觉得口中发苦，再咽不下去，就搁了筷子。

皇帝因见她双颊鲜红，说道："是不是吃得发了热，可别脱衣裳，看回头着了风。"一面说，一面搁下筷子，摸了摸她的手，不禁脸上就变了颜色，"怎么这样滚烫？"

琳琅也觉得身上无力，连肌肤都是焦痛的，知道自己只怕是在发热，勉强笑道："我真是不中用，大抵是后半晌起来吹了风，受了凉。"

皇帝一面命人去传太医，一面就打发她躺下。碧落等人早着了忙，忙上来侍候。

皇帝道："你们如今当差也太不用心了，主子病了还不知道，可见有多糊涂。"

琳琅道："不怨她们，我也是这会子才有些觉得。"

皇帝一直等到太医来了，又开了方子，看着她吃下药去，这么一折腾，已经是二更天的工夫。皇帝心中着急，嘴上却安慰她道："不打紧，太医说只是受了风寒，吃一剂药就好了。"

琳琅勉强笑道："我这会子也觉得身上松快了些，皇上还是回乾清宫去早些歇着吧，明儿还得上朝呢。"

皇帝也知自己在这里，必然令她不能安睡，便道："也好，你且养着，我先回去。"走至门口，终究不忍，回过头来，却见她正望着自己，眼中泪光盈然，见他回头，忙仓促转过脸去。

皇帝便返身回来，握了她的手，低声道："你今儿是怎么了？"

她似乎悚然回过神来，眼睛里依旧是那种惶然惊惧的神气，嘴里却答非所问："这夜里真安静。"

皇帝爱怜万分,说道:"可不是累着了,如今不比往日,你要替我好好保重自己才是。"

她心底微微一热,抬起头来见皇帝目不转睛地望着自己,那双乌黑深邃的眼眸,明亮而深沉。她不由自主转开脸去,低低地道:"我害怕……"

皇帝只觉得她声音里略带惶恐,竟在微微发颤,着实可怜,情不自禁将她揽入怀中,说道:"别怕,我都布置好了,她们自顾不暇,料来不能分神跟你过不去。再说有皇祖母在,她答应过我要护你周全。"只觉得她鬓发间幽香馥郁,楚楚可怜。

却不想她轻轻叹了口气,说:"琳琅不是害怕那些。"

皇帝不由"唔"了一声,问:"那你是怕什么?"

她的声音更加低下去,几乎微不可闻:"我不知道。"

皇帝听她语气凄凉无助,自己从来未曾见过她这样子,心中爱怜,说:"有我在,你什么都不必怕。"

桌上点着红烛结了烛花,火焰跳动,璨然大放光明,旋即黯然失色,跳了一跳,复又明亮,终不似以前那样光亮照人。

她低声道:"你瞧这蜡烛,结了烛花燃得太亮,只怕就会熄了。"

皇帝听她语意里隐约有几分凄凉,念及她所受之种种苦楚,心中更是难过。随手抽下她发间一支碧玉钗,将烛光剔亮,说:"这世上万事你俱不用怕,万事皆有我替你担当。"

她眼中依稀闪着淡薄的雾气,声音渐渐低下去:"红颜未老恩先断——"

皇帝一腔话语,不由都噎在那里,过了半晌,方才道:"你原是这样以为。"

她终于抬起头来，他的眉头微皱，眉心里便拧成川字，她缓缓道："琳琅其实与后宫诸人无异，我怕失宠，怕你不理我，怕你冷落，怕你不高兴。怕老，怕病，怕死……怕……再也见不着你。"

皇帝伸手将她揽入自己怀中，两人相依相偎良久。她低声道："只咱们两个人在这里，就像是在做梦一样。"

皇帝心底不知为何泛起一丝酸楚，口中道："怎么说是做梦，你身上不好，可别说这样的话。我打算过了，待得天下大定，我要将西苑、南苑、北海子全连起来，修一座大园子起来。到了那时候，咱们就上园子里住去，可以不必理会宫里那些规矩，咱们两个人在一块儿。"

她"嗯"了一声。

皇帝又道："京里暑气重，你素来怕热，到时我在关外挑个地方，也盖园子起来，等每年进了六月，我就带你出关去避暑，行围猎鹿。咱们的日子长久着呢。"

皇帝又劝慰她良久，方才亲自打发她睡下，终于出来。

碧落率着人皆在外头预备送驾，一时皇帝上了肩舆，一溜八盏宫灯簇拥了御驾，回乾清宫去。梁九功随在后头，转身向碧落招了招手，碧落只得上前来。

梁九功道："你也来，万岁爷有话问你。"

碧落便随在后头，跟着皇帝回了乾清宫。皇帝换了衣裳，在炕上坐了。碧落静静地跪在那里，却不敢作声。

皇帝默然良久，方才道："太医的话，你也听见了。朕平日是怎么嘱咐你们的？"

碧落连连磕头，道："奴才该死。"

皇帝淡然道："太医说你们主子是受了极大的惊吓，以致心神不属，风邪入脉，万幸没有动到胎气。你老老实实地告诉朕，你们主子是遇上了什么人，还是遇上了什么事？"

碧落无奈，只得将锦秋的话从头到尾复述了一遍，道："奴才们实实不知道，奴才已经狠狠责骂过锦秋，她急得也只会哭，求万岁爷明察。"

梁九功便去传了锦秋来，皇帝问过，果然实情如此，并无人知晓。

皇帝沉吟片刻，道："园子里冷清，不定是撞上了什么，总归是因为跟的人少的缘故，此后你们主子出去，必要着两个人跟着。你们主子待你们不薄，你们也要尽心尽力地侍候。"

碧落与锦秋皆磕头称"是"，皇帝便命她们回去了。

梁九功上来侍候皇帝安置，皇帝嘱咐他道："你挑一个得力的人去储秀宫小厨房当差，凡是良贵人的一应饮食，都要特别仔细侍候。"

梁九功"嗻"了一声，皇帝淡然道，"朕倒要好生瞧着，看谁敢再算计朕的人。"

琳琅吃了几剂药，终于一日日调养起来，皇帝这才放了心。

梁九功派去储秀宫的人叫张五宝，原在御膳房当差，最精于饮馔之道，为人又极踏实勤勉。凡是琳琅入口之物，不论是茶水点心，还是早晚二膳，皆先由他细细尝过。

这日琳琅去了景仁宫给佟贵妃请安，宫里只留下几个不相干的小太监，大家便奉承着张五宝，与他在直房里喝茶，央他讲些御膳房的掌故来听。

正在闲话的当儿,一名宫女走进来,手里提着雕漆食盒,笑道:"各位谙达宽坐。"

张五宝原识得她,便赶着她的名儿叫:"晓晴妹妹,今儿怎么得空到这里来?是不是端嫔打发你来的?"

晓晴捞了辫梢在手里,笑道:"谁是你的妹妹?如今我可不在端主子那里,眼下分派我去了延禧宫里当差呢。"将食盒交给张五宝,道,"这个是桃仁馅山药糕,我们宁主子说良贵人素来爱吃这个,所以送来给良主子尝尝新。"

各宫里皆有小厨房,妃嫔相互馈赠吃食,原也寻常。张五宝并没有在意,便接了过去,口里说:"有劳有劳,替我们主子多谢宁贵人。"又留晓晴吃茶。

晓晴道:"我可不像你们这样轻闲,主子还打发我往别处去送糕呢。"

待得晓晴走后,张五宝打开食盒看了一看,见盒中果然是一大盘新蒸的桃仁馅山药糕。

几名小太监便笑道:"闻着真是喷鼻的香,怪馋人的。平日里只说尝膳尝膳,主子吃什么好东西,谙达您总得先尝了,可真是天下头一份的好差事。"

张五宝笑骂道:"你们以为尝膳是好玩的差事么?出了半点差池,那可是要掉脑袋的。"

一时将糕收了,待得琳琅回来,碧落果然命传点心,小厨房便预备了建莲红枣汤、糖蒸酥酪并那桃仁馅山药糕。

张五宝用清水漱了口,一样样地尝过。每尝过一样,便再漱一次口。等尝到桃仁馅山药糕,忽觉得微有苦味,隐约夹杂着一种辛香之气。心下暗暗诧异,不敢马虎,又拿了一块,掰开了桃仁馅,对着亮光细看了好一会儿,方又再细细地放在口里嚼了。

碧落见了他的举止,知道事情有异,不觉一颗心都提了起来。

张五宝的脸色沉下来,对碧落道:"打发人去回梁谙达,这糕里有毛病。"

梁九功行事最是利落,立刻传了太医院当值的李太医进来。李太医掰开了糕馅子,细细地拿手指碾开,又闻了气味,细细地尝了味道,知道兹事体大,不敢隐瞒,对梁九功道:"谙达,依下官看,这桃仁里头似掺了一味中药红花,到底是与不是,还要待下官与同事公议。"

梁九功道:"李大人,这红花是味什么药?"

李太医道:"红花别名草红、刺红花、杜红花、金红花。如果红花配桃仁,破血祛淤之力更甚,通经散淤而止痛,治妇人各种淤血病症、经闭、症瘕、难产、死胎、产后恶露不行,民间亦有用此方堕胎的。"

梁九功倒吸了一口凉气,立刻命人连盒子带糕一块儿封了。一面亲自去回禀皇帝,一面打发人去回禀佟贵妃。佟贵妃正在病中,听说出了这样的事情,大是震惊,立刻命安嫔打发人将送糕的宫女晓晴看管起来。

皇帝自然震怒非常:"前明宫中秽乱,故此等事层出不穷,本朝自入关以来宫闱清严,简直是闻所未闻。此事朕听着就觉得脏了朕的耳朵，你告诉佟贵妃，叫她依律处置。不管是谁的指使，都得替朕查得清楚，朕绝不容六宫之中有此等阴毒之人。"

梁九功便亲自去回禀了佟贵妃。

偏生这几日佟贵妃犯了旧疾，一直在吃药调养，只得将此事依旧交待安嫔去办。安嫔不忿画珠已久，听到这样的事情，哪有不雷厉风行的，立时带了人去延禧宫，未至垂花门口，已经瞧见画珠领着阖宫的宫女太监站在宫门之外。

安嫔笑吟吟道："哟，好容易得空来陪妹妹说几句，倒劳贵人妹妹出来接我，真是不敢当，不敢当。"

画珠冷笑一声，道："原来姐姐是来陪我说话的，我瞧这阵仗，还以为姐姐是率人来拿我的。"

安嫔笑道："妹妹又没做亏心事，怎么会以为我是来拿人的？"

画珠道："才刚打发两个人来，二话不说，绑了我的宫女就走，我倒要问问你，皇上是不是有旨意，要褫夺我的贵人位分，或者是干脆三尺白绫子赐我一个了断？"

安嫔心里一动，笑道："妹妹猜得不错，万岁爷有旨意。"便面南站了，道，"传万岁爷口谕。"

画珠怔了一怔，只得由宫女搀扶着，面北跪了下来。

安嫔慢条斯理地道："万岁爷说，叫宁贵人明白回话，钦此。"

画珠只得忍气吞声，磕头谢恩。

安嫔道："妹妹不必气恼，姐姐只是奉了旨意，来问妹妹几句话，妹妹只要老实答了，万岁爷自有明鉴。"

画珠冷笑道："我老实答了，你们肯信么？"

安嫔微微一笑,道:"我肯不肯信都不要紧,只要万岁爷肯信妹妹就成。"

画珠听了此句,忽然怔怔地流下泪来。

安嫔道:"站在这里像是什么样子呢,还请妹妹进去说话吧。"

画珠拭一拭眼泪,仿佛一下子镇定下来,挺直了身子,神色自若地扶着宫女转身进到宫中去。

待进了殿中,安嫔居中坐了,便道:"请问宁贵人,今儿晌午是不是打发宫女晓晴送给良贵人一盘桃仁馅的山药糕?"

画珠道:"是又怎么样?"

安嫔微微一笑,道:"那再请问宁贵人,那山药糕的馅里,除了桃仁,宁贵人还叫人搁上了什么好东西?"

画珠连声冷笑:"我道是什么泼天大祸,原来是为了那盘山药糕。不过是我厨房里新做了一些,想起她原先爱吃这个,打发人送了她一盘。不独送了她,还送了佟贵妃、端嫔、德嫔、荣嫔。难道说我这糕里头倒搁了毒药不成?"

安嫔笑道:"太医可没说里头搁了毒药,太医只说,里头搁的是堕胎药。"

画珠听了此话,宛若半空里一个焦雷,好半晌说不出话来,末了方才喃喃道:"原来如此……"抬起头来,厉声道,"不是我做的,我并不知情。"

安嫔坐在那里,翘起水葱似的手指,打量尾指上套的金护甲上嵌着殷红如血的珊瑚珠子,闲闲地道:"妹妹此时当然要说不知情了,换作是我,也要推个一干二净啊,这可是抄家灭族的大祸。"

画珠连连冷笑,道:"你想要落井下石,坐实了我这罪名,没这么容易。皇上英明睿智,断不会被你们蒙蔽了去。"

安嫔抽出肋下的绢子,拭一拭鼻翼上擦的粉,说道:"知道皇上往日里待你好,可惜这回连皇上也不能徇情私饶了你。"起身吩咐左右道,"好生侍候宁贵人,贵人还怀着皇上的血脉呢,若有个闪失,你们可担当不起。"

那些宫女太监早已经跪了一地,安嫔便道:"这里的人统统不留了,关到北五所去听候发落,我另外再派人来侍候贵人。从即日起,延禧宫不许人进出,更不许往外传递东西,一切再听佟贵妃懿旨。"

她说一句,延禧宫的首领太监便"嗻"一声,她一离开延禧宫,便将宫女太监全部带走,另外派了四名嬷嬷来,名为侍候,实为监视,将画珠软禁起来。

安嫔去向佟贵妃复命,到了景仁宫方知佟贵妃给太后请安去了,忙忙又赶过去。

佟贵妃是先往慈宁宫太皇太后处去了,方才转过来,故而安嫔至太后宫外,远远只见数人簇拥着一乘舆轿过来,正是佟贵妃的舆轿,忙亲自上前侍候佟贵妃下了舆轿,早有人打起帘子。

佟贵妃知太后无事喜在暖阁里歪着,所以扶着宫女,缓步进了暖阁,果见太后坐在炕上,嗒嗒地吸着水烟。

她与安嫔请下安去,太后叹了一口气,说:"起来吧。"

她谢恩未毕,已经忍不住连声咳嗽,太后忙命人赐坐,却并不理睬安嫔,安嫔只得站着侍候。

佟贵妃明知太后叫自己过来是何缘由,待咳喘着缓过气来,道:"因连日身上不好,没有挣扎着过来给皇额娘请安,还请皇额娘见谅。"

太后撂下烟袋,自有宫女奉上茶来,太后却没有接,只微微皱着眉说:"我都知道,你一直三灾八难的,后宫里的事又多,额娘知道你是有心无力。"顿了一顿,问,"画珠的事,究竟是怎么回事?"

佟贵妃见她问及,只得道:"此事是安妹妹处置,我也只知是宁贵人身边的宫女,已经认了罪。"

太后见她并不知道首尾,只得转脸对安嫔道:"听说宁贵人叫你给关起来了,到底是怎么一回事?"

安嫔便将事情首尾原原本本讲了一遍。太后听说李太医说糕点馅子里竟夹着堕胎药,只觉得太阳穴突突乱跳,半晌说不出话来。

安嫔道:"这等阴狠恶毒的行事,历来为太皇太后和太后所厌弃。宁贵人素蒙圣眷,没想到竟敢谋算皇嗣,实实是罪大恶极。臣妾不敢擅专,奉了贵妃的懿旨,与荣嫔、德嫔、宜嫔、端嫔几位姐姐商议后,才命人将她暂时看管起来。如何处置,正要请太后示下。"

暖阁中极静,只听铜漏滴下,泠泠的一声。

佟贵妃坐在太后近前,只听她呼吸急促,两眼直勾勾地盯着自己,忙道:"皇额娘别生气,您身子骨要紧。"

安嫔也道:"太后不必为了这样忘恩负义的小人气坏了自个儿的身子。"

太后久久不说话,最后才问:"你们打算如何处置?"

安嫔道:"事关重大,还要请太后示下。不过祖宗家法……"稍稍一顿,道,"是留不得的。是否株连亲族,就看太后的恩典了。"

谋害皇嗣,乃十恶不赦之大罪,以律例当处以极刑,并株连九族。

太后只觉烦躁莫名,道:"人命关天,你口口声声说她谋害皇嗣,难道画珠肚子里的不是皇上的血脉?"

佟贵妃听说要人性命,心下早就惴惴不安,亦道:"皇额娘说的是,事关重大,总得等皇上决断,请了圣旨才好发落。"

安嫔不由抿嘴一笑,道:"虽然宁贵人现在身怀有孕,可她半分也不替肚子里的孩子积德,竟敢谋害皇嗣,十恶不赦,料想皇上亦只能依着祖宗家法处置。"

太后冷冷道:"皇帝素来爱重宁贵人,等弄清了来龙去脉,你们再讲祖宗家法也不迟。"

安嫔道:"皇上素来处事严明,从不挟私偏袒。依臣妾愚见,妄测圣意必也遵祖宗家法行事。"

话音方落,只听"砰"一声,却是太后将手中的茶碗重重摞在炕桌上,吓得佟贵妃连忙站起来了。

英嬷嬷忙道:"太后,宁贵人有负皇恩,着实可恶,您别气坏了身子。"

太后被她这么一提醒,才缓缓道:"总之此事等皇帝决断吧。"

佟贵妃恭声应"是"。她是副后身份,位分最高,虽在病中,但六宫事务名义上仍是她署理,她既然遵懿旨,安嫔只得缄然。

皇帝这日在慈宁宫用过晚膳,方去向太后请安。方至宫门,英嬷嬷已经率人迎出来,她是积年的老嬷嬷,见驾只请了个双安,悄声道:"万岁爷,太后一直说心口痛,这会子歪着呢。"

皇帝迟疑了一下,说:"那我明儿再来给太后请安。"

只听暖阁里太后的声音问:"是皇帝在外头?快进来。"

皇帝便答道:"是儿子。"进了暖阁,只见太后斜倚在大迎枕上,脸上倒并无病容,见着他,含笑问:"你来了。"

皇帝倒规规矩矩行了请安礼,太后命人赐了坐。

皇帝道:"太后圣躬违和,儿子这就命人去传太医。"

太后道:"不过是身上有些不耐烦,歪一会子也就好了。有桩事情,我想想就生气——那可是你心爱的人。"

皇帝听她说自己心爱的人,心中不由微微一跳,赔笑道:"皇额娘,六宫之中,儿子向来一视同仁,自觉并无偏袒。"

太后不觉略带失望之色,道:"连你也这么说?那画珠这孩子是没得救了。"

皇帝听她提到画珠,才知道是自己想错了,一颗心不由顿时放下了,旋即道:"宁贵人的事,儿子还在命人追查,待查得清楚,再向太后回奏。"

皇帝行事素来敏捷干脆,从太后宫中出来后即起驾去景仁宫。佟贵妃病得甚重,勉强出来接驾。

皇帝见她弱不禁风,心下可怜,说:"你还是歪着吧,别强撑着立规矩了。"

佟贵妃谢了恩,终究只是半倚半坐。

皇帝与她说了些闲话,倒是佟贵妃忍不住,道:"宁贵人之事如何处置,还请皇上示下。"稍一迟疑,又说,"太后的意思,宁贵人素得皇上爱重……"

皇帝道:"国有国法,家有家规,这六宫之中,你们哪一个人朕不爱重?"语气一转,"只是朕觉得此事蹊跷,朕自问待她不薄,她不应有怨怼之心,且明知事发之后她脱不了干系,如何还要做这样的蠢事?"

佟贵妃素知皇帝心思缜密,必会起疑心,当下便道:"臣妾也是如此想,皇上待宁贵人情深义重,她竟然枉顾天恩,行此大逆不道之事,着实令人费解。"

皇帝说:"那个送糕的宫女,你再命人细细审问明白。"

佟贵妃怕皇帝见疑,当下便命人去传了宫女晓晴来,语气严厉地吩咐身边的嬷嬷:"此事关系重大,你们仔细拷问,她若有半点含糊,就传杖。你们要不替我问个明白,也不必来见我了。"

她素来待下人宽和,这样厉言警告是未曾有过的事,嬷嬷们皆悚然惊畏,连声应是。

第十六章 此身良苦

> 而今才道当时错，心绪凄迷。红泪偷垂，满眼春风百事非。
> 情知此后来无计，强说欢期。一别如斯，落尽梨花月又西。
> ——纳兰容若《采桑子》

那些嬷嬷，平日里专理六宫琐事，最是精明能干，并不比外朝的刑名逊色，既然有贵妃懿旨许用刑，更是精神百倍。连夜严审至第二日晌午，方问出了端倪。

佟贵妃看了招认的供词，一口气换不过来，促声急咳。宫女们忙上来侍候，好容易待得咳喘稍定，她微微喘息："我……我去乾清宫面见皇上。"

皇帝却不在乾清宫，下朝后直接去了慈宁宫。佟贵妃只得又往慈宁宫去，方下了舆轿，崔邦吉已经率人迎出来，先给佟贵妃请了安，低声道："贵主子来得不巧，太皇太后正歇晌午觉呢。"

佟贵妃不由停下脚步，问："那皇上呢？"

崔邦吉怔了一下，立刻笑道："万岁爷在东头暖阁里看折子呢。"

佟贵妃便往东暖阁里去。

崔邦吉却抢上一步，在槛外朗声道："万岁爷，贵主子给您请安来了。"这才打起帘子。

琳琅本立在大案前抄《金刚经》，听到崔邦吉通传，忙搁下笔迎上前来，先给佟贵妃行了礼。

佟贵妃不想在这里见着她，倒是意外，不及多想。皇帝本坐在西首炕上看折子，见她进来，倒下炕来亲手搀了她一把，说："你既病着，有什么事打发人来回一声就是了，何必还挣扎着过来。"

佟贵妃初进暖阁见了这情形，虽见皇帝与琳琅相距十余丈，但此情此景便如寻常人家夫妻一般，竟未令人觉得于宫规君臣有碍。她忍不住心中泛起错综复杂的滋味，听皇帝如斯说，眼眶竟是一热。

她自恃身份，勉力镇定，说："药糕之事另有内情，臣妾不敢擅专，所以来回禀皇上。"又望了琳琅一眼，见她微垂螓首立在窗下。

那窗纱明亮透进春光明媚，正映在琳琅脸上，虽非艳丽，但那一种娴静婉和，隐隐如美玉光华。

耳中只听皇帝道："你先坐下说话。"转脸对琳琅道，"去沏茶来。"

佟贵妃与他是中表之亲，如今中宫之位虚悬，皇帝虽无再行立后之意，但一直对她格外看顾，平日里相敬如宾。她到了此时方隐隐觉得，皇帝待她虽是敬重，这敬重里却总仿佛隔了一层，听他随意唤琳琅去倒茶，蓦然里觉得，在这暖阁之中，这个位分低下的贵人竟比自己这个贵妃似乎与皇帝更为亲密，自己倒仿佛像是客人一般，心中怅然若失。

琳琅答应一声去了。

佟贵妃定了定神，缓缓道："事情倒真如皇上所说，另有蹊跷。

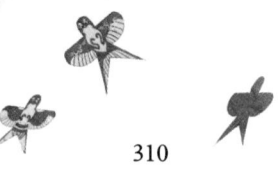

那宫女招认,说是端嫔指使她攀污宁贵人,那味红花之药,亦是端嫔命人从宫外夹带进来。臣妾已经命人将夹带入宫私相传递药材的太监、宫女皆锁了起来,他们也都招认了。臣妾怕另生事端,已经命两名嬷嬷去陪伴端嫔。如何处置,还请皇上示下。"

皇帝缄默良久。佟贵妃见他眉头微蹙,眉宇间却恍惚有几分倦怠之意。她十四岁入侍宫中,与皇帝相处多年,甚少见他有这样的倦色,心下茫然不知所措。

皇帝的声音倒还是如常平静:"审,定要审问清楚。你派人去问端嫔,朕哪里亏待了她,令她竟然如此阴狠下作。你跪安吧,朕乏了。"

琳琅端了茶盘进来,佟贵妃已经退出去了。她见皇帝倚在炕几之上,眼睛瞧着折子,那一支上用紫毫搁在笔架上,笔头的朱砂已经渐渐涸了。她便轻轻唤了声:"皇上。"

皇帝伸手握住她的手,微微叹了口气:"她们成日地算计,算计荣宠,算计我,算计旁人。这宫里,一日也不叫人清净。"

她就势半跪半坐在脚踏上,轻声道:"那是因为她们看重皇上,心里惦记皇上,所以才会去算计旁人。"

皇帝"唔"了一声,问:"那你呢,你若是看重我,心里惦记我,是否也会算计我?"

她心里陡然一阵寒意涌起,见他目光清冽,直直地盯着自己,那一双瞳仁几乎黑得深不可测。她心中怦怦乱跳,几乎是本能般脱口道:"琳琅不敢。"

皇帝却移开目光去,伸出手臂揽住她,轻声道:"我信你不会算计我,我信你。"

她心底一阵难以言喻的痛楚。皇帝的手微微有些发冷,轻而浅的呼吸拂过她的鬓边,她乌发浓密,碎发零乱地绒绒触动在耳畔。

她想起小时候嬷嬷给自己梳头,无意间碎碎念叨:"这孩子的头发生得这样低。"后来才听人说,头发生得低便是福气少,果然的,这一生福薄命舛。到了如今,已然是身在万丈深渊里,举首再无生路,进退维谷,只是走得一步便算一步,心下无限哀凉,只不愿意抬起头。

紫檀脚踏本就木质坚硬,她一动不动地半跪在那里,只是懒怠动弹。脚蜷得久了,酥酥的一阵麻意顺着膝头瘆上来。皇帝却亦是不动,他腰际明黄佩带上系着荷包正垂在那炕沿,御用之物照例是绣龙纹,千针万线纳绣出狰狞鲜活。

她不知为何有些怅然,就像是丢了极要紧的东西,却总也记不得是丢了什么一样,心里一片空落落的难过。

太皇太后歇了午觉起来,皇帝已经去了弘德殿。

晌午后传茶点,琳琅照例侍候太皇太后吃茶。太皇太后论了茶砖的好坏,又说了几句旁的话,忽然问:"琳琅,此回药糕之事你怎么看?"

琳琅微微一惊,忙道:"琳琅位分低微,不敢妄议六宫之事。况且此事由琳琅而起,如今牵涉众人,琳琅心中实实不安。"

太皇太后微微一笑,说:"你的位分,我早就跟皇帝说过了,原本打算万寿节晋你为嫔位,偏生你一直病着。赶明儿挑个好日子,就叫内务府去记档。"

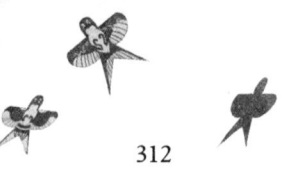

琳琅听她误解,越发一惊,说道:"太皇太后,琳琅并无此意,太皇太后与皇上待琳琅的好,琳琅都明白,并不敢妄求旁的。"

太皇太后道:"好孩子,我知道你并不看重位分虚名,可是旁人看重这些,咱们就不能让她们给看轻了。皇帝是一国之君,在这六宫里,他愿意抬举谁,就应该抬举谁。咱们大清的天子,心里喜欢一个人,难道还要偷偷摸摸的不成?"

琳琅心下一片混乱,只见太皇太后含笑看着自己,眼角的浅浅淡淡纹,显出岁月沧桑,但那一双眼睛却并没有老去,光华流转似千尺深潭,深不可测,仿佛可以看进人心底深处去。

她心下更是一种惶然的惊惧,勉强镇定下来,轻声道:"谢太皇太后恩典。琳琅知道您素来疼惜琳琅,只是琳琅出身卑贱,皇上对琳琅如此眷顾,已经是琳琅莫大的福气。太皇太后再赏赐这样的恩典,琳琅实实承受不起,求太皇太后体恤。"

太皇太后向苏茉尔笑道:"你瞧这孩子,晋她的位分,旁人求之不得,独独她像是唯恐避之不及。"转过脸对琳琅道,"你前儿做的什么花儿酪,我这会子怪想着的。"

琳琅答:"不知太皇太后说的是不是芍药清露蒸奶酪?"

太皇太后点头道:"就是这个。"

琳琅便微笑道:"我这就去替老祖宗预备。"福了一福,方退了出去。

太皇太后注视她步态轻盈地退出了暖阁,脸上的微笑慢慢收敛了,缓缓对苏茉尔道:"她见事倒还算明白。"

苏茉尔缄默不言。

太皇太后轻轻叹了一口气,"你还记不记得,那年福临要废黜皇后,另立董鄂氏为后,董鄂说的那一句话?"

苏茉尔答道:"奴才当然记得,当时您还说过,能说出这句话,倒真是个心思玲珑剔透的人儿。先帝要立董鄂皇贵妃为后,皇贵妃却说:'皇上欲置臣妾炭火其上?'"

太皇太后微微一笑:"她们百般算计,哪里知道在这后宫里,三千宠爱在一身,其实就好比架在那熊熊燃着的火堆上烤着。捧得越高,嫉妒的人就越多,自然就招惹祸事。"顿了一顿,说,"皇帝就是深知这一点,才使了这招'移祸江东',将那个宁贵人捧得高高儿的,好叫旁人全去留意她了。"

苏茉尔道:"皇上睿智过人。"

太皇太后又长长叹了一口气,淡然反问:"还谈什么睿智?竟然不惜以帝王之术驾驭臣工的手段来应对后宫,真是可哀可怒。"

苏茉尔又缄默良久,方道:"万岁爷也是不得已,方出此下策。"

太皇太后道:"给她们一些教训也好,省得她们成日自作聪明,没得弄得这六宫里乌烟瘴气的。"脸上不由浮起忧色,"现如今叫我揪心的,就是玄烨这心太痴了。有好几回我眼瞅着,他明明瞧出琳琅是虚意承欢,却若无其事装成浑然不知。他如今竟然在自欺欺人,可见已经无力自拔到了何种地步。"

苏茉尔低声道:"这位卫主子,既不是要位分,又不是想争荣宠,她这又是何苦。"

太皇太后道:"我瞧这中间定还有咱们不知道的古怪,不过依我看,她如今倒只像想自保。这宫里想站住脚,并不容易,你不去惹人家,人家自会来惹你。尤其皇帝又撂不下她,她知道那些明枪暗箭躲不过,所以想着自保。"叹了口气,"这虽不是什么坏事,可迟早我那个痴心的傻孙儿会明白过来。等到连自欺欺人都不能的那一天,还保不齐是个什么情形。"

苏茉尔深知她的心思,忙道:"万岁爷素来果毅决断,必不会像先帝那样执迷不悟。"

太皇太后忽然轻松一笑:"我知道他不会像福临一样。"

她身后窗中透出晌午后的春光明媚,照着她身上宝蓝福寿绣松鹤的妆花夹袍,织锦夹杂的金线泛起耀眼的光芒。

她凝望着那灿烂的金光,慢条斯理伸手将顺了襟前的流苏:"咱们也不能让他像福临一样。"

皇帝这一阵子听完进讲之后,皆是回慈宁宫陪太皇太后进些酒膳,再回乾清宫去。这日迟迟没有过来,太皇太后心生惦记,打发人去问,过了半晌回来道:"万岁爷去瞧端主子了。"

太皇太后"哦"了一声,像是有些感慨,说:"一日夫妻百日恩,去见一面也是应该。"转过脸来将手略抬,琳琅忙奉上茶碗。

窗外斜晖脉脉,照进深广的殿里,光线便暗淡下来,四面苍茫暮色渐起,远处的宫殿笼在霭色中,西窗下日头一寸一寸沉下去。薄薄的并没有暖意,寒浸浸的倒凉得像秋天里了。

她想着有句云:东风临夜冷于秋。原来古人的话,果然真切。

其实皇帝本不愿去见端嫔,还是佟贵妃亲自去请旨,说:"端嫔至今不肯认罪,每日只是喊冤。臣妾派人去问,她又什么都不肯说,只说要御前重审,臣妾还请皇上决断。"

皇帝本来厌恶端嫔行事阴毒,听佟贵妃如此陈情,念及或许当真有所冤屈,终究还是去了。

端嫔仍居咸福宫,由两名嬷嬷陪伴,形同软禁。御驾前呼后拥,自有人早早通传至咸福宫。端嫔只觉望眼欲穿,心中早就焦虑如焚。但见斜阳满院,其色如金,照在那影壁琉璃之上,刺眼夺目。

端嫔至窗前望了一回,又望了一回,方听见敬事房太监"啪啪"的击掌声,外面宫女太监早跪了一地,她亦慌忙迎下台阶,那两名嬷嬷自是亦步亦趋地紧紧跟着。

只见皇帝款步徐徐而至。

端嫔勉强行礼如仪:"臣妾恭请圣安。"只说得"臣妾"二字,已经呜咽有声。待皇帝进殿内方坐下,她进来跪在炕前,只是嘤嘤而泣。

皇帝本来预备她或是痛哭流涕,或是苦苦纠缠,倒不防她只是这样掩面饮泣,淡然道:"朕来了,你有什么冤屈就说,不必如此惺惺作态。"

端嫔哭道:"事到如今,臣妾百口莫辩,可臣妾实实冤枉,臣妾便是再糊涂,也不会去谋害皇上的子嗣。"

皇帝心中厌烦,道:"那些宫女太监都招认了,你也不必再说。朕念在素日的情分,不追究你的家人便是了。"

端嫔吓得脸色雪白,跪在当地身子只是微微发抖:"皇上,臣妾确是冤枉。那山药糕确实是臣妾一时鬼迷心窍,往里头搀了东西,又调包了给良贵人送去。不不,臣妾并没有往里头搀红花,臣妾只往里头搀了一些巴豆。臣妾一时糊涂，只是想嫁祸给宁贵人。只盼皇上一生气不理她了。可是臣妾真的是被人冤枉，皇上，臣妾纵然粉身碎骨，也不会去谋害皇嗣。"

皇帝听她颠三倒四哭诉着，一时只觉真假难辨，沉吟不语。

端嫔抽泣道："臣妾罪该万死……如今臣妾都已从实禀明，还求皇上明查。臣妾自知罪大恶极，可是臣妾确实冤枉，臣妾如今百口莫辩，但求皇上明察。"连连碰头，只将额上都磕出血来。

皇帝淡然道："朕当然要彻查，朕倒要好生瞧瞧，这栽赃陷害的人到底是谁。"

皇帝素来行事果决，旋即命人将传递药物进宫的宫女、太监，所有相干人等，在慎刑司严审。

谁知就在当天半夜里，画珠忽然自缢死了。

皇帝下朝后方才知晓，于是亲自到慈宁宫向太皇太后回奏。太皇太后震怒非常，正巧宫女递上茶来，手不由一举，眼瞧着便要向地上掼去，忽然又慢慢将那茶碗放了下来。

苏茉尔只见她鼻翕微动，知道是怒极了，一声不响，只跪在那里轻轻替她捶着腿。

皇帝倒是一脸的心平气和："依孙儿看，只怕她是自个儿胆小，所以才寻了短见。她平日心性最是高，哪里受过这样的委屈，或是一时想不开，也是有的。"

太皇太后倒是极快地亦镇定下来，伸手端了那茶慢慢吃着。

皇帝又道："依孙儿看，这事既然到了如此地步，不如先撂着，天长日久自然就显出来了。至于宁贵人，想想也怪可怜的，不再追究她家里人就是了。"

妃嫔在宫中自戕乃是大逆不道，势必要连坐亲眷。

太皇太后明白他的意思，笑了一声，道："难得你还知道可怜她，她还怀着你的骨肉——难为你——"终于咬一咬牙，只说道，"你既说不追究，那便饶过她家里人就是了。"

皇帝听了这句话，站起来恭声道："想是孙儿哪里行事不周全，请皇祖母教训。"

太皇太后注视他良久，皇帝的样子仍旧十分从容。太皇太后长长吁了口气，说："我不教训你，你长大了，凡事都有自己的主见，是对是错，值不值得，你自己心里头明白就成了。"随手端过茶碗，慢慢地尝了一口，"你去吧，皇祖母乏了，想歇着了。"

皇帝于是行礼跪安。

待得皇帝走后，太皇太后怔怔地出了一会儿神，说："苏茉尔，你即刻替我去办一件事。"

苏茉尔"嗻"了一声，却并没有动弹，口里说："您何必要逼着万岁爷这一步。"

太皇太后轻叹了口气，说："你也瞧见了，不是我逼他，而是他逼我。为了一个琳琅，他竟然下得了这种手……"凝望着手中那只明黄盖碗，慢慢地道，"事情既然已经到了如今的地步，咱们非得要弄明白这其中的深浅不可。"

却说这日纳兰方用了晌午饭，宫里忽来人传旨觐见。

原本皇帝召见，并无定时定规，但晌午后皇帝总有进讲，此时召见殊为特例。他心中虽纳闷,但仍立时换了朝服入宫来,由太监领着去面圣。

那太监引着他从夹道穿过,又穿过天街,一直走了许久,方停在了一处殿室前。那太监尖声细气道:"请大人稍候,回头进讲散了,万岁爷的御驾就过来。"

纳兰久在宫中当差,见这里是敬思殿,离后宫已经极近,不敢随意走动,因皇帝每日的进讲并无定时,有时君臣有兴,讲一两个时辰亦是有的。

刚等了一会儿,忽然见一名小太监从廊下过来,趋前向他请了个安,却低声道:"请纳兰大人随奴才这边走。"

纳兰以为是皇帝御前的小太监,忽又换了地方见驾,此事亦属寻常,没有多问便随他去了。

这一次却顺着夹道走了许久,一路俱是僻静之地,他心中方自起疑,那小太监忽然停住了脚,说:"到了,请大人就在此间稍候。"

他举目四望,见四面柔柳生翠,啼鸟闲花,极是幽静,不远处即是赤色宫墙,四下里却寂无人声。此处他却从未来过,不由开口道:"敢问公公,这里却是何地?"

那小太监却并不答话,微笑垂手打了个千儿便退走了。

他心中越发疑惑,忽然听见不远处一个极清和的声音说道:"这里冷清清的,我倒觉得身上发冷,咱们还是回去吧。"

这一句话传入耳中,却不啻五雷轰顶,他心中怦怦直跳,只是想:是她么?难道是她?真的是她么?竟然会是她么?本能就举目望去,可恨那树木枝叶葳蕤挡住了,看不真切。只见隐隐绰绰两个人影,他心下一片茫然失措。恰时风过,吹起那些柳条,惊鸿一瞥间,已经瞧见那玉色衣衫的女子,侧影姣好,眉目依稀却是再熟悉不过。只觉得轰一声,似乎脑中有什么东西炸开来,当下心中一窒,连呼吸都难以再续。

琳琅掠过鬓边碎发,觉得自己的手指触着脸上微凉。

锦秋道:"才刚不听说这会子进讲还没散呢,只怕还有阵子工夫。"

琳琅正欲答话,忽然一抬头瞧见那柳树下有人,正痴痴地望着自己。她转脸这一望,却也痴在了当地。

园中极静,只闻枝头啼莺婉转,风吹着她那袖子离了手腕,又伏贴下去,旋即又吹得飘起来……上用薄江绸料子,绣了繁密的花纹,那针脚却轻巧若无,按例旗装袖口只是七寸,绣花虽繁,颜色仍是极素淡……碧色丝线绣在玉色底上,浅浅波漪样的纹路……衣袖飘飘地拂着腕骨,若有若无的一点麻,旋即又落下去。她才觉得自己一颗心如那衣袖一般,起了又落,落了又起。

锦秋也已经瞧见树下立有陌生男子,喝问:"什么人?"

事出仓促,纳兰一时未能多想,眼前情形已经是失礼,再不能失仪。心中转过一千一万个念头,半晌才回过神来,木然而本能地行下礼去,心中如万箭相攒,痛楚难当,口中终究一字一字道出:"奴才……纳兰性德给卫主子请安。"

裕亲王福全正巧也进宫来给太皇太后请安,先陪着皇帝听了进讲。

皇帝自去年开博学鸿儒科,取高才名士为侍读、侍讲、编修、检讨等官,每日在弘德殿作日课的进讲。皇帝素性好学,这日课却是从不中断。这一日新晋的翰林张英进讲《尚书》,足足讲了一个多时辰,皇帝倒是听得十分用心,福全也是耐着性子。

待进讲已毕,梁九功趋前道:"请万岁爷示下,是这就起驾往慈宁宫,还是先用点心。"

皇帝瞧了瞧案上的西洋自鸣钟,说:"这会子皇祖母正歇午觉,咱们就先不过去吵扰她老人家。"

梁九功便命人去传点心。

皇帝见福全强打精神,说:"小时候咱们背书,你就是这样子,如今也没见进益半分。"

福全笑道:"皇上从来是好学不倦,奴才却是望而却步。"

皇帝道:"那时朕也顽劣,每日就盼下了学,便好去布库房里玩耍。"

福全见皇帝今日似颇为郁郁不乐,便有意笑道:"福全当然记得,皇上年纪小,所以总是赢得少。"

皇帝知道他有意撺掇起自己的兴致来,便笑道:"明明是你输得多。"

福全道:"皇上还输给福全一只青头大蝈蝈呢,这会子又不认账了。"

皇帝道:"本来是你输了,朕见你懊恼,才将那蝈蝈让给你。"

福全笑道:"那次明明是我赢了,皇上记错了。"

一扯起幼时的旧账,皇帝却哑然失笑,道:"咱们今儿再比,看看是谁输谁赢。"

福全正巴不得引得他高兴,当下道:"那与皇上今日再比过。"

皇帝本来心情不悦，到此时方才渐渐高兴起来，当下便换了衣裳，与福全一同去布库房。忽又想起一事来，嘱咐梁九功："刚才说容若递牌子请安，你传他到布库房来见朕。"

梁九功"嗻"了一声，回头命小太监去了，自己依旧率着近侍，不远不近地跟在皇帝后头。

皇帝兴致渐好，兼换了一身轻衣薄靴，与福全一路走来，忆起童年的趣事，自是谈笑风生。至布库房前，去传唤容若的小太监气呼呼地回来了，附耳悄声对梁九功说了几句话。

偏偏皇帝一转脸看见了，他对内侍素来严厉，呵斥道："什么事鬼鬼祟祟？"

那小太监吓得扑跪在地上，磕了一个头却不敢作声，只拿眼角偷瞥梁九功。

梁九功见瞒不过，趋前一步，轻声道："万岁爷息怒……奴才回头就明白回奏主子。"

福全最是机灵，见事有尴尬，急中生智，对皇帝道："万岁爷，奴才向皇上告个假，奴才乞假去方便，奴才实在是……忍无可忍。"

按例见驾，皇帝不示意臣子跪安，臣子不能自行退出。福全陪皇帝这大半晌工夫，皇帝想必他确实是忍无可忍，忍不住笑道："可别憋出毛病来，快去吧。"

自有小太监引福全去了，皇帝唇角的笑意却渐渐淡了，问梁九功："什么事？"

梁九功见周围皆是近侍的宫女太监，此事却不敢马虎，亦是附耳悄声向皇帝说了几句话。他这样悄声回奏，距离皇帝极近，却清晰地听着皇帝的呼吸之声渐渐夹杂一丝紊乱。

皇帝却是极力自持,调均了呼吸,面上并无半分喜怒显现出来,过了良久,却道:"此事不可让人知道。"

福全回来布库房中,那布库房本是极开阔的大敞厅,居中铺了厚毡,四五对布库斗得正热闹。皇帝居上而坐,梁九功侍立其侧,见他进来,却向他丢个眼色。他顺视线往下看去,梁九功的右手中指却轻轻搭在左手手腕上,这手势表明皇帝正生气。

福全见皇帝脸色淡然,一动不动端然而坐,瞧不出什么端倪,只是那目光虽瞧着跳着"黄瓜架子"的布库,眼睛却是瞬也不瞬。他心中一咯噔,知道皇帝素来喜怒不愿形于色,唯纹丝不动若有所思时,已经是怒到了极处,只不知道为了什么事。

他又望了梁九功一眼,梁九功不易觉察地摇了摇头,示意与他无关。他虽然放下半颗心来,忽听小太监进来回话:"启禀万岁爷,纳兰大人传到。"

皇帝的眉头不易觉察地微微一蹙,旋即道:"叫他进来吧。"

纳兰恭敬行了见驾的大礼。

皇帝淡然道:"起来吧。"问他,"递牌子请见,可有什么事要回奏?"

纳兰闻言一怔,磕了一个头,正不知该如何答话,皇帝忽然一笑,对他说:"今儿倒凑巧,裕亲王也在这里,你正经应当去给裕亲王磕个头,他可是你的大媒人。"

纳兰便去向福全行了礼,福全心中正是忐忑,忙亲手搀了起来。

忽听皇帝道:"朕也没什么好赏你的,咱们来摔一场,你赢了,朕赐你为巴图鲁,你输了,今儿便不许回家,罚你去英武殿校一夜书。"

福全听他虽是谐笑口吻,唇角亦含着笑,那眼中却殊无笑意,心中越发一紧,望了纳兰一眼。

纳兰略一怔忡,便恭声道:"微臣遵旨。"

其时满洲入关未久,宗室王公以习练摔跤为乐。八旗子弟,无不自幼练习角力摔跤,满语称之为"布库"。朝廷便设有专门的善扑营,前身即是早年擒获权臣鳌拜的布库好手。皇帝少年时亦极喜此技,几乎每日必要练习布库,只是近几年平定三藩,军政渐繁,方才渐渐改为三五日一习,但依旧未曾撂下这功夫。

纳兰素知皇帝善于布库,自己虽亦习之,却不曾与皇帝交过手,心中自然不安,已经打定了主意。

皇帝双掌一击,场中那些布库皆停下来,恭敬垂手退开。

福全欲语又止,终究还是道:"皇上……"

皇帝微笑道:"等朕跟容若比过,咱们再来较量。"

梁九功忙上前来替皇帝宽去外面大衣裳,露出里面一身玄色薄紧短衣。

纳兰也只得去换了短衣,先道:"奴才僭越。"方才下场来。

皇帝却是毫不留情,不等他跳起第二步,已经使出绊子,纳兰猝不及防,砰一声已经重重被皇帝摔在地上。

四面的布库见皇帝这一摔干净利落,敏捷漂亮,不由轰然喝彩。

纳兰起立道:"奴才输了。"

皇帝道:"这次是朕攻其不备,不算,咱们再来。"

纳兰亦是幼习布库,功底不薄,与皇帝摔角,自然守得极严,两人周旋良久，皇帝终究瞧出破绽，一脚使出绊子，又将他重重摔在地上。

纳兰只觉头晕目眩，只听四面喝彩之声如雷，他起身道："微臣又输了。"

"你欺君罔上！"皇帝面色如被严霜，一字一顿地道，"你今儿若不将真本事显露出来，朕就问你大不敬之罪。"

纳兰悚然一惊，见皇帝目光如电，冷冷便如要看穿自己的身体一样，忍不住打了个激灵。等再行交手，防守得更加严密，只听自己与皇帝落足厚毡之上，沉闷有声，一颗心却跳得又急又快。四月里天气已经颇为暖和，这么一会子工夫，汗珠子已经冒出来，汗水痒痒地顺着脸颊往下淌。就像适才在园子里，那些柳叶拂过脸畔，微痒灼热，风里却是幽幽的清香。

他微一失神，脚下陡然一突，只觉天旋地转，砰一声又已重重摔在地上。这一摔却比适才两次更重，他只觉脑后一阵发麻，旋即钻心般的剧痛袭来。皇帝一肘却压在他颈中，使力奇猛，他瞬时窒息，皇帝却并不松手，反而越压越重。

他透不过气来，本能用力挣扎，视线模糊里只见皇帝一双眼睛狠狠盯着自己，竟似要喷出火来，心中迷迷糊糊惊觉——难道竟是要扼死自己？

他用力想要挣脱，可是皇帝的手肘便似有千钧重，任凭他如何挣扎仍是死死压在那里，不曾松动半分。他只觉得血全涌进了脑子里，眼前阵阵发黑，两耳里响起嗡嗡的鸣声，再也透不出一丝气来，手中乱抓，却只拧住那地毡。

就在他要陷入绝望黑寂的一刹那，忽听似是福全的声音大叫："皇上！"

皇帝骤然回过神来，猛地一松手。

纳兰乍然透过气来，连声咳嗽，大口大口吸着气，只觉脑后剧痛，颈中火辣辣的便似刚刚吞下去一块火炭，本能用手按在自己颈中，触手皮肉焦痛，只怕已经扼得青紫，半晌才缓过来。

他起身行礼，勉强笑道："奴才已经尽了全力，却还是输了，请皇上责罚。"

皇帝额上全是细密的汗珠，接了梁九功递上的热手巾，匆匆拭了一把脸上的汗，唇际倒浮起一个微笑："朕下手重了些，没伤着你吧？"

纳兰答："皇上对奴才已经是手下留情，奴才心里明白，还请皇上责罚。"

皇帝又微微一笑，道："你又没犯错，朕为什么要责罚你？"却望也不曾望向他一眼，只说，"朕乏了，你跪安吧。"

福全陪着皇帝往慈宁宫去，太皇太后才歇了午觉起来。祖孙三人用过点心，又说了好一阵子的话，福全方才跪安，皇帝也起身欲告退。

太皇太后忽道："你慢些走，我有话问你。"

皇帝微微一怔，应个"是"。太皇太后却略一示意，暖阁内的太监宫女皆垂手退了下去，连崔邦吉亦退出去，苏茉尔随手就关上了门，依旧回转来侍立太皇太后身后。

暖阁里本有着向南一溜大玻璃窗子，极是透亮豁畅，太皇太后坐在炕上，那明亮的光线映着头上点翠半钿，珠珞都在那光里透着润泽的亮光。太皇太后凝视着他，那目光令皇帝转开脸去，不知为何心里

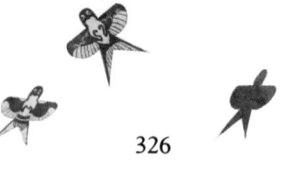

不安起来。

太皇太后却问:"今儿下午的进讲,讲了什么书?"

皇帝答:"今儿张英讲的《尚书》。"

太皇太后道:"你五岁进学,皇祖母这几个孙儿里头,你念书是最上心的。后来上书房的师傅教《大学》,你每日一字不落将生课默写出来,皇祖母欢喜极了,择其精要,让你每日必诵,你可还记得?"

皇帝见她目光炯炯,紧紧盯住自己,不得不答:"孙儿还记得。"

太皇太后又是一笑,道:"那就说给皇祖母听听。"

皇帝嘴角微微一沉,旋即抬起头来,缓缓道:"有国者不可以不慎,辟则为天下僇矣。"

太皇太后问:"还有呢?"

"道得众则得国,失众则失国。"皇帝的声音平和,听不出任何涟漪,"此谓国不以利为利,以义为利也。"

太皇太后点一点头:"难为你还记得——有国者不可以不慎,你今儿这般行事,传出去宗室会怎么想?群臣会怎么想?言官会怎么想?你为什么不干脆扼死了那纳兰性德,我待要看你怎么向天下人交待!"语气陡然凛然,"堂堂大清的天子,跟臣子争风吃醋,竟然到动手相搏。你八岁践祚,十九年来险风恶浪,皇祖母瞧着你一一挺过来,到了今天,你竟然这样自暴自弃。"轻轻地摇一摇头,"玄烨,皇祖母这些年来苦口婆心,你都忘了么?"

皇帝屈膝跪下,低声道:"孙儿不敢忘,孙儿以后必不会了。"

太皇太后沉声道:"你根本忘不了!"抽出大迎枕下铺的三尺黄

绫子，随手往地上一掷。

那绫子极轻薄，飘飘拂拂在半空里展开来，像是晴天碧空极遥处一缕柔云，无声无息落在地上。

太皇太后吩咐苏茉尔道："拿去给琳琅，就说是我赏她。"

皇帝如五雷轰顶，见苏茉尔答应着去拾，情急之下一手将苏茉尔推个趔趄，已经将那黄绫紧紧攥住，叫了一声："皇祖母。"忽然惊觉来龙去脉，犹未肯信，喃喃自语，"是您——原来是您。"

皇帝紧紧攥着那条黄绫，只是纹丝不动，过了良久，声音又冷又涩："皇祖母为何要逼我？"

太皇太后语气森冷："为何？你竟反问我为何——昨儿夜里，慎刑司的关庆喜向你回奏了什么，皇祖母并不想知道。你半夜打发梁九功去了一趟延禧宫，他奉了你的口谕，去干了些什么，皇祖母也并不想知道。皇祖母就想知道一件事，你还记不记得自己的身份？你这样痴心地一力回护她，她可会领你的情？"

皇帝脸色苍白，叫了一声："皇祖母。"

太皇太后话句里透着无尽的沉痛："玄烨啊玄烨，你为了一个女人，一再失态，你叫皇祖母如何说你？你这样行事，与前朝昏君有何差？"

皇帝背心里早生出一身冷汗，道："昨夜之事是孙儿拿的主意，孙儿行事糊涂，与旁人并不相干，求皇祖母责罚孙儿。且画珠算不得无辜，还望皇祖母明察。"

太皇太后目光如炬，直直地盯着他："纵然她有一万个不是，纵然是她将计就计在糕里下了红花，可到底也没伤着琳琅，她罪不至

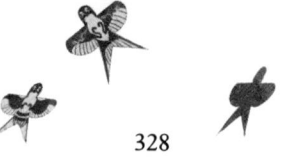

死。况且她还怀着你的骨肉,你怎么能下这样的狠手——虎毒尚不食子,此事如果传扬出去,史书上该怎么写?难道为了维护一个女人,你连天性人伦都不要了?"

皇帝身子微微一动,伏身又磕了一个头。

太皇太后柔声道:"好孩子,你还记不记得,小时候你臂上生了疽疮,痛得厉害,每日发着高热不退,吃了那样多的药,总是不见好。是御医用刀将皮肉生生划开,你年纪那样小,却硬是一声都没有哭,眼瞧着那御医替你挤净脓血,后来疮口才能结痂痊愈。"轻轻执起皇帝的手,"皇祖母一切都是为你好,听皇祖母的话,这就打发她去吧。"

皇帝心中大恸,仰起脸来:"皇祖母,她不是玄烨的疽疮,她是玄烨的命。皇祖母断不能要了孙儿的命去。"

太皇太后望着他,眼中无限怜惜:"你好糊涂。起先皇祖母不知道——汉人有句话,强扭的瓜不甜。咱们满洲人也有句话,长白山上的天鹰与吉林乌拉(满语,松花江)里的鱼儿,那是不会一块儿飞的。"伸出手搀了皇帝起来,叫他在自己身边坐下,依旧执着他的手,缓缓道,"她心里既然有别人,任你对她再好,她心里也难得有你,你怎么还是这样执迷不悟?后宫妃嫔这样多,人人都巴望着你的宠爱,你何必要这样自苦?"

皇帝道:"后宫妃嫔虽多,只有她明白孙儿,只有她知道孙儿要什么。"

太皇太后忽然一笑,问:"那她呢?你可明白她?你可知道她要什么?"对苏茉尔道,"叫碧落进来。"

碧落进来，因是日日见驾的人，只屈膝请了个双安。太皇太后问她："卫主子平日里都喜欢做些什么？"

碧落想了想，说："主子平日里，不过是读书写字，做些针线活计。奴才将主子这几日读的书还有针黹篚子都取来了。"言毕将些书册并针线篚都呈上。

太皇太后见那些书册是几本诗词并一些佛经，只淡淡扫了一眼。

皇帝却瞧见那篚内一只荷包绣工精巧，底下穿着明黄穗子，便知是给自己做的，想起昔日还是在乾清宫时，她曾经说起要给自己绣一只荷包。这是满洲旧俗，新婚的妻子，过门之后是要给夫君绣荷包，以证百年好合，必定如意。后来这荷包没有做完，却叫种种事端给耽搁了。

皇帝此时见着，心中触动前情，只觉得凄楚难言。

太皇太后伸手将那荷包拿起，对碧落道："这之前的事儿，你从头给你们万岁爷讲一遍。"

碧落道："那天主子从贵主子那里回来，就像是很伤心的样子。奴才听见她说，想要个孩子。"

皇帝本就心思杂乱，听到这句话，心中一震。

只听碧落道："万岁爷的万寿节，奴才原说，请主子绣完了这荷包权作贺礼。主子再三地不肯，巴巴儿地写了一幅字，又巴巴儿地打发奴才送去。"

太皇太后问："是幅什么字？"

碧落赔笑道："奴才不识字，再说是给万岁爷的寿礼，奴才更不敢打开看。奴才亲手交给梁谙达，就回去了。主子写了些什么，奴才不知道。"

太皇太后就道:"你下去吧。"

皇帝坐在那里,只是默不作声。

太皇太后轻轻叹了一口气,说:"她写了幅什么字,碧落不知道,我也不曾知道。可我敢说,你就是为她这幅字,心甘情愿自欺欺人!如今你难道还不明白,她何尝有过半分真心待你?她不过是在保全自己,是在替自己前途打算——她想要个孩子,也只不过为着这宫里的妃嫔,若没个孩子,就是终生没有依傍。她一丝一毫都没有指望你的心思,她从来未曾想过要倚仗你过一辈子,她从来不曾信过你。难为你为了她,竟做出这样的事来!"

太皇太后又道:"若是旁的事情,一百件一千件皇祖母都依你,可是你看,你这样放不下,她终归是你梗在心上的一根刺,时时刻刻都会让你乱了心神。你让纳兰性德去管上驷院,打发得他远远儿的,可是今儿你还是差点扼死了他。他是谁?他是咱们朝中重臣明珠的长子。你心中存着私怨,岂不叫臣子寒心?你一向对后宫一视同仁,可是如今一出了事情,你就乱了方寸,宁贵人固然犯下滔天大错,可你也不能这样处置。你为了她,一而再再而三地犯糊涂。旁人犯了糊涂不打紧,咱们大清的基业,可容不得你有半分糊涂心思。"

太皇太后轻轻吁了口气:"刮骨疗伤,壮士断腕。长痛不如短痛,你是咱们满洲顶天立地的男儿,更是大清的皇帝,万民的天子,更要拿得起,放得下。就让皇祖母替你了结这桩心事。"

皇帝心下一片哀凉,手中的黄绫子攥得久了,被汗濡湿了潮潮地腻在掌心。他怔怔瞧着窗外的斜阳,照在廊前如锦繁花上,那些芍药开得正盛,殷红如胭脂的花瓣让那金色的余晖映着,越发如火欲燃,灼痛人的视线。

耳中只听到太皇太后轻柔如水的声音:"好孩子,皇祖母知道你心里难过。赫舍里氏去的时候,你也是那样难过,可日子一久,不也是渐渐忘了。这六宫里,有的是花儿一样漂亮的人,再不然,三年一次的秀女大挑,满蒙汉军八旗里,什么样的美人,什么样的才女,咱们全都可以挑了来做妃子。"

皇帝终于开了口,声音却是飘忽的,像是极远的人隔着空谷说话,隐约似在天边:"那样多的人,她不是最美,也不是最好,甚至她不曾以诚相待,甚至她算计我,可是皇祖母,孙儿没有法子,孙儿今日才明白皇阿玛当日对董鄂皇贵妃的心思,孙儿断不能眼睁睁瞧着她去死。"

太皇太后只觉太阳穴突突乱跳,额上青筋迸起老高,扬手便欲一掌掴上去,见他双眼望着,眼底痛楚、凄凉、无奈相织成一片绝望,心底最深处怦然一动。

忽然忆起许久许久以前,久得像是在前世了,也曾有人这样眼睁睁瞧着自己,也曾有人这样对自己说:"她不是最美,也不是最好,我知道她不曾以诚相待,我甚至明知她算计我,可是我没有法子。"那样狂热的眼神,那样灼热的痴缠,心里最最隐蔽的角落里,永远却是记得。谁也不曾知道她辜负过什么,谁也不曾知道那个人待她的种种好——可是她辜负了,这一世都辜负了。

她的手缓而无力地垂下去,慢慢地垂下去,缓缓地抚摸着皇帝的脸庞,轻声道:"皇祖母不逼你,你自幼就知道分寸,小时候你抽烟,皇祖母只是提了一提,你就戒掉了。你得答应皇祖母,慢慢将她忘掉,忘得一干二净,忘得如同从来不曾遇上她。"

皇帝沉默良久,终于道:"孙儿答应皇祖母——竭尽全力而为。"

尾声

强说欢期

> 谢家庭院残更立，燕宿雕梁。月度银墙，不辨花丛哪瓣香。
> 此情已自成追忆，零落鸳鸯。雨歇微凉，十一年前梦一场。
>
> ——纳兰容若《采桑子》

琳琅自见到纳兰，虽然不过仓促之间，便及时避走，虽由锦秋扶着，可是一路走来，心中思绪纷杂，却没有一个念头能想得明白，只是神思恍惚。走过御花园，远远却瞧见三四个太监提携着些箱笼铺盖之属，及至近前才瞧见为首的正是延禧宫当差的小林。

小林见了她忙垂手行礼，琳琅只点一点头罢了。正待走开，忽见他们所携之物中有一个翠钿妆奁匣子样式别致，十分眼熟，正是画珠素日常用的心爱之物，不由诧异道："这像是宁贵人的东西——你们这是拿到哪里去？"

小林磕了一个头，含含糊糊道："回主子话，宁贵人没了。"

琳琅吃了一惊，半晌说不出话来，过了许久方才喃喃反问："没了？"

小林道："昨儿夜里突然生了急病，还没来得及传召太医就没了。刚刚已经回了贵主子，贵主子听见说是绞肠痧，倒叹了好几声。

依规矩这些个东西都不能留了,所以奴才们拿到西场子去焚掉。"

琳琅震骇莫名,脱口问:"那皇上怎么说?"

小林道:"还没打发人去回万岁爷呢。"

琳琅这才自察失言,勉强一笑,说:"那你们去吧。"

小林"嗻"了一声,领着人自去了。

琳琅立在那里,远远瞧着他们在绿柳红花间越走越远,渐渐远得瞧不分明了。那下午晌的太阳本是极暖,她背心里出了微汗,一丝丝的微风扑上来,犹带那花草的清淡香气,却叫人觉得寒意侵骨。

锦秋虽隐约觉得事有蹊跷,但未多想,侍候着琳琅回到储秀宫。因不见了碧落,琳琅问:"碧落呢?"

小宫女回道:"慈宁宫打发人来叫去了,去了好一会子了,大约就快回来了吧。"

琳琅立在那里,过了半晌方轻轻"哦"了一声,小宫女打起帘子,她慢慢转过身进屋子里去。

锦秋见她至炕上坐下,倒仿佛想着什么心事一般,以为是适才撞见了外臣,后又听说宁贵人的事,受了些惊吓。正自心里七上八下,隔窗瞧见碧落回来了,忙悄悄地出去对她道:"主子才刚还问你回来了没有呢。"

因琳琅素来宽和,从来不肯颐指气使,所以碧落以为必是有要事嘱咐,连忙进屋里去,却见琳琅坐在炕上怔怔地出神,见她进来于是抬起头来,脸色平和如常,只问:"太皇太后叫了你去,有什么吩咐?"

碧落赔笑道:"太皇太后不过白问了几句家常话。"

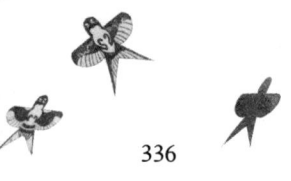

琳琅"哦"了一声,慢慢地转过脸去。看半天的晚霞映着那斜阳正落下去,让赤色的宫墙挡住了,再也瞧不见了,她便起身说:"我有样东西给你。"

碧落跟了她进了里间,看她取钥匙开了箱子,取出两只檀香木的大匣子,一一打开来。

殿中光线晦暗,碧落只觉眼前豁然一亮,满目珠光。那匣子里头有几对玻璃翠的镯子,水头十足,皆碧沉沉如一泓静水,好几块大如鸽卵的红宝石映着数粒猫眼,莹莹地流转出赤色光芒,夹杂着祖母绿,白玉、东珠更是不计其数——那东珠皆是上用之物,粒粒一般大小,颗颗浑圆匀称,淡淡的珠辉竟映得人眉宇间隐隐光华流动。还有些珠翠首饰,皆是精致至极。

她在宫中多年,从来未见过如此多的珍宝,她知这位主子深受圣眷,皇帝隔几日必有所赠,却没想到手头竟然有这样价值连城的积蓄。

琳琅轻轻叹了口气,说:"这些个东西,都是素日里皇上赏的。我素来不爱这些,留着也无用,你和锦秋一人一匣拿去吧。锦秋人虽好,但是定力不够,耳根子又软,若此时叫她见着,欢喜之下难保不喜形于色。这些赏赐都不曾记档,若叫旁人知晓,难免会生祸端。你素来持重,替她收着,她再过两日就该放出宫去了,到时再给了她,也不枉你们两个跟我一场。"

碧落只叫得一声:"主子。"

琳琅指了一指底下箱子,又道:"那里头都是些字画,也是皇上素日里赏的。虽有几部宋书,几幅薛稷、蔡邕、赵佶的字,还有几卷崔子西、王凝、阎次于的画——画院里的画如今少了,虽值几个银子,你们要来却也无用,替我留给家里人,也算是个念想。"

碧落骇得连话都说不出来了。

琳琅从箱底里拿出一个青绫面子的包袱,缓缓打开来,这一次却似是绣活,打开来原是十二幅条屏,每幅皆是字画相配。

碧落见那针脚细密灵动,硬着头皮赔笑道:"主子这手针线功底真好。"

琳琅缓缓地道:"这个叫惠绣。皇上见我喜欢,特意打发人在江南寻着这个——倒是让曹大人费了些工夫。只说是个大家女子在闺阁中无事间绣来,只是这世间无多了。"

碧落听她语意哀凉,不敢多想,连忙赔笑问:"原是个女子绣出来的,凭她是什么样的大家小姐,再叫她绣一幅就是了,怎么说不多了?"

琳琅伸手缓缓抚过那针脚,怅然低声道:"那绣花的人已经不在了。"

碧落听了心中直是忽悠一沉,瞧这情形不好,正不知如何答话,锦秋却喜不自胜地来回禀:"主子,皇上来了。"

琳琅神色只是寻常样子,并无意外之色。碧落只顾着慌慌张张收拾,倒是锦秋上前来替她抿一抿头发。只听遥遥的击掌声,前导的太监已经进了院门。

琳琅迎出去接驾,皇帝倒是亲手搀了她一把。梁九功使个眼色,那些太监宫女皆退出去,连锦秋与碧落都回避了。

皇帝倒还像平常一样,含笑问:"你在做什么呢?"

她唇边似恍惚绽开一抹笑意,却是答非所问:"琳琅有一件事想求皇上。"

皇帝"唔"了一声,道:"你先说来我听。"

她微仰起脸来凝望皇帝。家常褚色倭缎团福的衣裳,唯衣领与翻袖用明黄,衣袖皆用赤色线绣龙纹。那样细的绣线,隐约的一脉,渐渐隐进明黄色缎子里去,如渗透了的血色一样,又如记忆里某日晨起,天欲明未明的时候,隔着帐子蒙眬瞧见一缕红烛的余光。

她忽然忆起极久远的以前,仿佛也是一个春夜里,自己独自坐在灯下织补。小小一盏油灯照得双眼发涩,夜静到了极处,隐约听见虫声唧唧。风凉而软,吹得帐幕微微掀起,那灯光便又忽忽闪闪。头垂得久了,颈中只是酸麻难耐,仍是全心全意地忙着手里的衣裳,一丝一缕,极细极细地分得开来,横的经,纵的纬……妆花龙纹……那衣袍夹杂有陌生的香气。

如今这样淡淡的香气已经是再熟悉不过,氤氲在皇帝的袍袖之间,她忽然觉得一阵虚弱的恐惧。

皇帝见她眸光如水,在晦暗的殿室里也如能照人,忽然间就黯淡下去,如小小的、烛火的残烬,不由问:"你这是怎么了?适才不是说有事要我答应你?"

她本是半跪半坐在脚踏上,将脸依偎在他的衣袍下摆,听得他发问,身子震动了一下。又过了良久,方才轻声开口说道:"琳琅想求皇上,倘若有一日琳琅死了,皇上不可以伤心。"

皇帝只觉得彻骨的寒意从心底翻涌出来,勉强笑道:"好端端的,怎么说起这样的话,咱们的将来还长远着呢。"

琳琅"嗯"了一声,轻声道:"我不过说着玩罢了。"

皇帝道:"这样的事怎么可以说着玩,满门获罪可不是玩的。"妃嫔如果自戕,比宫人自戕更是大不敬。皇帝怕她起了轻生之意,有意放重了口气。

她沉默片刻,说道:"琳琅知道分寸。"

皇帝转过脸去,只不敢瞧着她的眼睛,说道:"只是太皇太后这几日身子不爽,想静静养着,你每日不必过去侍候了。"

她忽然微微一笑,说道:"皇上的发辫乱了,我替皇上梳头吧。"

皇帝心里难过到了极处,却含笑答应了一声。

她去取了梳子来,将皇帝辫梢上的明黄穗子、金八宝坠角一一解下来,慢慢打散了头发。皇帝盘膝坐在那里,觉得那犀角梳齿浅浅地划过发间,她的手似在微微发抖,终是不忍回过头去,只作不知。

因要视朝,皇帝卯时即起身,司衾尚衣的太监宫女侍候他起身,穿了衣裳,洗过了脸,又用青盐漱过口,方捧上莲子茶来。皇帝只吃了一口就撂下了,又转身去看,琳琅裹着一幅杏黄绫被子向里睡着,一动不动,显是沉睡未醒,那乌亮如瀑布似的长发铺在枕上,如流云迤逦。

他伸出手去,终究是忍住了,转身出了暖阁,方跨出门槛,又回过头去,只见她仍是沉沉好睡。那杏黄原是极暖的颜色,烛火下看去,只是模糊而温暖的一团晕影。他垂下视线去,身上是朝服,明黄袖和披领,衣身、袖子、披领都绣金龙,天子方才许用的服制,至尊无上。

他终于掉过脸去。梁九功瞧见他出来,连忙上前来侍候。

"万岁爷起驾啦……"

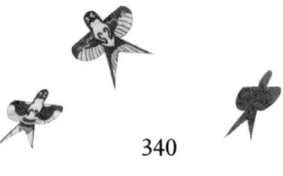

步辇稳稳地抬起,一溜宫灯簇拥着御辇,寂静无声的宫墙夹道,只听得见近侍太监们薄底靴轻快的步声。

极远的殿宇之外,半天皆是绚烂的晨曦,那样变幻流离的颜色,橙红、橘黄、嫣红、醉紫、绯粉……泼彩飞翠浓得就像是要顺着天空流下来。前呼后拥的步辇已经出了乾清门,广阔深远的天街已经出现在眼前,远远可以望见气势恢宏的保和、中和、太和三殿,那飞檐在晨曦中伸展出雄浑的弧线,如同最桀骜的海东青舒展开双翼。

梁九功不时偷瞥皇帝的脸色,见他慢慢闭上眼睛,红日初升,那明媚的朝霞照在他微蹙的眉心上,心中不禁隐隐担心。

皇帝倒是极快地睁开双眼来,神色如常地说:"叫起吧。"

琳琅至辰末时分才起身。锦秋上来侍候穿衣,含笑道:"主子好睡,奴才侍候主子这么久,没见主子睡得这样沉。"

琳琅"嗯"了一声,问:"皇上走了?"

锦秋道:"万岁爷卯初就起身上朝去了,这会子只怕要散朝了,过会子必会来瞧主子。"

琳琅又"嗯"了一声,见炕上还铺着明黄褥子,因皇帝每日过来,所以预备着他起坐用的,便吩咐锦秋:"将这个收拾起来,回头交库里去。"

锦秋微愕,道:"回头皇上来了——"

琳琅说:"皇上不会来了。"自顾自开了妆奁,底下原来有暗格。

里头一张芙蓉色的薛涛笺,打开来瞧,再熟悉不过的字迹:"蓬莱院闭天台女,画堂昼寝人无语。抛枕翠云光,绣衣闻异香。潜来珠锁动,惊觉银屏梦。脸慢笑盈盈,相看无限情。"

皇帝的字迹本就清峻飘逸，那薛涛笺为数百年精心收藏之物，他又用唐墨写就，极是精致风流，底下并无落款，只钤有"体元主人"的小玺。

她想起还是在乾清宫当差的时候，只她独个儿在御前，他忽然伸手递给她这个。她贸然打开来看，只窘得恨不得地遁。他却撂下了笔，在御案后头无声而笑。时方初冬，熏笼里焚着百合香，暖洋洋的融融如春。

他悄声道："今儿中午我再瞧你去。"

她极力地正色："奴才不敢，那是犯规矩的。"

他笑道："你瞧这词可就成了佳话。"

她窘到了极处，只得端然道："后主是昏君，皇上不是昏君。"

皇帝仍是笑着，停了一停，悄声道："那么我今儿算是昏君最后一次吧。"

她命锦秋点了蜡烛来，伸手将那笺在烛上点燃了，眼睁睁瞧着火苗渐渐舔蚀，芙蓉色的笺一寸一寸被火焰吞噬，终于尽数化为灰烬。

她举头望向帘外，明晃晃的日头，晚春天气，渐渐地热起来。庭院里寂无人声，只有晴丝在阳光下偶然一闪，若断若续。幼时读过那样多的诗词，寂寞空庭春欲晚，梨花满地不开门。

这一生还这样漫长，可是已经结束了。

【终】

番外 十年

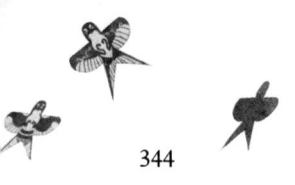

谁翻乐府凄凉曲?风也萧萧,雨也萧萧,瘦尽灯花又一宵。

不知何事萦怀抱,醒也无聊,醉也无聊,梦也何曾到谢桥。

——纳兰容若《采桑子》

因着天气热,午后一丝风也没有,整个禁城燠闷沉寂。赤色宫墙金黄色的琉璃瓦反射了日光,亮得刺目,越发叫人觉着热。隐隐约约那蝉声又响起来,那声音直叫人昏昏欲睡,却不能睡。桌上一壶酽茶已喝了大半,梁九功拭了拭额上的汗,小太监忙又替他斟上一碗凉茶,他方喝了一口,忽然一个小太监满头大汗地跑进来,仓促请了个安:"梁谙达。"

梁九功放下茶碗:"慌慌张张的,真没出息。有什么事慢慢讲。"

小太监吞了口口水,语气里还是不禁有一丝惶然:"谙达,八爷来了。"

这句话又犯了规矩。太监、宫女偶然称年幼的阿哥一声"爷",皇帝素来见不得皇子骄纵,只是不喜。

但眼前梁九功也顾不上这个,只诧异地问:"八阿哥来了?谁跟着?"

小太监道:"没人跟着,他独个儿来的。"

梁九功不由顿足："胡闹！"话一出口便怕人误会自己是说八阿哥胡闹，连忙补上一句，"他们竟然没人跟着，也不怕掉脑袋。"匆匆问，"八阿哥人呢？"

小太监吃力地道："就在外头呢。"

梁九功连忙走出去，廊下虽有荫蔽，但午后的阳光近在咫尺，顿时只觉得热气逼人，灼灼往身上一扑，裹得人三万六千个毛孔似乎都透不过气来，别提多难受了。他定一定神，只见廊下朱红柱子前立着穿薄纱品月袍的少年，虽身量未足，但眉宇清秀，腰际所束明黄绸带显露了他的皇子身份，正是八阿哥胤禩。

梁九功请下安去，就势抱住他的腰，低声下气："我的小爷，你怎么独个儿到这里来了？"压低了声线又问，"跟着阿哥的张贵林呢？"

张贵林是胤禩跟前的掌事太监。胤禩道："张谙达不知道我往这里来了。"

梁九功低低道："那我赶紧派人送阿哥回去，再迟一步，惠主子宫里的人还不急死？只怕说话这工夫已经是翻天覆地了。"

胤禩一双明净黑乌的眼睛却瞧着梁九功，从容不迫道："我是来见皇阿玛的，今儿要是见不着皇阿玛，我就不回去。"

梁九功心里不知为何忽悠悠一轻，九岁的孩子，一双眼里却有着叫人不能置疑的笃定与坚毅，清秀白净的面庞上流露出的凛冽神气，叫人突然不敢对视。

梁九功只道："皇上这会子歇午觉呢，起来还要见阁部大臣。八阿哥快回去吧，待会儿万岁爷起来瞧见了，知道阿哥来了，没得受责罚。"

胤禩只摇一摇头："我非要见皇阿玛。"

梁九功道:"八阿哥为难奴才也没有用。阿哥年纪虽小,也知道奴才万万不敢坏了规矩。八阿哥此时听话回去,就算是疼奴才了。"

正说话间,突然只听"吱呀"一声,尚衾的太监出来,将一扇扇殿门打开。梁九功见了,知道皇帝醒了,忙欲叫人带了胤禩避开,谁知胤禩已扬声叫了一声:"皇阿玛!"他声音清越脆朗,梁九功吓得脸色煞白。

皇帝已经听见了,问:"是谁?"

胤禩挣开了梁九功的手,奔至殿中,梁九功忙跟了进去。

皇帝由内寝出来,穿着明黄轻纱长袍,太监跟在后面犹在替他轻轻拂展袍角。他见了胤禩,只是一怔。

胤禩已经跪下去:"儿子给皇阿玛请安。"

皇帝问:"你怎么来了?"

胤禩道:"儿子来求皇阿玛一件事情。"

皇帝"哦"了一声,叫他:"先起来说话。"问,"跟着八阿哥的人呢?"

梁九功只觉得汗流浃背,道:"奴才该死,八阿哥是独个儿来的。"

胤禩跪在那里纹丝不动,道:"是儿子支开了他们,独个儿跑出来的,皇阿玛要是生气,就请责罚儿子,一人做事一人当,儿子不连累旁人。"

皇帝又好气又好笑,只说:"你倒是有志气——那帮不中用的奴才,十来个人都叫你支开了?"

胤禩也不害怕,娓娓道:"儿子打发他们去花园里寻蟋蟀,先派出去两个,再叫两个人去,然后再打发两个人去寻那四个人。剩了周嬷嬷与张谙达在跟前,儿子假意说要吃冰碗,周嬷嬷只怕儿子贪凉伤胃,取果子只去井水里湃着，再叫张谙达去倒茶，儿子便走了出来。"

皇帝脸上略略浮起笑意："声东击西，调虎离山，虽是稚子无知顽闹，下次万万不可了。"转过脸对梁九功道，"打发人送八阿哥回去，好好申饬张贵林，下回要是再出这样的纰漏，就将那帮无用的奴才送敬事房处置。"

梁九功"嚯"了一声。

胤禩却道："儿子还有事求皇阿玛。"

皇帝道："先起来再说话。"

胤禩脸上神色镇定，却只道："皇阿玛不答应儿子，儿子就不起来。"

这明明竟是胁迫之意了，梁九功吓得连连向胤禩使眼色，他却只作不见。

皇帝果然隐约生了几分不豫，但面上仍只是淡淡的，问："你有什么事？"

胤禩却叩了一个头，方道："儿子求皇阿玛，让儿子去瞧瞧额娘。"

梁九功千思万虑，怕的就是这一句，没想到怕什么这八阿哥偏偏就要说什么。一时之间只清晰地觉着一道汗水顺着后颈蜿蜒而下，他却连大气也不敢出，偷瞥皇帝脸色，虽然看不出任何端倪来，但心里只是战战兢兢。

果然，皇帝只淡然道："你额娘不是好端端在宫里，晨昏定省，每日可见，何用来求我。"

胤禩一双眼睛澄定如水："儿子想见的是儿子亲生的额娘。"

皇帝半晌不说话，只是瞧着面前的胤禩。他眉宇虽极类自己，但轮廓依稀的影子已足以搅起他最不可抑的惊痛。

347

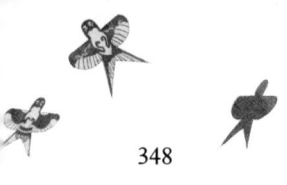

那沉湎冰封的疴疽，自己原以为是痊愈已久，久到足可以忘却，谁知青天白日之下翻出来，竟然蚀腐至更深更痛，分明根本不曾愈合，而是表面结痂，底下却于日久天长里深入膏肓，一旦触及，却是无可救药的溃疡。

梁九功见皇帝面色如常，细聆呼吸之声，由轻浅渐渐夹杂了一丝难以觉察的紊乱，若不是自己侍候御前多年，绝分辨不出这细微的差异。皇帝性子极克制镇定，处乱不惊，临变善夺，甚少见雷霆震怒，可是偏偏胤禩犯了大忌讳。

就在梁九功惴惴不安的时候，正巧内奏事处的太监送黄匣子进来。皇帝拆看前线战报折子，一目十行，略略扫过。

梁九功见他神色凝重，猜测必不是好消息。哪里知道是裕亲王福全与皇长子胤禔在军中意见相左，以至大军在噶尔丹手下吃了败仗。

梁九功只大着胆子道："皇上，奴才派人送八阿哥回去。"见皇帝略一颔首，便去搀胤禩起来。

偏偏胤禩年纪虽小，性子却不易转圜，将他的手一甩开，不假思索道："皇阿玛，儿子的额娘出身卑贱，皇阿玛嫌弃，儿子却不能嫌弃……"话犹未落，只听"啪"的一声，皇帝将手中的折子掼在地上。

上好白宣绵软如帛，"哧"地铺散开，如一条僵死的白蛇。

梁九功瞧他将手高高举起，吓得连忙扑上去抱住了皇帝的腿："万岁爷！万岁爷！八阿哥只是孩子，说话不知轻重，万岁爷将他交了书房里的师傅们好好饬责就是。大热天的这样动气，八阿哥是该罚，您别气坏了身子。"只觉得皇帝的身子竟然在轻轻发抖。

胤禩终于似有了几分惧意，"哇"一声哭出声来："儿子不孝，惹阿玛生气……"哽咽着牵住了皇帝的袍角，"儿子是听人说，额娘病得厉害,所以才想着能请旨去瞧瞧。皇阿玛不许儿子去,儿子不去就是了。"

皇帝的手缓缓垂下来了,殿中只闻胤禩轻轻的啜泣声。过了良久,皇帝对梁九功道:"派人送八阿哥去瞧瞧他额娘。"

梁九功答应了。

胤禩磕了一个头:"谢谢皇阿玛。"方起身随梁九功慢慢却行而退。忽听皇帝道:"等一等。"忙垂手侍立。

皇帝只是凝视他片刻,却温言说:"洗把脸再去。"

梁九功忙带了胤禩出来偏殿中盥洗,派了两名太监好好送去西六所了,这才返身进来,侍候皇帝去上书房召见奏议的大臣。

待从上书房再回乾清宫,已是黄昏时分,各宫里正举烛点灯。小太监们将御案两侧的赤金九龙绕足烛台上的通臂巨烛一一点燃,殿中便渐次光亮起来。

皇帝批阅奏折时,本来有小太监侍候朱砂,这日梁九功却亲自调了一砚朱砂,换下那用残的来。见皇帝舔饱了紫毫御笔,却略一凝神望着自己,便低声道:"要不奴才去瞧瞧?"

这样没头没脑一句话,皇帝只是缄默不言,沉吟片刻,在折子之后批了几个字,便将笔一搁,伸手接了宫女递上的茶碗。

梁九功偷瞥见是"知道了"三个字,心下略略一松,悄无声息便退了出去,嘱咐另一名总管太监张三德:"我有差事出去一趟,你好好侍候着主子。"

张三德不知端倪,只笑道:"老哥放心。"

灯芯爆起一朵花,骤然璀璨,旋即黯然失色。小太监忙拿了熟铜拨子来剔亮了。

皇帝只觉得双眼发涩,身后宫女轻轻打着扇子,那风却是热的,叫人隐隐生出几分浮躁,推开折子便叫:"梁九功。"

却是张三德答应着进来。

皇帝这才想起梁九功适才出去了,原来此时还未回来。这样一想,却觉得殿中越发闷得透不过气来,身上的团福纱袍本来已经轻薄如蝉翼,此时身上汗意生起,黏腻得令人不畅。听张三德问:"万岁爷要什么?"便说:"去沏碗茶来,要酽酽的。"

张三德答应了一声退下去。

他又看了几本折子,茶却仍然没有送上来,抬头正待要问,却见殿门外有人捧了茶盘,却是个衣衫素净的宫女,姗姗款步进来。待得走近,正巧一线凉风暂至,吹得她碧色的衣袖轻轻拂动,体态轻盈,宛若步步生莲。

那风一阵阵吹进来,风里却有幽幽的暗香盈动,夹着一缕若有若无的茶香。

他手里擎着的一枝玳瑁管的紫毫,不知不觉搁下来。

她走到御案之前,盈盈曲膝行礼:"皇上万福金安。"

妃嫔见驾向例只是肃一肃,她久不面圣,所以按规矩跪下去。他不叫起来,她只得跪在当地,心里反倒安静下来。

这一跪仿佛跪了许久,也仿佛只是一个恍惚,他就回过神来:"起来——不是说你病着?"

夏日衣裳单薄,衣袍的下摆极小,花盆底的鞋子跪下去,等闲是不好站起来的。她谢了恩,心里踌躇,况且手里捧着茶盘。他亦想起来——本来可以叫身后的宫女去扶,但不知不觉就起身伸了手。那手温软如同记忆里的一般,握人手中轻柔绵软,却不得不放开了。

她轻声道:"只是身上有些不耐烦,万岁爷打发八阿哥来瞧我,我就觉着好多了。"

她那样爱孩子,那年他亲手从她怀里抱走,她不能争,不能辩,不能悲,不能恸,连眼泪都不能流,还要谢恩。

那便是最后一面了,从此再没有见过她,除了阖宫朝觐的场合。那样多的妃嫔,依班行礼,花团锦簇里他从不注目,可是——总是避无可避,猝不及防,梦里总是惊恸于那一双眼睛,哀凉如死水。

殿外隐隐有雷声滚过,许是要下雨了,一阵疾风吹进殿来,吹得案上的折子哗哗翻出轻响。她本能地放下茶盘,伸出手去按着,那衣袖轻轻拂过他襟前,袖间的幽香萦绕四散。熟悉而淡薄的香气,叫人恍惚就想起许多年前,她盈盈侍立御案前,亦是忙不迭伸手去按那被风吹起的折子,却不想衣袖带翻了茶,泼了他淋漓满襟,吓得她一张脸雪白,只问:"万岁爷烫着没有?"倒是她自己烫伤了手,几日当不了差,身侧突然觉得空落落的,从那时方知晓,只是怅然若失。

十年……十年……岁月荏苒,光阴轻浅,居然就这样过去了。藏得再好,隐得再深,忍得再苦,纵使相逢应不识,尘满面,鬓如霜。只有他知道,原来从不曾忘却,不能忘却,不会忘却。

这一路走来,那样多的旁人都只是浅浅的影,而她,是烙在心上的印,痛不可抑,所以永不想再触。他忘了她十年,不如说,他刻骨铭心了十年,无望了十年,她却依然盈盈伫立眼前。

她轻轻理好奏章,熟练地将笔搁回笔山上。

砚里的朱砂明艳如血,她忽然忆起当年他教她写字,"琳琅"……斜玉,双木,斜玉,良……

朱砂写在柔软的上用露皇宣纸上，一笔一划，她的面颊红如朱砂，连耳根都红透了，神色认真如蒙童。

"玄烨"……一点一横，一折再折……

他的手握着她的手，她握着笔迟疑顿下，她声音柔柔低低："奴才欺君罔上……"

果真是欺君罔上，原来她竟写得一手簪花小楷。

她藏了多少，藏了多少……不依不饶，罚了写字。

"昼漏稀闻紫陌长，霏霏细雨过南庄。云飞御苑秋花湿，风到红门野草香。玉辇遥临平甸阔，羽旗近傍远林扬。初晴少顷布围猎，好趁清凉跃骕骦。"

竟是写了御制新诗来应命，她就是这样机智可人，字迹那样清秀妩逸，功底必是临过卫夫人的《古名姬贴》，临过赵夫人的《梅花赋》……

他提了笔在后头写："昨夜星辰昨夜风，画楼西畔桂堂东。"只这一句，她便微微变了脸色。

"身无彩凤双飞翼，心有灵犀一点通。"聪明如她，知道他真正要写的话。

"隔座送钩春酒暖，分曹射覆蜡灯红。"

烛火盈盈里她垂下头去，他只以为是欢喜，却原来错了，从头到尾都错了……

"嗟余听鼓应官去，走马兰台类转蓬。"窗外雪籁籁地下着，暖阁内地炕火盆烘得一室皆春，他微笑着道："朕比义山有福气，起码更鼓初起不必应官入值。"

却原来错了，从头到尾都错了……

他在迷蒙醉意里执着旁人的手说过："我一路寻来，只是以为她是你。"

只这一句话，令得宜妃那样刚强的人泪如雨下，感泣永生。他翻过身模糊睡去，惟有自己知道，其实这一路寻来，都是将旁人当成是她。

只是她，十年来只是她，这一世，只怕也只是她。

九五至尊，天子万年，四海之内，千秋万岁。却独独有一个她是恨不得，得不到，忘不了。

这十年……这十年……他也只能问出一句："你怎么来了？"

她道："梁谙达去瞧奴才。"突兀的还是旧日里的称呼，做御前宫女时的恭敬顺婉。

答非所问的一句话，他却突然不愿再去想，就算是梁九功叫她来的，她到底是来了。

他伸手揽她入怀，她顺从地依在他胸口，那里有最无法压抑的渴求。

梁九功远远在门外一闪，向殿内的人使着眼色。宫女太监们都无声无息退下去。

殿外电闪雷鸣，轰轰烈烈的焦雷滚过，风吹得窗子"啪啪"直响，梁九功将窗上的风钩挂好，退出殿外，随手关好殿门。

下雨了，大雨哗哗如柱，直直地从天际冲下来，如千万条绳索抽笞着大地。四面只是一片水声，无数水流顺着瓦当湍急地飞溅下来，清凉芬芳的水汽弥漫开来，将暑热消弭于无形。

番外 和妃

紫玉拨寒灰,心字全非。疏帘犹自隔年垂,半卷夕阳红雨入,燕子来时。回首碧云西,多少心期。短长亭外短长堤,百尺游丝千里梦,无限凄迷。

　　　　　　　　　　——纳兰容若《浪淘沙》

　　还是初春天气,日头晴暖,和风熏人,隔着帘子望去,庭院里静而无声,只有廊下的鹦鹉偶然懒懒地扇动翅膀,它足上的金铃便一阵乱响。

　　睡得久了,人只是乏乏的一点倦意,慵懒得不想起来。她于是唤贴身的宫女:"香吟。"

　　却不是香吟进来,熟悉的身影直唬了她一跳,连行礼都忘了:"皇上——"发鬓微松,在御前是很失仪的。

　　皇帝却只是微笑:"朕瞧你好睡,没让人叫醒你。"

　　这样的宠溺,眼里又露出那样的神色,仿佛她是他失而复得的珍宝。

　　人人皆道她宠冠六宫。因为七月里选秀,十二月即被册为和嫔,同时佟佳氏晋为贵妃,佟贵妃是孝懿皇后的妹子,自孝懿皇后崩逝便署理后宫。

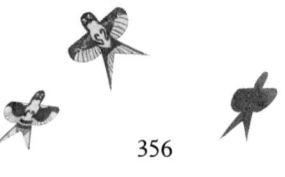

在那一天，还有位贵人晋为良嫔，她是皇八子的生母，因为出身卑贱，皇帝从来不理会她，这次能晋为嫔位，宫中皆道是因着八阿哥争气。这位容貌心性最肖似皇帝的阿哥才十八岁，就已经封了贝勒。

晋了位分是喜事，佟贵妃扯头，她们三人做东，宴请了几位得脸的后宫主位，荣妃、宜妃、德妃、惠妃都赏光，一屋子人说说笑笑，极是热闹。

那是她第一次见着良嫔，良嫔为人安静，连笑容也平和淡然，她总觉得这位良嫔瞧上去眼善，只不曾忆起是在哪里见过。席间只觉宜妃颇为看顾良嫔，她就没想明白，这样两个性子截然不同的人，怎么会相交。

后来听人说，那是因为八阿哥与九阿哥过从甚密，她并没有放在心上，因为皇帝从来不喜后妃议论前朝的事。她这样想着，脸上的神色不由有一丝恍惚。

皇帝却最喜她这种怔忡的神色，握了她的手，突然道："朕教你写字。"

皇帝喜欢教她写字，每次都是一首御制诗，有一次甚至教她写他的名字，她学得甚慢，可是他总是肯手把手地教。教她写字时，他总是不说话，也不喜她说话，只是默默握了她的手，一笔一画，极为用心，仿佛那是世上最要紧的事。

毛笔软软弯弯，写出来的字老是别别扭扭，横的像蚯蚓，竖的像树枝，有时她会忍不住要笑，可是他不厌其烦。偶然他会出神，眼里有一抹不可捉摸的恍惚。在她印象里，皇帝虽然温和，可是深不可测，没有人敢猜测他的心思，她也不敢。后宫嫔妃这样多，他却这样眷顾她，旁人皆道她是有福泽的。

其实她是很喜欢热闹的人，可是皇帝不喜欢，她也只好在他面前总是缄默。他喜欢她穿碧色的衣裳，江宁、苏州、杭州三处织造新贡的衣料，赐给她的总是碧色、湖水色、莲青色、烟青色……贡缎、倭缎、织锦、府缎、绫、纱、罗、缂丝、杭绸……四季衣裳那样多，十七岁的年纪，谁不爱红香浓艳？可为着他不喜欢，只得总是穿得素淡如新荷。

入宫的第二年，她生了一位小格格，宗人府的玉牒上记载为皇十八女，可是出生方数月就夭折了。她自然痛哭难抑，皇帝散了朝之后即匆匆赶过来瞧她，见她悲恸欲绝，他的眼里是无尽的怜惜，夹着她所不懂的难以言喻的痛楚。

他从来没有那样望着她，那样悲哀，那样绝望，就像失去的不是一位女儿，而是他所珍爱的一个世界。虽然他有那样多的格格、阿哥，可是这一刻他伤心，似乎更甚于她。

她哭得声堵气噎，眼泪浸湿了他的衣裳，他只是默默揽着她，最后，他说："我欠了你这样多。"

那是他唯一一次，在她面前没有自称"朕"。

她从来没有听过他那样低沉的口气，软弱而茫然，就像一个寻常人般无助。在她记忆里，他永远是至高无上的万乘之尊，虽然待她好，可是毕竟他是君，她是臣，而隔着三十年的鸿沟，他也许并不知道她要什么，虽然他从来肯给她，这世上一切最好的东西。

过了数日，内务府奉了旨意，良嫔晋了良妃。

王氏随口道："到底是儿子争气，皇上虽然不待见她，看在八爷的分上，总是肯给她脸面。"

她心里不知为何难过起来。

王氏这才觉察说错了话,连忙笑道:"妹妹还这样年轻,圣眷正浓,明年必然会再添位小阿哥。"

　　她却一直再没有生养。后宫的妃嫔,最盼的就是生个儿子,可是有了儿子就有一切吗?那良妃虽有八阿哥,可是她还是那样的寂寞。除了阖宫朝觐,很少瞧见她在宫中走动。皇帝上了年纪,眷念旧情,闲下来喜往入宫早的妃嫔那里去说说话,德妃、宜妃、惠妃……可是从来没听说过往良妃那里去。

　　宫里的日子,静得仿佛波澜不兴。妃嫔们待她都很和气,因为知道皇帝宠爱她。这宠爱,或许真的可以是天长日久,一生一世吧。

　　她和王氏最谈得来,因为年纪相差不多。有次在佟贵妃处闲坐,大家正说得热闹,宜妃突然笑道:"你们瞧,她们两个真像一对亲姊妹。"细细打量,其实她和王氏并不甚像,只是下颌侧影,有着同样柔和的弧度。

　　德妃笑道:"皇上喜欢瓜子脸,可怜我这圆脸,早些年还说是娇俏,现在只好算大饼了。"笑得宜妃撑不住,一口茶差些喷出来。

　　其实德妃还是很美,团团的一张脸,当年定也曾是皎皎若明月。这后宫的女子,哪一个不美?或者说,哪一个曾经不美?

　　这样一想,心里总是有一丝慌乱,空落落的慌乱。虽然皇帝待她一如既往的好,那日还特意歇了晌午觉就过来瞧她,满面笑容地问她:"今儿你生辰,朕叫御膳房预备了银丝面,回头朕陪你吃面。"

　　她怔了一下,方才含笑道:"皇上记错了,臣妾是十月里生的,这才过了端午节呢。"

　　皇帝"哦"了一声,脸上还是笑着,只是眼神里又是她所不懂的那种恍惚。

她嗔道："皇上是记着谁的生辰了，偏偏来诳臣妾。"

皇帝笑而不答，只说："朕事情多，记糊涂了。"

皇帝走后，她往宜妃宫中去。可巧遇见宜妃送良妃出来，因日常不常来往，她特意含笑叫了声："良姐姐。"

良妃待人向来客气而疏远，点一点头算是回礼了。

宜妃引了她进暖阁里，正巧宫女收拾了桌上的点心，因见有银丝面，她便笑道："原来今儿是宜妃姐姐的生辰。"便将皇帝记错了生辰的话当成趣事讲了一遍。

宜妃却似颇为感触，过了许久，才长长叹了口气。

宜妃为人最是爽朗明快，甚少有如此惆怅之态，倒叫她好生纳闷了一回。

皇帝嫌宫里规矩烦琐，一年里头，倒似有半年驻跸畅春园。园子那样大，花红柳绿，一年四季景色如画。秋天里枫叶如火，簇拥着亭台水榭，整个园子就像都照在烛炬明光之下一样。乘了船，在琉璃碧滑的海子里，两岸皆是枫槭，倒映在水中，波光潋滟。

皇帝命人预备了笔墨，他素来雅擅丹青，就在舱中御案上精心描绘出四面水光天色，题了新诗，一句一句地吟给她听。她并不懂得，他也并不解释，只是笑吟吟，无限欢欣的样子。

心血来潮，他忽道："朕给你画像。"

她知道皇帝素喜端庄，所以规规矩矩地坐好了，极力地使神色从容。

他凝视她良久，目光那样专注，就像是岸上火红的枫槭，似要焚烧人的视线。仿佛许久之后，他才低头就着那素绢，方用淡墨勾勒了数笔，正运笔自若，忽然停腕不画了。

359

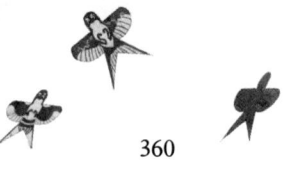

她本来坐得离御案极近,瞧着那薄绢上已经勾出的脸庞,侧影那样熟悉,她问:"皇上为何不画了?"

皇帝将笔往砚台上一掷,"啪"一声响,数星墨点四溅开来,淡淡地说:"不画了,没意思。"

她有些惋惜地拿起那幅素绢,星星点点的墨迹里,脸庞的轮廓柔和美丽。她含笑道:"皇上倒是将臣妾画得美了……"

绢上的如玉美人,眉目与她略异,神态似寥然的晨星,又像是帘卷西风起,那一剪脉脉菊花,虽只是轮廓,可是栩栩如生。

正兀自出神,忽听皇帝吩咐:"搁下。"

她叫了声:"皇上。"

他还是那种淡淡的神色:"朕叫你搁下。"

她知道皇帝在生气,这样没来由不问青红皂白,却是头一回。她赌气一样将素绢放回案上,请个双安道:"臣妾告退。"

从来对于她的小性,他皆愿迁就,甚至带了一丝纵容,总是含笑看她大发娇嗔。这次却回头就叫梁九功进来:"送和主子下船。"

她一瞬间只觉得失望之至,到底年轻气盛,觉得脸上下不来,离了御舟乘小艇回岸上去,气犹未平。踏上青石砌,猛然一抬头,见着隐约有人分花拂柳而来,犹以为是侍候差事的太监,便欲命他去唤自己的宫女,于是道:"哎,你过来。"

那人听着招呼,本能地抬起头来。

她吃了一惊,那人却不是太监,年约三十许,一身黑缎团福长袍,外面罩着石青巴图鲁背心,头上亦只是一顶红绒结顶的黑缎便帽,可是腰际佩明黄带,明明是位皇子。

那皇子身后相随的太监已经请了个安:"和主子。"

那皇子这才明白她的身份,倒是从容不迫,躬身行礼:"胤禛给母妃请安。"他有双如深黑夜色的眼睛,诸皇子虽样貌各别,可是这胤禛的眼睛,倒是澄澈明净。

她很客气道:"四爷请起,总听德妃姐姐记挂四阿哥。"

其实皇四子自幼由孝懿皇后抚育长大,与生母颇为疏远,但这样遇上,总得极力地找句话来掩饰窘迫。

皇四子依旧是很从容的样子:"胤禛正是进园来给额娘请安。"黑沉沉的一双眼眸,看不出任何端倪。

她早就听说皇四子性子阴郁,最难捉摸,原来果然如此。

依着规矩,后宫的妃嫔与成年皇子理应回避,这样仓促里遇上,到底不妥。况且她年轻,比面前这位皇四子还要年轻好几岁,被他称一声母妃,只觉得不太自在。

他起身旋即道:"胤禛告退。"

她并没有记得旁的,只记得那天的晚霞,在半天空里舒展开来,姹紫嫣红,照在那些如火的枫叶上,更加的流光溢彩,就像是上元节时绽放半空的焰火,那样多姿多彩,有一样叫"万寿无疆"的,每年皆要燃放来博皇帝一笑。

她忽然惆怅起来,万寿无疆,真的会万寿无疆么?她想起皇帝的脸庞,清俊瘦削,眼角的细纹,衬得眼神总是深不可测。可是适才的胤禛,脸庞光洁,眼神明净,就像是海子里的水,平静底下暗涌着一种生气。

她回过头去,只见暮鸦啊啊地叫着,向着远处的平林飞去。四下里暮色苍茫,这样巧夺天工的园林胜景,渐渐模糊,如梦如幻。

后来的日子,仿佛依旧是波澜不兴,前朝的纷争,一星半点偶然传到后宫里来。废黜太子时，皇帝似乎一夜之间老了十年。他数日不饮不食，大病了一场。阿哥们争斗纷纭，以拥立皇八子的呼声最高。

后宫虽不预前朝政务，可是皇帝心中愀然不乐，她也常常看得出来。有一日半夜里他忽然醒来，他的手冰冷地抚在她的脸颊上，她在惺忪的睡意里惊醒，他却低低唤了她一声："琳琅。"

这是她第一次听见这个名字。皇帝的手略略粗糙，虎口有持弓时磨出的茧，沙沙地刮过柔滑的丝缎锦被。他翻了一个身，重新沉沉睡去。

再后来，她也忘了。

康熙五十七年时，她晋了和妃。荣宠二十年不衰，也算是异数吧。册妃那日极是热闹，后宫里几位交好的妃嫔预备了酒宴，她被灌了许多酒，最后，颇有醉意了。

卸了晚妆，对着妆奁上的镜子，双颊依旧滚烫绯艳如桃花。她怅然望着镜中的自己，总归是美的吧，三十六岁了，望之只如二十许年纪。色衰则爱弛，她可否一直这样美下去，直到地老天荒？

又过了四年，皇帝已经眼看着老去，但每隔数日还是过来与她叙话。她婉转奏请，意欲抚育一位皇子。

皇帝想了一想，说道："朕知道你的意思，阿哥们都大了，朕从皇孙里头挑一个给你带，也是一样。"沉吟片刻道，"老四家的弘历就很好，明儿朕命人带进宫来，给你瞧瞧。"皇帝素来细心，又道，"宫里是非多，只说是交给你和贵妃共同抚育就是了。"

佟贵妃位分尊贵，这样可免了不少闲话，她的心里微微一热。

那个乳名叫"元寿"的皇孙，有一双黑黝黝的明亮眼睛，十分知礼，又懂事可爱。有了他，仿佛整个宫室里都有了笑声，每日下了书房回来,承欢膝下,常常令她忘记一切烦恼。

有一回皇帝过来,元寿也正巧下学。皇帝问了生书,元寿年纪虽小,却极为好胜,稚子童音,朗朗背诵《爱莲说》:"水陆草木之花,可爱者甚蕃。晋陶渊明独爱菊;自李唐来,世人甚爱牡丹;予独爱莲之出淤泥而不染,濯清涟而不妖,中通外直,不蔓不枝,香远益清,亭亭净植……"

皇帝盘膝坐在炕上,笑吟吟侧首听着,她坐在小杌子上,满心里皆是温暖的欢喜。

元寿回家后复又回宫,先给她请了安,呈上些香薷丸,说道:"给太太避暑。"

满语中叫祖母为"太太",孩子一直这样称呼她。

她笑着将他揽进怀里去,问:"是你额娘叫你呈进的么?"

元寿一双黑亮明净的眼睛望着她,说:"不是,是阿玛。"他说的阿玛,自然是皇四子胤禛。

她不由微微一怔。

元寿道:"阿玛问了元寿在宫里的情形,很是感念太太。"

她突然想起许多年前,在畅春园的漫天红枫下,长身玉立的皇四子幽暗深邃的双眼,伸手抚过元寿乌亮顺滑的发辫,轻轻叹了口气。

该来的终究来了,康熙六十一年十一月十三日,皇帝崩于畅春园。

妃嫔皆在宫中未随驾,诸皇子奉了遗诏,是皇四子胤禛嗣位。她并不关心这一切,因为从乍闻噩耗的那一刹那已经知道,这一生已然泾渭分明。从今后她就是太妃,一个没有儿子可依傍的、四十岁的太妃。

名义上虽是佟贵妃署理六宫,后宫中的事实质上大半却是她在主持。大行皇帝灵前恸哭，哭得久了，伤心仿佛也麻木了。入宫二十余年，她享尽了他待她的种种好，可是还是有今天，离了他的今天。她不知自己是在恸哭过去，还是在恸哭将来，或许，她何尝还有将来？

每日除了哭灵，她还要打起精神来检点大行皇帝的遗物。乾清宫总管顾问行红肿着双眼，捧着只紫檀罗钿的匣子，说："这是万岁爷搁在枕畔的……"一语未了，凝噎难语。

她见那匣子极精巧，封锢甚密，只怕是什么要紧的事物，于是对顾问行道："这个交给外头……"话一出口便觉得不妥，想了想说道，"还是请皇帝来。"

顾问行怔了一下，才明白她是指嗣皇帝，虽不合规矩，可是知道事关重大，或许是极要紧的事物，自己也怕担了干系，于是亲自去请了御驾。

嗣皇帝一身的重孝，衬出苍白无血色的脸庞，进殿后按皇帝见太妃的礼数请了个安。她也欠了欠身子，只见他抬起眼来，因守灵数日未眠，眼睛已经凹陷下去，眼底净是血丝。

元寿那双亮晶晶的眸子，却原来那般神似他。

殿中光线晦暗，放眼望去四处的帐幔皆是白汪汪一片，像蒙了一层细灰，暗淡无光的一切，斜阳照着，更生颓意。

她顿了一顿，说道："这匣子是大行皇帝的遗物，因搁在御寝枕畔，想必是要紧的东西，所以特意请了皇上来面呈。"

皇帝"哦"了一声，身后的总管太监苏培盛便接了过去。皇帝只吩咐一声："打开。"

他素来严峻，一言既出，苏培盛不敢驳问，立时取铜钎撬开了那紫铜小锁。

那匣子里头黄绫垫底,却并无文书上谕,只搁着一只平金绣荷包。

她极是意外,皇帝亦是微微一愕,伸手将那荷包拿起。只见那荷包正面金线绣龙纹,底下缀明黄穗子,明明是御用之物。

皇帝不假思索便将荷包打开来,里头却是一方白玉佩,触手生温,上以金丝铭着字,乃是"情深不寿,强极则辱;谦谦君子,温润如玉"。那玉佩底下却绕着一绺女子的秀发,细密温软,如有异香。

她见事情尴尬,轻轻咳嗽了一声,说道:"原来并不是要紧的文书。"

皇帝道:"既是先帝随身之物,想必其中另有深意,就请母妃代为收藏。"于是将荷包奉上,她伸手接过,才想起这举止是极不合规矩的,默默望了皇帝一眼,谁知他正巧抬起眼来,目光在她脸上一绕,她心里不由打了个突。

到了第二日大殓,就在大行皇帝灵前生出事端来。

嗣皇帝是德妃所出,德妃虽犹未上太后徽号,但名位已定,每日哭灵,皆应是她率诸嫔妃。谁知这日德妃方进了停灵的大殿,宜妃却斜刺里命人抬了自己的软榻,抢在了德妃前头,众嫔妃自是一阵轻微的骚乱。

她跪在人丛中,心里仍是那种麻木的疑惑,宜妃这样地藐视新帝,所为何苦。宫中虽对遗诏之说颇有微词,但是谁也不敢公然质问,宜妃这样不给新太后脸面,便如掴了嗣皇帝一记清脆响亮的耳光。

黄昏时分她去瞧宜妃。宜妃抱恙至今,仍沉疴不起,见着她只是凄然一笑:"好妹妹,我若是能跟大行皇帝去了,也算是我的福分。"

她的心里也生出一线凉意,先帝驾崩,她们这些太妃此后便要搬去西三所,尤其她没有儿女,此后漫漫长日,将何以度日。口中却安慰宜妃道："姐姐就为着九阿哥，也要保重。"

提到心爱的小儿子，宜妃不由喘了口气，说道："我正是担心老九。"过了片刻，忽然垂泪，"琳琅到底是有福，可以死在皇上前头。"

她起初并不觉得，可是如雷霆隐隐，后头挟着万钧风雨之声，这个名字在记忆中模糊而清晰，仿佛至关要紧，可是偏偏想不起来在哪里听过，于是脱口问："琳琅是谁？"

宜妃缓了一口气，说："是八阿哥的额娘。她没了也有十一年了，也好，胜如今日眼睁睁瞧着人为刀俎，我为鱼肉。"

那样惊心动魄，并不为"人为刀俎，我为鱼肉"这一句，而是忽然忆起康熙五十年那个同样寒冷的冬月。

漫天下着大雪，侍候皇帝起居的梁九功遣人来报，皇帝圣体违和。她冒雪前去请安探视，在暖阁外隐约听见梁九功与御医的对话，零零碎碎的一句半句，拼凑起来：

"万岁爷像是着了梦魇，后来好容易睡安静了，储秀宫报丧的信儿就到了……当时万岁爷一口鲜血就吐出来……吐得那衣襟上全是……您瞧，这会子都成紫色了……"

御医的声音更低微："是伤心急痛过甚，所以血不归心……"

皇帝并没有见她，因为太监通传说八阿哥来了，她只得先行回避。后来听人说八爷在御前痛哭了数个时辰，声嘶力竭，连嗓子都哭哑了。皇帝见儿子如此，不由也伤了心，连晚膳都没有用，一连数日都减了饮食，终于饶过了在废黜太子时大遭贬斥的皇八子。

可是太子复立不久，旋即又被废黜，此后皇帝便一直断断续续圣体不豫，身子时好时坏，大不如从前了。

她分明记起来,在某个沉寂的深夜,午夜梦回,皇帝曾经唤过一声"琳琅"。这个名字里所系的竟是如海深情,前尘往事轰然倒塌。

那个眉目平和的女子,突然在记忆里空前清晰,轮廓分明,熟悉到避无可避的惊痛。

原来是她,原来是她。自己二十余载的盛宠,却原来是她。便如最好笑的一个笑话,自己所执信的一切,竟然没有半分半毫是属于自己的。

她想起素绢上皇帝一笔一笔勾勒出的轮廓,眉目依稀灵动。他下笔畅若行云流水,便如早已在心里描绘那脸庞一千遍一万遍,所以一挥而就,并无半分迟疑。

他瞒得这样好,瞒过了她,瞒过了所有的人,只怕连他自己,都恍惚是瞒过了。可是骗不了心,骗不了心底最深处的记忆,那里烙着最分明的印记,只要一提起笔来,就会不知不觉勾勒出的印记。

这半生,竟然只是一个天大的笑话。她被那个九五之尊的帝王宠爱了半生,这宠爱却竟没有半分是给她的。她还有什么,她竟是一无所有,在这寂寂深宫。

这日在大行皇帝梓宫前的恸哭,不是起先摧人心肝的号啕,亦不是其后痛不欲生的饮泣,而是无声无息地落泪,仿佛要将一生的眼泪,都在这一刻流尽。她不知道自己在灵前跪了多久,只觉得双眼肿痛得难以睁开,手足软麻无力,可是心里更是无望的麻木。

大殓过后,来乾清宫哭灵的妃嫔渐渐少了,原来再深的伤心,都可以缓缓冷却。

斜阳照进寂阔的深殿,将她孤零零的身影,拉成老长。

图书在版编目（CIP）数据

寂寞空庭春欲晚 / 匪我思存著. —北京：九州出版社，2023.3
　ISBN 978-7-5225-1401-7

　Ⅰ．①寂… Ⅱ．①匪… Ⅲ．①长篇小说－中国－当代 Ⅳ．①I247.5

中国版本图书馆CIP数据核字（2022）第216188号

寂寞空庭春欲晚

作　　者	匪我思存　著
责任编辑	张皖莉
出版发行	九州出版社
地　　址	北京市西城区阜外大街甲35号（100037）
发行电话	（010）68992190/3/5/6
网　　址	www.jiuzhoupress.com
印　　刷	三河市中晟雅豪印务有限公司
开　　本	880毫米×1230毫米　32开
印　　张	11.75
字　　数	265千字
版　　次	2023年3月第1版
印　　次	2023年4月第1次印刷
书　　号	ISBN 978-7-5225-1401-7
定　　价	42.00元

★ 版权所有　侵权必究 ★